LA COUZE

DU MÊME AUTEUR

Victorine ou le pain d'une vie, Presses de la Renaissance
Le Pain des Cantelou, Presses de la Renaissance
La Maîtresse du corroyeur, Presses de la Renaissance
Mélie de Sept-Vents, Presses de la Cité
Le Secret des chênes, Presses de la Cité

Sylvie Anne

LA COUZE

Production Jeannine Balland
Romans Terres de France

PRESSES DE LA CITÉ

ISBN 2-258-05107-X

Les Trois Fontaines, 1912

1

Les moissons battaient leur plein. Ce n'était que le début de la matinée, mais déjà la chaleur écrasante du mois d'août pesait comme un étau. Dans le champ où elle s'activait sans relâche, Marie Bourzat releva la tête pour essuyer les gouttes de sueur qui perlaient sur son front. A quarante-cinq ans, ses bras et son corps robustes habitués aux durs travaux ne faiblissaient pas. « Les machines, c'est bon pour les fainéants ! » répétait-elle avec ce franc-parler qui la caractérisait.

Ici, dans ce petit village des Trois Fontaines, à une lieue de Juillac, personne n'aurait songé à se moquer d'elle. Depuis le départ de celui qui partageait sa vie, voilà presque dix-sept ans, vaille que vaille, elle avait dû faire face à tout pour élever les deux garçons qu'il lui laissait. D'un coup d'œil à droite puis à gauche, elle se rassura : dans les parcelles alentour, ses fils ne chômaient pas non plus. Pierre, l'aîné, suivait la javeleuse tirée par un cheval et engerbait les blés. De l'autre côté, assis parmi les femmes moins valides, Joseph, le plus jeune, le plus fragile, confectionnait les liens qui allaient enserrer chaque botte. Partout, le cliquetis régulier des outils se mêlait aux ahans rauques qui s'échappaient des lèvres sèches. Tous les habitants étaient rassemblés là, tendus sous le même effort. Comme eux, Marie le savait, cette dernière journée allait être la plus éprouvante. Pour ne pas perdre de temps, elle ajusta le chapeau de paille noir qui la protégeait du soleil et se remit au travail jusqu'à ce qu'un grincement d'essieu en provenance de la route ne l'oblige à s'interrompre de nouveau.

Une carriole, conduite par un homme dont elle ne distinguait que le large chapeau de feutre, arrivait sur la route. A ses côtés, une femme assise paraissait serrer un sac sur ses genoux. Rien qu'à son port altier, à la façon particulière dont il tenait les rênes, Marie ne fut pas longue à reconnaître Séverin Barial. Au même instant, autour d'elle, l'un après l'autre, les moissonneurs se figèrent. Un étrange silence s'installa. Barial avait beau être le plus riche fermier du pays, celui à qui appartenait l'unique javeleuse mécanique du canton, son apparition ne suffisait pas à expliquer cette stupeur collective.

Non, la vraie raison qui pétrifiait les hommes dans une sorte d'étonnement muet était bien la jeune inconnue qui l'accompagnait.

La masse de ses cheveux blonds bouclés, attachés sur la nuque, laissait entrevoir un visage à la peau blanche, aux traits d'une rare finesse, qui tranchaient avec le teint mat et la chevelure sombre des filles du pays. Marie se tourna vers son fils aîné. Debout, en bordure du champ, il ne bougeait pas non plus. La force de ses vingt ans semblait éclater sous le grand soleil et, malgré sa fatigue, ses yeux brillaient d'un éclat qu'elle ne lui avait jamais vu.

— Pierre ! ne put-elle s'empêcher de crier.

Il sursauta en tentant de bredouiller quelques mots, mais devant l'acuité du regard de sa mère il baissa le nez et s'empressa de brasser les longues tiges qui s'accumulaient à ses pieds. Sans un mot, les hommes se remirent à l'ouvrage. Plus loin, sous la rangée d'arbres où les femmes tressaient les liens, plus un murmure ni un bruit ne s'élevaient.

La carriole passa en contrebas du champ où Marie travaillait, puis elle s'éloigna dans un petit nuage de poussière et quelques crissements de pierraille.

Quand l'angélus de midi sonna au carillon de l'église, de nombreuses gerbes fraîchement coupées et liées s'entassaient, prêtes à être emportées. Le premier, Goudoux le sabotier donna le signal de l'arrêt. Aussitôt, les moissonneurs se rabattirent vers la partie la plus ombragée, là où les femmes ouvraient les paniers de victuailles et sortaient les cruchons de cidre. Marie fut la dernière à les rejoindre. Après quelques ultimes coups de faucille, elle repéra un peu à l'écart Joseph qui préparait le repas, et elle vint vers lui. Quelques secondes plus tard, Pierre, à son tour, se posait près d'eux. D'abord trop épuisés pour parler, ils se contentèrent de mordre dans les tranches de pain garnies de lard, puis burent quelques rasades de vin coupé d'eau fraîche. Joseph fut le premier à essuyer sa bouche d'un revers de manche.

— Ce soir, déclara-t-il soudain, on dit que la fête aura lieu chez les Barial…

Avec un calme qui la surprit elle-même, Marie suivit le vol d'une hirondelle qui serpentait au-dessus de son champ. Puis, d'un geste sec, elle piqua un morceau de pain avec la pointe de son couteau et le porta à sa bouche.

— Aucun de nous trois n'y assistera ! lâcha-t-elle.

Les deux frères se regardèrent. Ne pas participer au gerbaudo[1] signifiait dire non à la bonne chère, aux chansons et aux danses. D'habitude, aucun des moissonneurs ne manquait ce rituel. Joseph grimaça sans répondre. Pour lui, l'affaire était moins grave.

Dès sa naissance, le pied bot dont il était affligé ne lui avait jamais permis la moindre fantaisie, le moindre excès. Par la force des choses, il avait appris à vivre par les yeux.

En lui refusant l'accès à ces réjouissances, sa mère ne le privait que d'un spectacle. Pour Pierre, les choses étaient bien différentes. Il avait beau tenter de se concentrer sur son repas, chacun de ses gestes trahissait son désarroi. Jamais jusqu'à présent les deux garçons ne s'étaient rebellés contre les ordres maternels. Quand, sur un coup de tête, leur père avait abandonné le foyer familial, ils s'étaient naturellement soumis à celle qui se tuait à la tâche et se « saignait aux quatre sangs », comme elle disait, pour les nourrir. Au fil des jours, elle avait dominé le chagrin qui la minait, puis étouffé la rancœur qui l'avait tenue éveillée durant des nuits. Enfin, un matin, tandis que Joseph encore bébé

1. Repas de moissons.

dormait dans son berceau, elle avait serré Pierre si fort contre elle qu'il s'en souvenait encore. « Je te le jure, avait-elle dit, moi vivante, personne ne nous séparera ! » Puis elle l'avait pris dans ses bras pour lui montrer par la fenêtre un carré de vignes qui s'étalait sur un modeste coteau noyé de soleil. « Si tu m'aides, ce raisin-là donnera le meilleur vin du canton ! — Je t'aiderai, maman », avait promis l'enfant sans bien comprendre.

Depuis, chaque saison avait uni leur vie aussi sûrement que les pampres aux sarments de ces vignes qu'ils sarclaient ou taillaient avec une rare dévotion. A force d'acharnement et de travail, Marie avait acheté deux autres petits vignobles, l'un au père Baugeaud, juste avant qu'il ne meure, et l'autre au curé du village qui ne se sentait plus le courage de les entretenir. Aujourd'hui, avec leur champ de blé, les Bourzat possédaient un hectare de vignes, qu'on avait coutume de surnommer « le Domaine », parce qu'il produisait un des vins les plus réputés du pays.

Pierre laissa le pain qu'il mangeait et se leva. Les autres hommes l'imitèrent. Malgré la forte chaleur, mieux valait ne pas s'éterniser pour finir au plus vite et éviter ainsi d'être le moissonneur qui porterait la dernière charretée sous les cris et les sifflets.

Jusqu'au soir, aucun bras ne faillit à l'appel, et lorsque l'angélus fit résonner de nouveau ses coups sonores, les champs dépouillés n'offraient plus qu'une toison rase où la terre nue affleurait en grandes plaques sombres. Tout à son labeur, Pierre avait oublié le temps. Quand Marie glissa un lien sous la dernière botte qu'il venait de former, aussitôt des cris entrecoupés de rires éclatèrent. A la lisière du champ, Joseph, immobile près d'une charrette prête à partir, fixait son frère. Celui-ci repoussa sa casquette vers l'arrière, tandis que les visages encore rouges sous l'effort ne le quittaient pas des yeux. En réalisant qu'il était le dernier, il lâcha un juron, puis, beau joueur, souleva sa casquette et salua dans un large geste :

— J'ai perdu, s'écria-t-il, c'est donc moi qui tuerai le coq !

Sa phrase fut accueillie par une salve d'applaudissements. Lucienne, la femme du sabotier, accrocha le bouquet de fleurs traditionnel à sa gerbe, et le cortège de moissonneurs, la faux à l'épaule, regagna la route qui menait au village.

Le jour déclinait dans la tiédeur ; au-dessus des herbes qu'aucun souffle de vent n'agitait, des papillons voletaient encore. Dans le lointain, le clocher en bâtière de la petite église se dressait comme un phare qui appelait au rassemblement. En tête de la colonne d'hommes et de femmes, Pierre conduisait lui-même sa charrette en tenant le cheval par la bride. Ses pensées allaient vite. S'il devait tuer le coq, il devait également participer à la fête, et cela voulait dire se rendre chez Séverin Barial. En un éclair, il le revit passant droit et fier près de leur champ, mais il connaissait trop bien sa silhouette pour s'attarder sur elle. Non, ce qui aiguisait le plus sa curiosité, c'était bien la frêle jeune fille blonde qu'il avait entrevue à ses côtés. Il se retourna pour tenter d'apercevoir sa mère. Au bout de la file, marchant au rythme plus lent de son deuxième fils, elle avançait la tête basse, le front soucieux. Sa corpulence de femme rugueuse et solide, frottée à toutes les vicissitudes d'une vie difficile, se détachait du groupe. En remarquant son visage fermé, il se douta qu'il en était la cause et prit peur.

2

Quand la carriole de Séverin Barial s'arrêta devant la cour de sa ferme, il était un peu plus de midi.

Avant de descendre, il jeta un coup d'œil vers le ciel : aucun nuage ne barrait l'horizon. Les moissons allaient donc se terminer comme prévu et, dès demain, les journaliers engrangeraient les récoltes pour le battage. Satisfait, il se tourna vers Olympe, la jeune servante qu'il venait d'aller chercher à la foire de Juillac. Timide, elle serrait toujours son balluchon de toile sur ses genoux. Depuis le début du trajet, elle n'avait pas articulé le moindre mot.

— Tout se passera bien, la rassura-t-il, n'ayez crainte !

Elle répondit par un petit sourire et sauta avec légèreté en bas de la carriole. De l'autre côté de la barrière, devant l'entrée de la grande bâtisse, une femme semblait les guetter.

— Venez ! invita Séverin, mon épouse nous attend.

D'une main décidée, il poussa la porte en bois. Quelques volailles s'égaillèrent en caquetant tandis que, plus loin, un chien attaché à sa niche se mit à aboyer. Madame Barial était une grande femme à l'allure un peu hautaine. Ses cheveux bruns mêlés de gris attachés en chignon dégageaient un visage à l'ovale encore régulier malgré quelques rides. Elle ne tendit pas la main, mais son regard détailla la jeune fille des pieds à la tête, avant qu'une étrange lueur ne s'allume dans ses yeux :

— C'est donc vous, notre nouvelle servante ?

Olympe s'apprêtait à répondre lorsque le fermier lui coupa la parole :

— Elle travaillait à l'auberge du Lion d'Or, fit-il, mais, avec le décès du patron et la mise en vente, sa veuve a dû s'en séparer...

Il enfonça la main dans la poche droite de sa veste et en sortit un papier.

— Voici la lettre de recommandation qu'elle m'a remise.

Sa femme s'empara du papier qu'il lui tendait, le déplia puis commença de lire tout haut :

— « Olympe Rivière a été employée à l'auberge du Lion d'Or de mars à juillet 1912. Elle s'est parfaitement acquittée de ses tâches. » C'est en effet signé Solange Laroche, veuve Bellac, acheva-t-elle en repliant le feuillet.

Un sourire s'afficha alors sur ses lèvres :

— Olympe Rivière, c'est un drôle de nom...

Le visage de la jeune fille s'empourpra :

— Je suis une enfant trouvée, expliqua-t-elle. Il y a dix-huit ans, on m'a découverte près d'une cabane de pêcheurs sur l'une des rives de la Couze, aux environs de Balledent. Seul mon prénom était cousu sur la couverture qui m'enveloppait. L'orphelinat m'a donné ce nom-là.

Soudain, ses yeux bleus s'accrochèrent à ceux de madame Barial. Tout son visage parut s'animer d'une seule prière : « Gardez-moi ! »

— Bon, fit l'épouse de Séverin d'une voix radoucie, entrez !

Bien que meublée sans ostentation, la vaste salle qui occupait tout le rez-de-chaussée de la ferme sentait l'aisance d'une vie habituée à une certaine richesse. En y pénétrant, Olympe remarqua tout de suite des photos de mariage dans leurs cadres dorés, posées sur un bahut. Au fond de la pièce, le linteau sculpté de la cheminée était surmonté d'objets en étain. Partout régnait une propreté méticuleuse que seule la main d'une domestique rompue à un labeur quotidien pouvait donner.

Madame Barial prit place près de la longue table en bois foncé qui se dressait au centre de la pièce.

— Asseyez-vous ! invita-t-elle.

Olympe obéit, tandis que Séverin, resté à une bonne distance, assistait à la scène, debout, les bras croisés.

Il n'y avait rien de surprenant dans le discours qu'elle entendit. En parfaite organisatrice, sa nouvelle patronne énuméra les différentes besognes à accomplir, sans même la regarder. De la lessive à l'entretien de la basse-cour, le programme qu'elle annonçait était conforme à la banale vie d'une servante de ferme, tout comme le salaire de deux sous par semaine. Olympe ne fut frappée que par le silence et la retenue du maître des lieux. Il paraissait pétri d'un profond respect pour tout ce que disait sa femme. Avant de se mettre à l'ouvrage, la jeune fille eut la permission d'aller déposer son bagage dans une petite chambre aménagée près du grenier. Elle savait déjà qu'elle serait seule pour accomplir la plupart des tâches et que les Barial, qui venaient de marier leur fils unique, ne lui laisseraient guère de répit.

Sa première charge fut d'aider à la préparation du gerbaudo. Par chance, des voisines se joignirent à elle et, tout en plumant les quatre gros coqs tués pour la circonstance, elles lui apprirent qu'Elise Barial avait apporté à son mari une confortable dot ainsi qu'un bel héritage. Olympe comprit mieux pourquoi le fermier s'effaçait devant toutes les décisions de son épouse.

Au-dehors, devant la grange ouverte où l'on voyait s'entasser les gerbes prêtes pour le battage, deux journaliers installèrent de longues planches en bois sur des tréteaux. Recouvertes d'un drap blanc, elles allaient servir de table pour la trentaine de personnes attendues.

Le ciel s'enflammait déjà de longues traînées rouges, lorsque les invités envahirent la cour. Avant de lancer le début des ripailles, Séverin invita l'assemblée à trinquer. Puis, il fit un geste en direction des deux violoneux du village, et les premiers accords de musique retentirent.

C'est à ce moment que la silhouette de Pierre se profila devant l'entrée de la ferme. Indifférent à tous les regards qui convergeaient vers lui, il se dirigea vers le fermier et posa un coq mort devant lui.

— J'étais le dernier, déclara-t-il, je ne faillirai donc pas à la tradition.

Barial hocha la tête, puis il lui désigna une place sur sa droite :

— Qu'on apporte une assiette et un verre ! s'écria-t-il.

Olympe accourut. Tandis qu'elle s'affairait près de lui, Pierre ne put s'empêcher de la dévisager. Le sourire qu'elle arborait découvrait de petites dents régulières et creusait deux fossettes dans ses joues. De ses cheveux relevés s'échappaient des boucles blondes que le vent soulevait comme un duvet. Jamais chez une femme il n'avait vu une telle harmonie de traits. Lorsqu'elle s'échappa en emportant le coq vers la ferme, longtemps son regard s'accrocha à sa démarche. Autour de lui, la gaieté et la musique avaient repris leurs droits. Quand il se décida enfin à goûter son repas, une impression bizarre le força à tourner la tête. Barial ne cessait de le regarder.

Tout à coup, la cadence des violons s'accéléra. Goudoux en profita pour enlacer Olympe qui revenait. Le rire en cascade de la jeune fille se perdit dans les sifflets et les claquements de mains. Médusée, Elise fixait leurs virevoltes sans réagir. Alors, Séverin prit sa femme par la main pour la faire danser et les couples se formèrent.

Seul, Pierre se réfugia sous l'auvent attenant à la grange et s'assit sur une caisse renversée qui traînait là. Soudain, sa présence ici lui paraissait saugrenue. Les paroles de sa mère le hantaient toujours, son amertume aussi. Elle n'avait même pas cherché à le retenir, pire encore, en une phrase, elle avait déconstruit ce qu'il s'était efforcé de cacher : « Je sais pourquoi tu vas là-bas. Méfie-toi, je ne pourrai pas t'aider ! »

Puis, comme si de rien n'était, elle avait dressé le couvert pour elle et Joseph avant de servir la soupe.

A présent, dans ce décor de fête où la vie s'embrasait comme une revanche sur les rudes journées passées, un doute surgissait. A quelques pas de lui, Olympe riait et tournait toujours. Pour qui d'autre sinon pour elle était-il ici ? A qui expliquer la fulgurance qui l'avait traversé lorsqu'il l'avait aperçue dans la carriole ?

Posté à l'angle de la grange, un journalier qui l'observait depuis un moment s'approcha :

— Toi non plus, tu ne danses pas ?

En guise de réponse, Pierre lui adressa un vague sourire, puis il sortit sa blague à tabac pour se rouler une cigarette.

— Je suis comme toi, continua l'autre en s'asseyant près de lui, j'ai les jambes ankylosées.

Devant eux, hommes et femmes changeaient de partenaire. Séverin attrapa Olympe par la taille.

— Beau couple ! commenta le journalier. Est-ce que je peux te prendre un peu de tabac ?

Pierre lui tendit sa blague, mais ses yeux restaient rivés aux deux danseurs. La jeune fille paraissait toute menue à côté de son cavalier. Ils tournèrent ensemble assez longtemps jusqu'à ce que la musique s'arrête d'un seul coup, provoquant aussitôt une clameur de déconvenue. Le journalier qui humectait son papier à cigarettes ricana.

— Pas folle, la guêpe !

Il montra Elise Barial qui glissait quelque chose dans les mains des violoneux.

— Elle sait ce qu'elle fait, poursuivit-il, la Couze n'est pas une rivière si tranquille, plus d'un ont failli s'y noyer...

— Pourquoi la Couze ? s'étonna Pierre.

L'homme quitta son siège rudimentaire et s'étira comme s'il devait chasser une fatigue que les vapeurs d'alcool devaient sans doute augmenter.

— C'est son surnom. Retiens-le bien ! Olympe dite « la Couze ».

Et, dans un dernier ricanement, il se perdit parmi la foule qui se pressait près des tables.

Des bouteilles furent à nouveau débouchées et l'on apporta les clafoutis qui avaient cuit dans l'après-midi. Elise entreprit de les découper, puis elle appela Olympe pour l'aider à distribuer les parts.

En tombant, le soir dessinait de grands pans d'ombres autour de la cour et du jardin. Contents de cette pause, les violoneux avaient posé leurs instruments pour boire et manger. Seul Pierre contemplait la grande tablée sans conviction. Comme s'il en avait assez vu et entendu, quelque chose le poussait à partir. Il prit encore le temps d'écraser le bout de sa cigarette sur le sol et se redressa. A présent, les villageois se bousculaient en tendant leurs assiettes. Certains, la mine rougeaude et satisfaite, se jetaient sur plusieurs parts et les engloutissaient sans vergogne. Leur gloutonnerie n'avait d'égale que les nombreux verres d'alcool qu'ils venaient d'ingurgiter. De plus en plus mal à l'aise, Pierre voulut se frayer un passage parmi eux pour s'en aller, mais Olympe surgit devant lui :

— Tenez ! dit-elle en lui présentant un morceau de gâteau, les desserts réconfortent, vous aurez l'air moins triste !

Une fraction de seconde, il hésita. Ce n'était pas l'ironie de sa phrase qui le faisait reculer, mais la perspective d'une bataille qu'il sentait perdue d'avance. Accepter, c'était engager un lien avec elle.

— Je viens de le préparer, insista-t-elle, il est encore tiède.

Ses yeux brillaient d'un éclat presque irrésistible ; il finit par s'emparer du gâteau et mordit dedans. La saveur de cette première bouchée lui parut si délicate qu'il en ferma les yeux.

— Je n'en ai jamais mangé d'aussi bon !

— Surtout, dites-le à tout le monde ! s'exclama-t-elle, il faut qu'on le sache !

La ferveur presque enfantine de son visage avait quelque chose de désarmant. Il s'apprêtait à lui répondre lorsqu'il sentit qu'une main agrippait son bras. Elise Barial, qui s'était rapprochée d'eux, les fixait d'un œil mi-amusé, mi-dédaigneux, tandis que, dans le fond de la cour, des accords de musique s'égrenaient en sourdine.

— Venez ! dit-elle en le tirant vers elle, vous raconterez à votre mère que nous avons dansé ensemble...

Pierre vit Olympe tourner les talons et s'enfuir. Une bouffée de colère monta en lui. Avec une brusquerie à peine retenue, il se dégagea :

— Je ne dirai rien à ma mère, rétorqua-t-il, je suis venu contre sa volonté.

Et, sans attendre, il fit volte-face et traversa la cour. Dans sa hâte, il bouscula quelques danseurs qui le rabrouèrent, mais il n'y porta aucune attention et rejoignit la barrière. C'est seulement au moment de sortir qu'il risqua un coup d'œil derrière lui. Sous la lueur des lanternes qui commençaient à s'allumer, Olympe le regardait partir. Elle leva la main dans un petit signe d'adieu, mais son geste fut happé par une farandole qui déboucha près d'elle et l'emporta sans crier gare.

3

Pour rentrer, Pierre longea des chemins déserts et des fermes aux fenêtres éteintes. Par chance, au-dessus de lui, le ciel piqueté d'étoiles éclairait ses pas. Il marchait, la tête un peu vide après ce qui venait de se passer ; seul le bruit de ses chaussures cloutées provoquait des fuites d'animaux à travers les arbres et les buissons. Lorsqu'il repéra le dernier tournant qui aboutissait chez lui, il s'arrêta.

Située sur une hauteur au bout du village, la maison des Bourzat se détachait du reste du bourg. Malgré la semi-obscurité, la couleur claire de ses murs en pierre calcaire et son toit d'ardoises ressortaient comme en plein jour. Il avait beau la connaître, à chaque fois il était frappé par son allure massive qui paraissait dominer les plaines et les vignes environnantes. Au fil des ans, rien qu'avec leurs mains, Joseph, sa mère et lui avaient réussi à transformer un modeste abri de vigneron en une bâtisse aux murs épais que plus d'un leur enviait.

— Elle est belle, hein ?

Perdu dans ses pensées, il sursauta avant de reconnaître son frère.

— Que fais-tu là ? demanda-t-il, pourquoi ne dors-tu pas ?

De sa démarche claudicante, Joseph s'approcha. Des brindilles s'accrochaient à ses cheveux noirs et il mâchonnait une longue herbe.

— Elle est belle, hein ? reprit-il.

Pierre haussa les épaules. Le sommeil l'engourdissait, il n'avait pas envie de discourir sur l'apparence de leur maison.

— Tu le sais aussi bien que moi, répondit-il agacé, elle est telle que nous l'avons construite et personne ne dira le contraire. Allez, rentrons !

Il fit mine de grimper la montée plus raide qui conduisait au perron, mais la voix de Joseph s'éleva de nouveau :

— Je veux parler de la fille !

— Quelle fille ?

— Celle qui était avec Barial.

Comme il n'obtenait pas de réponse, le jeune infirme s'obstina :

— Alors ? Comment est-elle ?

Pierre revoyait Olympe et son geste à peine ébauché, disparaissant dans la farandole. Une tristesse l'envahit.

— Demain, se résigna-t-il à dire, tu iras au village et tu demanderas à voir la Couze, on te l'indiquera.

Après un petit rire, il continua sa montée. Joseph entendit le grincement de la grille qui s'ouvrait, puis le silence retomba sur la nuit.

Un long moment, il demeura pensif au même endroit. Les propos de son frère tournaient dans sa tête, éloignant toute envie de dormir. Il regarda vers la façade de la maison ; une lumière vacilla derrière une fenêtre avant de s'éteindre. Plus personne ne veillait là-haut. Il décida de faire demi-tour et de redescendre vers le village.

A chaque fois, c'était une épreuve pour lui d'éviter les caillasses qui jonchaient le sol. A cette heure avancée de la nuit, la grosse bottine en cuir qui chaussait son pied bot pesait de plus en plus lourd. Plusieurs fois, il dérapa, faillit tomber, mais ne renonça pas. Le village tout entier paraissait assoupi, seules quelques lampes à pétrole veillaient çà et là. En passant le long d'une cour, il ne put éviter les aboiements furieux d'un chien, qui l'obligèrent à obliquer vers un sentier plus désert. Enfin, après s'être assuré qu'il n'était pas suivi, il prit une venelle bordée d'arbres au bout de laquelle se dressait une vaste ferme. Prudent, il se faufila jusqu'à la barrière et s'accroupit. Un grognement sourd l'avertit qu'un chien avait détecté sa présence. Il porta les doigts à sa bouche et siffla deux coups brefs. En un éclair, le chien déboula près de lui en jappant.

— Pichou ! Pichou ! appela doucement Joseph, c'est moi !

Il tendit sa main à travers les claies en bois et sentit presque aussitôt la langue chaude de l'animal lécher ses doigts. Il tapota encore son museau une ou deux fois, puis se releva pour évaluer comment il pouvait franchir la barrière. Deux grosses charnières en métal saillaient sur une planche, près de la porte. Il calcula qu'en y logeant son pied valide il obtiendrait l'appui recherché pour l'enjamber. Malgré la fatigue qui commençait à l'engourdir, il rassembla ses forces et grimpa.

Cette barrière n'était pourtant pas très haute, mais, pour lui, il le savait, chaque escalade comptait double. Quand il se retrouva dans la cour, le chien dansa autour de lui avec des couinements de joie. Après l'avoir caressé, Joseph réalisa qu'il avait enfin le champ libre. Alors, il se glissa jusqu'à la grange qui jouxtait le corps principal de la ferme et s'assit à l'un des angles. Là, il en était sûr, personne ne pouvait le voir. Son regard fouilla la maison. A l'étage, une fenêtre allumée se découpait dans l'air sombre. Il se mit à la fixer avec une intensité presque douloureuse. Combien de fois déjà était-il venu ici, la nuit, en cachette ? Il connaissait par cœur chaque recoin de cet endroit, chaque parcelle de mur. Depuis des mois, à force de patience et de ténacité, il avait apprivoisé le chien qu'il avait baptisé par hasard « Pichou ». Petit à petit, sa vie s'était construite autour de ces longues randonnées solitaires, dans ce domaine interdit où il entrait par effraction. Les rituels qui ponctuaient la vie nocturne de la propriété n'avaient plus de secret pour lui. Ici, à chacune de ses visites, il en apprenait assez pour alimenter son insatiable curiosité. Mais ce soir, le spectacle vint à lui sous la forme inattendue d'une silhouette de femme gracile qui ouvrit toute grande une fenêtre sous les combles.

Un instant, comme si elle avait trop chaud, la jeune femme se tint face à la nuit, les mains croisées derrière la nuque. Elle semblait fermer les yeux, inspirer la fraîcheur que le vent apportait du verger. Puis, dans un geste sans méfiance, elle ôta sa robe et la fit tomber à ses pieds. Par terre, près de la grange, Joseph, bouche bée, ne bougeait plus. La clarté d'une chandelle rendait presque scintillante la peau nue qui se dévoilait ainsi à lui. Les seins de la jeune femme avaient la rondeur et la plénitude des fruits mûris par le soleil. Il ne put dire combien de temps il resta là, cloué sur place. Mais, tout à coup, il y eut un craquement en provenance d'une remise et les volets se refermèrent avec précipitation. Joseph roula sur lui-même pour se cacher derrière un tas de bois. Quelqu'un venait. Des pas se rapprochaient et Pichou jappait de nouveau.

— Tais-toi ! Tais-toi ! ordonna la voix de Barial.

Un bruit de chaîne résonna. Le chien venait d'être attaché dans sa niche et son maître allait rejoindre la maison pour se coucher.

Un claquement de porte le rassura. Séverin était rentré chez lui. Avec prudence, il quitta son abri précaire. L'apparition de la jeune servante dans son éblouissante nudité lui donnait un sentiment qu'il n'avait jamais ressenti. Posté près de cette grange, bien des fois il avait percé l'intimité des Barial sans que cela l'atteigne outre mesure. Une épaule dénudée d'Elise, sa longue chemise de nuit ou ses cheveux dénoués n'avaient jamais eu cet effet saisissant... Il enjamba de nouveau la barrière et, comme à regret, jeta un dernier regard vers la ferme. Puis, il sortit de l'enclos et se mit à marcher sur la route. En lui, l'image d'Olympe rayonnait dans une blancheur nacrée qui le coupait du monde. A présent, peu lui importait qu'on le voie, il n'avait plus peur. Une ivresse nouvelle s'accrochait à ses pas. Il tituba plusieurs fois sans prendre garde aux aspérités du chemin, puis, épuisé par une fatigue inconnue, il s'affala au pied d'un hêtre et s'endormit comme une masse.

Le jour pointait quand Marie entrebâilla ses volets. Comme elle le faisait tous les matins, elle s'attarda sur le paysage qui s'étalait sous ses yeux. D'ici, quand le temps le permettait, on distinguait le château des Piquets, perché sur une colline au milieu des prairies et des châtaigneraies proches de Juillac. Ce matin, il se dressait comme une tache claire, la journée s'annonçait donc belle et chaude. Marie s'éloigna de la fenêtre sans y prêter attention. Depuis la veille, une lourdeur s'incrustait en elle, un tiraillement qui ne lui avait procuré qu'un repos superficiel. La désobéissance de Pierre pesait sur elle comme une chape. D'un pas traînant, elle s'approcha de l'évier pour commencer sa toilette. Puis, elle rejoignit la cheminée pour ranimer le feu. Fidèle au souvenir de ses parents et de ses grands-parents, elle dormait dans la salle principale, au rez-de-chaussée de la maison. Là, rien ne lui échappait. Le retour de Pierre plus tôt que prévu l'avait surprise, mais elle l'avait laissé monter se coucher en taisant ses questions.

Elle posa sur le feu la marmite en fonte qui contenait la soupe aux légumes. Joseph n'allait sans doute pas tarder. Avec lui au moins, elle était tranquille. Ses escapades nocturnes ne la privaient de rien. Elle savait qu'il pouvait contempler pendant des heures la migration d'un scarabée, la vie d'une fourmilière ou le laborieux travail d'un oiseau qui fait son nid. Chaque particularité, chaque détail le nourrissait en le comblant. C'est par eux qu'il effaçait sa solitude ou les réflexions des gamins, qui fusaient comme des jets acides sur son passage.

Lorsqu'il poussa la porte, elle ne fut pas étonnée par ses vêtements froissés et ses cheveux emmêlés d'où dépassaient toujours quelques brindilles.

— *Boun journ, mai*, dit-il en s'attablant.

Marie ne répondit que par un signe de tête avant de venir vers lui en portant deux bols remplis de soupe. Après s'être assise, elle découpa de larges tranches dans le pain qu'elle avait cuit l'avant-veille et, sans un mot, se mit à manger.

Ici, durant les repas, pareil au vieux fusil du père oublié au-dessus du cantou, le silence avait la profondeur de ces liens qu'on ne remet jamais en question. Ce matin comme les autres, entre les crépitements du feu ne résonnaient que les aspirations des lèvres et le cliquetis des cuillères contre les bols.

Quand Pierre entra à son tour, Marie tourna à peine la tête. Il salua comme si de rien n'était et prit place à côté de son frère. Pas plus que la veille au soir elle ne lui posa de questions, mais il dut se servir lui-même et racler le fond de la marmite pour n'obtenir que quelques cuillerées à peine chaudes. Derrière lui, par la fenêtre, le soleil montait comme une flèche, et du jardin s'échappaient des pépiements d'oiseaux.

— Il va faire chaud pour le battage, dit-il.

Sans répondre, Marie repoussa son bol vide et, de sa main pliée, ramassa les miettes de pain qui s'éparpillaient devant elle. Puis elle se leva pour ranger ce qui traînait encore sur la table. Aucun muscle de son visage ne tressaillait, et ses cheveux grisonnants, attachés avec soin en chignon rond sur sa nuque, ne dégageaient qu'un profil imperturbable et distant.

— Je sors, fit alors Joseph qui sentait l'orage arriver.

Il ajusta son chapeau sur sa tête et marcha vers la porte. Mais, à peine au-dehors, il se pelotonna en haut du perron et colla son oreille contre le chambranle. Le silence dura quelques instants avant qu'il ne perçoive la voix furieuse de Pierre :

— Pourquoi ne me dis-tu rien ? s'écria ce dernier, je le sais que tu m'en veux !

D'abord, il n'y eut aucun écho à sa question, puis, comme un chasseur choisit la meilleure façon d'atteindre sa proie, Marie lança l'une de ses phrases qui glaçaient jusqu'aux veines :

— Tu m'as déçue, fit-elle seulement.

Joseph rentra la tête dans les épaules. Même si elle ne l'avait pas employé, le mot « trahison » se détachait en lettres de feu à travers chacune de ses paroles. En retenant sa respiration, il se plaqua davantage contre la porte, mais un crissement de roues en bordure de la route le força à se détourner. Il vit une carriole s'arrêter à proximité de leur domaine et un homme en descendre.

Sa démarche et sa silhouette ne semèrent aucun doute dans l'esprit de Joseph : Séverin Barial arrivait chez eux.

Alors, aussi vite qu'il put, il bondit du perron et se réfugia sur le côté de la maison, derrière un tonneau qui recueillait l'eau des pluies.

4

Quand Pierre aperçut le fermier par la fenêtre, en se redressant il renversa le banc sur lequel il était assis.

— Barial ! s'écria-t-il.

Marie, qui empilait du linge à l'autre bout de la pièce, suspendit ses gestes jusqu'à ce que deux coups soient frappés contre la porte.

— Ouvre ! ordonna-t-elle seulement.

Sur le seuil, Séverin apparut, l'air dégagé. Un large sourire étirait ses lèvres sous son épaisse moustache.

— Bonjour ! lança-t-il en soulevant son chapeau, je sais que je suis matinal mais je voulais vous voir avant le début du battage.

— Je n'ai pas beaucoup de temps, commenta Marie, mais entrez quand même si vous le désirez.

En passant devant Pierre, le fermier lui adressa un clin d'œil comme s'il cherchait une complicité. Puis il s'approcha du banc qui gisait par terre, le releva et s'assit dessus avant de poser son chapeau sur la table.

Marie s'installa en face de lui, mais la ride qui barrait son front montrait combien elle se tenait sur ses gardes.

— Bon ! commença-t-il en feignant l'enjouement, venons-en au fait, puisque je suis là pour ça !

Voilà peut-être deux ans qu'elle ne l'avait vu d'aussi près. Elle remarqua ses tempes plus grises et sa chevelure moins abondante. Seuls ses traits avaient peu changé. Il restait encore cet homme viril que bien des filles d'ici avaient rêvé d'épouser. Malgré leur légère différence d'âge, elle se rendit compte que le temps l'avait plus épargné qu'elle et lui en voulut.

— Cette année, poursuivit-il sans faire attention au regard perçant qu'elle dardait sur lui, les récoltes sont excellentes, il faudrait que nous les célébrions à notre manière...

— Que voulez-vous dire ?

A son imperceptible redressement d'épaules, il comprit qu'elle se méfiait toujours.

— Marie, reprit-il en s'accoudant sur la table, voilà des années que nous sommes comme chien et chat. Pourquoi ne pourrions-nous pas joindre nos intérêts ?

Comme elle ne répondait rien, il invoqua l'argument auquel il pensait depuis des jours :

— Des rumeurs de guerre circulent, tout peut changer pour nous. J'achète un bon prix tes vignes en t'en laissant l'usufruit. Quoi qu'il advienne, avec Joseph, vous aurez de quoi vivre. Quant à Pierre, par contrat, je lui donne un salaire fixe pour continuer à s'occuper de tout.

Pierre, qui se tenait en retrait, ne put s'empêcher de sursauter. Barial ne démordait pas de son objectif. A intervalles réguliers, comme un loup tapi dans l'ombre, il revenait à la charge avec de nouvelles propositions. N'était-il pas réputé pour son besoin constant d'agrandir ses terres ? Il possédait déjà plus de la moitié du village. Quelle belle victoire pour lui d'acquérir enfin ce vin dont la quantité restreinte n'avait d'égale que la réputation !

Ni le tutoiement ni le marché n'ôtèrent son flegme à Marie. Elle ne fronça même pas les sourcils et leva juste la main vers Pierre pour lui signifier qu'il n'avait pas à intervenir. Puis elle se pencha vers son hôte et planta son regard dans le sien :

— Tant que je vivrai, pas une parcelle de mes vignes n'appartiendra à un Barial ! Tenez-le-vous pour dit !

Le poing qu'elle abattit sur la table fit reculer Séverin. Une fois de plus, elle s'entêtait sans en mesurer les conséquences. Une réconciliation aurait apaisé des tensions qui n'avaient plus lieu d'être et tout le monde aurait été satisfait.

— Tant pis ! s'exclama-t-il, on n'obtient rien d'une mule qui ne veut pas avancer.

— C'est ça, rétorqua Marie sur le même ton, garde ton picotin pour ceux qui ont besoin qu'on les nourrisse ; mais jamais je ne céderai !

Barial enfonça son chapeau sur sa tête. Un mélange de colère et de dépit le poussait à fuir. Il haussa les épaules avant de rejoindre la porte. Au moment de sortir, il ne s'arrêta qu'un instant pour se tourner vers Pierre.

— Une roue de ma carriole a été faussée ; peux-tu me donner un coup de main pour la remettre d'aplomb ?

Le jeune homme jeta un coup d'œil vers sa mère.

Bras croisés, elle contemplait la scène sans sourciller. Comme elle ne semblait dire ni oui ni non, il finit par emboîter le pas au fermier.

En silence, les deux hommes empruntèrent le petit chemin qui menait vers la route. Derrière eux, pour mieux les voir, Joseph avait quitté son abri et s'était de nouveau assis sur une marche du perron.

Pierre n'osait pas parler. Il imaginait le rideau soulevé de la salle et le regard de Marie qui les suivait. Après la discussion qui venait de se produire, il aurait mieux aimé ne pas être là. Mais il devait une revanche au fermier. Quelques mois auparavant, ce dernier n'avait pas hésité à l'aider, alors que sa charrette, pleine de bois, s'était embourbée dans un fossé.

Dès qu'ils furent devant la carriole, Pierre interrogea Séverin pour savoir de quelle roue il s'agissait. Barial mit un doigt sur sa bouche, puis d'un regard circulaire il s'assura que personne ne pouvait les entendre.

— Ma carriole n'a rien, confia-t-il, je t'ai fait venir pour autre chose...

La mine du garçon s'allongea. A la déception s'ajoutait l'irritation d'avoir été berné.

— Vos salades ne m'intéressent pas, gronda-t-il, vous avez eu l'avis de ma mère, ça devrait vous suffire !

— Ecoute-moi ! insista le fermier en le retenant par un bras, c'est d'Olympe que je veux te parler.

Il était si près que Pierre sentait l'odeur de tabac qui imprégnait sa veste. Plus haut d'à peine une demi-tête, il avait pour lui l'avantage d'une carrure que sa maturité lui octroyait. Par chance, on ne lisait aucune agressivité sur son visage.

— Tu pourrais être mon fils, continua Barial, je ne te souhaite pas de mal.

Pierre se détendit. Il n'était peut-être pas si rude que sa mère le disait.

— Si tu m'arranges mon affaire, reprit-il à voix basse, Olympe est à toi, je te le jure !

Une rougeur envahit les joues du garçon.

— Mais comment pouvez-vous ? bredouilla-t-il. C'est elle qui décide.

En souriant, Barial serra plus fort son bras :

— Tu es jeune ! Crois-moi, c'est tout ce que je te demande.

— Et que dois-je faire en échange ?

Le fermier s'écarta. Dans le lointain, les clochettes d'un troupeau de moutons mêlaient le tintement de leurs grelots aux aboiements d'un chien. Tout à coup pressé, Séverin abandonna Pierre pour grimper dans sa carriole.

— Retiens bien ça, fit-il en attrapant les rênes, si ta mère change d'avis pour ses vignes elle est à toi, tu as ma parole !

Puis il cria un « Hue ! » si sonore que son cheval se cabra avant de se mettre en route. Après quelques tours de roue, Pierre vit l'attelage disparaître dans un nuage de poussière. Encore secoué par ce qu'il venait d'entendre, il resta longtemps au même endroit, perdu dans un tourbillon de pensées.

A quelques pas derrière lui, Marie laissa retomber le rideau de la fenêtre. En cette saison, les deux châtaigniers qui poussaient au bout du chemin dissimulaient la route. Cela n'avait pas d'importance. Séverin parti, elle ressentait le besoin d'être seule comme si quelque chose d'elle s'éteignait à tout jamais. En regardant ses mains, elle s'aperçut qu'elles tremblaient et s'appliqua à lisser son tablier. Une chaleur subite mordait son corps ; elle dut s'asseoir, presque étourdie. C'était plus fort qu'elle, les souvenirs surgissaient dans sa mémoire, dansaient une ronde irrépressible qui la meurtrissait comme une blessure. Elle ferma les yeux, puis agrippa le rebord de la table. Comment avait-il osé venir jusqu'ici ? Pourquoi ne s'était-il pas contenté, comme les autres fois, de l'aborder dans une rue du village ou aux champs ? Voilà des années qu'elle s'efforçait de cacher la vérité à ses fils. Des années que ce secret lui entaillait la chair comme une plaie vive. Une larme roula sur ses joues qu'elle essuya d'un prompt revers de manche. Elle pensait à Pierre, à sa jeunesse, aux influences qu'il pouvait subir. Cela durait depuis trop longtemps, il fallait qu'elle lui parle avant que l'irréparable ne se produise.

— Tu es prête, Ma ?

Elle releva la tête. Joseph avait entrouvert la porte et l'appelait. Derrière leur maison, sur un terrain attenant où deux bâtiments sommaires faisaient office de grange et d'écurie, le blé et le seigle attendaient pour le battage. Hier soir déjà, Henri Gervais, l'un des meilleurs chaumiers de Juillac, était venu ramasser les tiges qu'il avait achetées sur pied. A présent, il n'y avait plus qu'à penser aux grains destinés au moulin du pays.

— Je te suis, dit Marie, préviens ton frère que nous allons commencer.

Comme il en avait l'habitude, Joseph porta deux doigts à sa bouche et siffla. Depuis leur enfance, c'était le signal convenu qui alertait Pierre. Ce dernier ne fut pas long à réagir. Quelques secondes plus tard, un fléau à la main, il les rejoignait.

Durant la journée entière, tous trois n'échangèrent aucune parole. C'était comme si la chaleur harassante, jointe aux mouvements rapides des outils qui s'abattaient en rythme sur les gerbes étalées, empêchait toute communication. De temps à autre seulement, Marie regardait Joseph. Elle savait qu'il taisait les douleurs qui parcouraient ses jambes. Il maniait son fléau moins rapidement qu'eux, son geste aussi était moins sûr, mais chaque année il mettait un point d'honneur à être là. Et quand le soir venait, face aux monceaux de grains qui allaient gonfler les sacs, malgré son visage creusé, il riait, content d'avoir réussi.

— T'es un bon gars ! disait alors Marie en lui tapotant la joue.

Cette fois, elle fut la première à s'arrêter. Ereintée, suffoquant, elle s'affala près des sacs de grains d'où s'échappait encore une fine pellicule de poussière grise. Séverin n'avait pas menti : la récolte de cette année était supérieure aux précédentes. Pierre l'imita, contrarié de devoir obéir à des exigences qui n'avaient plus cours. Il était si facile d'emprunter la batteuse dont tout le village se servait. Pas plus tard qu'hier, il l'avait vue passer en amont du cimetière, flambant neuve et tractée par deux puissants chevaux. Par moments, l'obstination de sa mère lui semblait plus hermétique que les écritures des journaux auxquelles il ne comprenait rien. Si sa non-fréquentation de l'école l'avait coupé de tout un monde, il était quand même capable d'apprécier les progrès techniques à leur juste valeur.

— Avec la batteuse, souligna-t-il, nous aurions gagné du temps et Joseph aurait été moins fatigué.

L'allusion porta ses fruits. Marie dévisagea Joseph qui achevait de battre une dernière gerbe. Ses traits tirés l'émurent.

— Laisse ! ordonna-t-elle. Il vaut mieux que tu ailles t'occuper de Blanchot.

Dans sa stalle, leur cheval Blanchot hennissait, réclamant sans doute sa pitance. Soulagé d'interrompre ses efforts, Joseph essuya son front en sueur contre la manche de sa chemise, puis il appuya son fléau contre le mur de la grange et de sa démarche saccadée se dirigea vers l'écurie. Marie attendit qu'il s'éloigne un peu, avant de se tourner vers Pierre :

— Il faudrait que je te parle.

— C'est grave ?

— Non, fit-elle en repliant ses jambes pour se relever, mais il est temps que tu saches.

Aussitôt, il pensa que la visite de Barial y était pour quelque chose. Ce matin, c'était bien la première fois qu'il les avait vus ensemble, face à face. Jamais le rejet haineux de sa mère ne lui avait paru si disproportionné.

— C'est à cause de lui, n'est-ce pas ? interrogea-t-il.

Elle hocha la tête dans un bref mouvement et du plat de sa main épousseta sa longue jupe :

— Chut ! murmura-t-elle, ton frère revient...

5

Malgré la nuit, Olympe ne parvenait pas à dormir. Cette première journée de battage aurait dû la plonger dans un sommeil réparateur ; mais rien n'y faisait. Des images défilaient sans cesse devant ses yeux. Elle se revoyait parmi la dizaine d'hommes et de femmes qui n'avaient pas ménagé leur peine. Ce n'étaient pas les plaisanteries grivoises de certains qui revenaient à ses oreilles, ni les regards jaloux de leurs femmes qu'elle avait captés par hasard. A tout cela, elle était habituée. Non, il y avait quelque chose de plus terrible, de plus sournois. Quelque chose qu'elle n'aurait jamais voulu entendre et qui tenait ses yeux ouverts comme en plein jour.

Plusieurs fois, sous prétexte de contrôler les rouages de la machine, Séverin s'était approché d'elle en la frôlant ; puis, elle avait surpris son regard, dévoré de désir, accroché à l'échancrure de son corsage lorsqu'elle se baissait. Et, pire encore, il y avait les paroles qu'il avait chuchotées en passant près d'elle au moment de la pause : « Ce soir, laisse ta porte ouverte ! »

Maintenant, dans le noir presque absolu de sa chambre, allongée sur ce lit où d'autres avant elle avaient peut-être vécu la même chose, elle surveillait chaque craquement, chaque bruissement suspect. Le loquet du verrou était soigneusement tiré, mais son cœur battait à grands coups sourds, car elle sentait le fermier prêt à tout. Soudain, un bruit étrange la fit se redresser. Dans un geste instinctif, elle croisa les bras sur sa poitrine comme pour se protéger et tendit l'oreille, les sens en alerte. D'où pouvait provenir cette sorte de frottement qui ressemblait à des pas furtifs sur un plancher ? Déjà, elle imaginait la silhouette de Barial se faufilant jusqu'à sa chambre, ses ruses pour échapper à la vigilance de son épouse. Mais, curieusement, plus elle se représentait son escapade, plus sa peur diminuait. Que risquait-elle, ici, alors qu'un seul de ses cris aurait pu ameuter toute la maison ? Apaisée, elle quitta son lit et marcha vers la fenêtre dont elle poussa les volets. Sur le grand hêtre qui balançait une partie de son feuillage presque sous son nez, deux immenses yeux jaunes la fixaient. Après un battement d'ailes craintif, l'oiseau de nuit secoua sa tête et sa huppe hérissée apparut dans le clair de lune. Olympe se sentit mieux. Le bruit de tout à l'heure n'émanait sans doute que de cette chouette qui venait de se poser dans l'arbre. En se moquant de sa couardise, elle soupira avant de refermer les persiennes. Après tout, les manœuvres de Séverin resteraient peut-être sans suite. Il savait les risques qu'il encourait si sa femme les découvrait. Un sourire se dessina sur ses lèvres ; elle pouvait dormir tranquille. Elle se rapprocha à tâtons de son lit et se glissa sous le drap. C'est à cet instant qu'elle entendit distinctement la clenche se soulever, puis retomber avec lenteur, tandis que la voix enjôleuse de Barial s'élevait.

— Olympe, ouvre ! C'est moi...

Sur son lit, la jeune fille frissonnante se mordit les lèvres. Une dernière fois, il prononça un peu plus fort son nom, puis, après une longue minute, le plancher grinça. Olympe attendit encore avant d'oser se rallonger. Que devait-elle faire ? Rester ? Partir demain, et pour aller où ? La détermination qu'elle avait lue dans le regard du fermier n'était pas une illusion. Il venait de le lui faire comprendre. Elle serra les poings. L'avenir auquel elle avait cru se délitait déjà comme une pierre friable, et elle n'avait personne à qui se raccrocher. A ce moment, un ululement déchira la nuit, suivi presque aussitôt de jappements étouffés. Quelqu'un de la maison devait marcher dans la cour. Enfin, une porte se referma dans un bruit sec et tout parut s'assoupir de nouveau.

En se demandant ce qui se passait, Olympe essaya de garder les yeux ouverts, mais la fatigue eut raison de sa vigilance. Quelques instants plus tard, un lourd sommeil la terrassait.

Au même moment, dans la vaste salle du rez-de-chaussée, Elise faisait face à Séverin. Sa longue chemise de nuit froissée et ses cheveux en désordre, répandus sur ses épaules, montraient qu'elle venait de sortir de son lit. Réveillée par une sensation de froid, elle avait tout de suite perçu son absence. Des bruits de pas dans l'escalier avaient achevé de la renseigner : il descendait.

— Tu n'arrives pas à dormir ?

C'est tout ce qu'elle trouvait à lui dire, alors qu'inquiète elle s'était précipitée pour le découvrir dans la cour, près de la niche du chien, scrutant avec attention la façade de leur maison. En l'entendant, il s'était détourné avec vivacité puis avait fait mine de caresser l'animal avant de rentrer.

— Pourquoi ne dors-tu pas ?

La voix d'Elise se faisait câline tandis que Séverin, à présent accroupi près de la cheminée, repoussait des braises à l'aide d'un tisonnier.

— Ce n'est rien, lâcha-t-il sans autre explication.

— Veux-tu boire quelque chose de chaud ?

Elle s'obstinait malgré la fraîcheur qui perçait sa chemise de nuit et les frissons qui couvraient ses bras.

— Va dormir ! continua-t-il, je vais venir.

Elle ne répondit rien mais remarqua que la chemise et le pantalon qu'il avait enfilés étaient mal boutonnés, comme si quelque chose l'avait tiré du lit à la hâte. Elle baissa la flamme de la lampe posée sur la table avant de se diriger vers l'escalier. Là, une main sur la rampe, elle commença à remonter. Quels soucis pouvaient ainsi empêcher Séverin de dormir, lui qui avait toujours eu un sommeil si régulier ? La récolte était bonne, les travaux de la ferme avançaient bien et, depuis son mariage, Jules, leur fils, semblait heureux en ménage. Elle avait beau réfléchir, aucune réponse ne la satisfaisait. Ce n'est qu'en franchissant la dernière marche qu'une lueur soudaine la traversa. L'image d'Olympe qui dormait au-dessus d'eux s'imposa devant ses yeux, et tout devint cohérent : l'attitude de Séverin dans la cour, son regard vers l'étage et sa gêne quand il s'était senti observé. Elle y associa leur longue danse pendant le repas des moissons, l'empressement du fermier autour de la jeune fille et sa gaieté inexplicable depuis deux jours.

Qui d'autre pouvait ainsi l'empêcher de se reposer ? Quel désir le tenaillait à ce point qu'il en confondait le jour et la nuit ?

Du haut de l'escalier où elle s'était arrêtée, elle se pencha vers le cantou : Séverin s'était assis sur le banc placé devant l'âtre et paraissait méditer.

— Séverin, appela-t-elle d'une voix caressante, je ne peux pas dormir si tu n'es pas là.

Surpris, il eut du mal à réprimer un sursaut.

— Je t'ai dit que j'allais venir.

Rien qu'à son ton, elle comprit qu'elle n'obtiendrait pas ce qu'elle voulait. Alors, elle redescendit quelques marches pour se coller contre la rampe :

— Je sais ce qui te retient ici, lança-t-elle, agressive, et pourquoi tu ne dors pas...

Elle vit ses épaules se contracter comme s'il s'apprêtait à encaisser un coup.

— Elle t'a ensorcelé, comme tous les autres avant toi, et tu es tombé dans son piège !

De pâle, le visage de Séverin devint livide.

— Tais-toi ! Tu ne sais même pas ce que tu dis.

Mais elle n'était pas près de lâcher prise. Comme un présage, elle serrait la rampe de toutes ses forces.

— A la seconde où je l'ai vue, j'ai compris que le malheur entrait chez nous.

Cette fois, le fermier bondit de son siège et, d'un violent coup de pied, il envoya promener le tisonnier contre le mur.

— Nom de Dieu ! s'écria-t-il, as-tu fini de raconter des sornettes ?

Mais, lorsqu'il leva les yeux, elle avait disparu.

Tremblant de colère, il ouvrit le vaisselier qui se dressait à côté de l'horloge et chercha une bouteille. Soulagé de dénicher un reste de fine, il s'en versa un verre et s'attabla. Il n'avait plus aucune envie de dormir ; la jeunesse d'Olympe et son sourire clair l'invitaient à d'autres rêves, et les menaces d'Elise n'y changeaient rien. Les vingt années passées auprès d'elle avaient aplani la route comme un chemin sans cailloux. A part quelques inéluctables accrocs, il avait toujours repris sa place, fidèle à son devoir d'époux et de père. Mais, depuis que Jules s'était établi dans sa ferme avec sa jeune épouse, un sang nouveau coulait dans les veines de Séverin. Il ne regrettait même pas la promesse qu'il avait faite au fils aîné de Marie. Quel autre appât aurait pu mieux servir ses intérêts ? Le garçon n'y avait sans doute vu que du feu. Qu'importe ! Une fois la vigne et Olympe acquises, il aurait beau jeu de lui dire qu'il n'y était pour rien, car il en restait persuadé : malgré quelques simagrées, la belle servante ne résisterait pas longtemps à ses avances.

Réconforté par cette perspective et les effets de l'alcool, il finit par replier son bras sur la table pour y loger son front. Les paroles d'Elise résonnèrent encore à ses oreilles.

— C'est vrai, murmura-t-il en souriant, je suis ensorcelé.

Et il sombra enfin dans le sommeil.

6

L'effleurement d'une sauterelle contre son front réveilla Joseph.

En ouvrant un œil, il découvrit une partie du ciel où s'effilochaient des traînées roses. Autour de lui, la vie sortait peu à peu de sa torpeur comme d'un engourdissement. Il s'adossa contre le tronc de l'arbre au pied duquel il s'était couché et bâilla. Un lucane dont la carapace luisait comme du cuir neuf longea l'une de ses jambes avant de s'enfoncer dans les herbes.

L'aube qui se levait annonçait une belle journée. Si le temps de cette fin d'août persistait, le vin de cette année serait aussi prometteur que les récoltes. Il se mit debout. De la petite butte où il était, il pouvait apercevoir les plants de vignes et leurs impeccables alignements. C'était ce travail-là qui lui plaisait : sarcler, tailler, soigner chaque cep avec ce goût de la minutie que lui avait inculqué sa mère. Il secoua la casquette qu'il avait amenée pour la débarrasser de sa poussière, puis repéra un ruisselet qui serpentait au bas du monticule où il avait dormi. Il s'approcha du filet d'eau qui coulait sur des cailloux bleutés dans un chuintement continu et s'agenouilla pour s'asperger d'eau. Près de lui, une libellule aux longues ailes transparentes vint se poser sur les millepertuis qui poussaient en pagaille le long de la rive. Il contempla son corps grêle et la grâce de ses pattes qui semblaient danser sur les fleurs. Sa délicatesse, sa fragilité l'attiraient et le repoussaient en même temps. Il n'aurait pu expliquer ces brusques envies qui se déclenchaient en lui sans qu'il puisse les contrôler. Mais soudain, en se remémorant ce qu'il avait entendu la veille de la bouche de sa mère, il attrapa la libellule par les ailes et, d'un coup sec, les lui arracha.

Fasciné, il regarda l'insecte agiter ses pattes pour essayer de rétablir son équilibre. En se traînant ainsi entre les herbes dans une lente agonie, elle lui ressemblait enfin. A travers les soubresauts de son corps, il mesurait sa propre souffrance, ce qu'il endurait chaque jour, privé comme elle de grâce et d'agilité. Même sa mère ne le jugeait pas assez digne de partager sa confiance.

Hier soir, le repas fini, Marie, qui craignait un rôdeur, l'avait envoyé faire un tour près de la remise. En fait, il avait tout de suite pressenti qu'elle cherchait à s'isoler avec Pierre. La porte à peine refermée, il s'était accroupi dans l'ombre et, pour ne rien perdre, avait collé son oreille contre elle. Certaine d'avoir le champ libre, Marie avait alors confié à Pierre que Justin, leur père, qui travaillait à l'époque comme journalier chez les Barial, avait été accusé de vol et renvoyé sans preuves.

Pour elle, si, peu après, il avait quitté le pays en

abandonnant femme et enfants, c'était bien à cause de cette accusation qu'il n'avait pu supporter. Joseph avait encore dans l'oreille l'émotion qui traversait sa voix malgré les dix-sept années passées. Sa rancune intacte était là, nouée dans sa gorge comme une boule de chagrin et de colère qui résistait à tout, même au temps. En partant ainsi, leur père avait entériné les faits. Le village entier l'avait cru coupable et Marie avait dû porter un double fardeau : celui de cette faute et l'abandon d'un homme qui n'avait pensé qu'à lui.

A présent, seul près du ruisseau, le pantalon mouillé de rosée, Joseph à genoux fixait le filet d'eau qui courait à ses pieds. Il comprenait mieux l'isolement dans lequel ils avaient été élevés, son frère et lui, et la recherche constante d'une fierté mêlée de dureté chez leur mère.

Il reprit sa casquette et l'ajusta sur ses cheveux bouclés encore humides d'une toilette sommaire. Un goût amer s'accrochait dans sa bouche. L'impression que sa solitude se renforçait le détournait même de son retour vers la maison, et la perspective de la soupe qui l'attendait n'y changeait rien. Il décida de se rendre au village dont il s'était éloigné.

C'était jour de marché à Juillac. Tôt déjà, des charrettes, des carrioles et quelques bicyclettes avec des paniers chargés d'œufs et de volailles le croisèrent. Certains conducteurs le saluèrent, d'autres, après un regard gêné, préférèrent afficher un air absent. Cela ne le touchait plus. A presque dix-huit ans, il s'était forgé sa propre carapace, comme ces scarabées qu'il collectionnait en les clouant vivants sur des planches de carton. A chacun d'eux, il attribuait les traits ou le surnom de celui qui s'était moqué. Jamais il ne se rebellait, mais les railleries et les quolibets s'inscrivaient en lui avec le visage de son auteur comme une marque indélébile.

Quand il passa devant l'atelier de Jamier, le charron, la porte était ouverte. L'artisan, qui était en train de cercler une roue, lui lança un *« Coumo vai-co*[1] *? »* auquel il répondit d'un air distrait. Il n'avait pas envie d'entamer une conversation. D'ailleurs, les propos de l'artisan étaient toujours les mêmes. Depuis le temps qu'ils se connaissaient, à part les aléas du quotidien, rien de bien nouveau ne pouvait susciter de réel intérêt. Aujourd'hui, même ces échanges de politesse lui coûtaient trop. Il accéléra l'allure avant qu'une idée soudaine ne l'interrompe. Dans le fond, qui mieux que Jamier saurait répondre à ses questions ? N'avait-il pas la réputation d'être au courant de tout ? Bien décidé, il rebroussa chemin et vint se poster devant l'entrée du petit hangar. L'artisan s'affairait en donnant de grands coups de maillet sur de la ferraille. Le bruit était tellement assourdissant qu'il paraissait faire trembler les murs. En se bouchant les oreilles, Joseph attendit sur le pas de la porte que le charron remarque sa présence. Ce dernier ne fut pas long à sentir qu'on l'observait. Il posa son outil et s'épongea le front, un sourire satisfait sur les lèvres.

— Encore deux ou trois coups, fit-il en regardant Joseph, et cette roue sera parfaite.

Il avait l'habitude de voir la silhouette du garçon se profiler devant chez lui ; sa visite ne le surprenait guère.

1. Comment ça va ?

Combien de fois, déjà, n'avaient-ils pas parlé ensemble ?

Joseph aimait venir ici parce qu'il n'était ni jugé, ni détaillé comme une bête curieuse. Jamier avait toujours eu pour lui une affection exempte de pitié ou de condescendance. Seules les années passées au cœur d'une même terre avaient forgé un lien de connivence et d'amitié. Le garçon siffla en faisant semblant d'admirer la roue. Quel subterfuge prendre pour amener ce qui lui brûlait les lèvres ? Il connaissait trop bien Jamier pour ignorer ses revers d'humeur légendaires. Abordé de manière trop directe, l'artisan risquait de se fermer comme une huître et il ne pourrait en obtenir quoi que ce soit.

Avec prudence, Joseph s'approcha et du plat de sa main se mit à caresser le métal.

— Ah ! s'exclama Jamier tout heureux, tu aimes le beau travail...

Comme Joseph continuait sans répondre, il plaça ses mains sur ses hanches à hauteur du grand tablier qui le protégeait et se cala sur ses jambes.

— C'est plus lisse et poli qu'un miroir. Tu peux toucher, il n'y a pas une aspérité, pas un accroc.

— Pour sûr, approuva Joseph, vous êtes le meilleur artisan du canton. Tout le monde le dit.

Le compliment eut l'effet escompté. Jamier se rengorgea avant d'afficher presque aussitôt un air faussement modeste.

— Taratata ! J'aime ce qui est bien fait, c'est tout !

Il prit Joseph par les épaules.

— Si l'on buvait quelque chose ? Il y a longtemps que nous n'avons pas trinqué.

Le garçon acquiesça. Deux petits verres à partager en tête à tête, et il en apprendrait plus qu'en toutes ces années réunies.

— Tu vas voir, dit Jamier avec un clin d'œil prometteur.

Il alla se pencher derrière un tonneau placé dans une encoignure et en sortit une bouteille d'alcool qu'il brandit un bref instant avant de la dissimuler derrière son dos.

— Elle fait partie de ma réserve. Barre la porte pour qu'on ne nous voie pas et viens t'installer près de moi !

Joseph eut un sourire. Sans aucun doute, il s'agissait d'un alcool de contrebande. Beaucoup, par ici, cachaient ce genre de provisions. De bon gré, il ferma la porte avant de rejoindre le charron assis sur un banc dans le fond du hangar. Trois verres poussiéreux traînaient à côté d'eux. Jamier en essuya deux d'un revers de manche, puis il inclina le goulot de la bouteille pour faire couler le liquide.

— C'est de l'alcool de noix qui vient d'un ami...

Son air mystérieux renseigna Joseph : ce n'était pas la peine d'insister, il n'en dirait pas plus. Dans ce pays, le même secret entourait les endroits où l'on dénichait à coup sûr truffes et cèpes. Ils goûtèrent ensemble une première gorgée. L'artisan claqua sa langue avec une grimace de gourmandise.

— Qu'en penses-tu ?

Le garçon n'avait guère l'habitude de boire de l'alcool si tôt. Il s'efforça d'être admiratif malgré la brûlure sèche qui lui râpait la gorge et l'estomac.

— Je n'y connais pas grand-chose, mais elle me semble fameuse.

— J'en étais sûr ! s'exclama Jamier. Bientôt, c'est toi qui m'en réclameras !

Le bon rire qui le secoua conforta Joseph dans son pressentiment. Ce matin, l'artisan avait l'humeur joyeuse, il fallait en profiter.

— Dis-moi, fit-il alors, nous n'en avons jamais parlé, mais tu as dû connaître mon père, non ?

Le sourire qui éclairait encore le visage du charron se figea. Il inclina la tête et se mit à tourner son verre entre ses mains.

— Je ne me souviens plus, lâcha-t-il du bout des dents.

Joseph laissa passer un silence. Même si l'artisan ne semblait pas disposé aux confidences, la curiosité le tenaillait trop pour abandonner aussi vite la partie.

— Tu as toujours été un ami, insista-t-il, j'aimerais bien savoir...

Après un soupir, Jamier saisit la bouteille qui était à ses pieds. Il se leva pour aller la replacer derrière son fût.

— Il est temps de s'y remettre, commenta-t-il seulement.

Sa voix ferme ne laissait place à aucune ambiguïté. Joseph comprit qu'il n'apprendrait rien.

— Tant pis ! lâcha-t-il en se dirigeant vers la porte, et merci quand même pour le petit verre.

Un moment, sa silhouette mal assurée s'encadra dans l'embrasure. Il paraissait cligner des yeux sous la clarté du soleil.

— *Au reveire !* fit-il encore, avant de s'appuyer contre le mur pour contourner une roue de charrette posée sur le sol.

Jamier, qui le regardait partir, se retint d'aller l'aider. Il savait qu'avec lui ce n'était pas la bonne méthode. Il l'avait trop entendu répéter qu'il préférait une bonne insulte à tout élan de pitié. Ce n'est qu'en le voyant franchir l'obstacle qu'un remords le titilla.

— Joseph ! s'écria-t-il, j'ai toujours cru que ton père était un type bien.

Le garçon s'arrêta net. Les paroles du charron entraient en lui avec la chaleur bienfaisante de cette fin d'été. Une musique apaisante chassait l'aigreur qui l'étreignait depuis la veille.

— Le pire, continua Jamier en se rapprochant, son marteau à la main, c'est le père Barial, le vieux Victorien Barial, une vermine à qui je n'aurais même pas donné un quignon de pain si je l'avais trouvé mourant de faim sous mes yeux.

Le visage de Joseph était tout entier tourné vers lui dans une expression d'intense avidité.

— Allez ! coupa alors le charron comme s'il avait peur d'en avoir trop dit, ce sont de vieilles histoires, il ne faut pas remuer le passé.

Il tourna les talons en sifflotant. Mais Joseph ne parvenait plus à le quitter.

— Peut-être que mon père n'a pas volé, malgré ce qu'on raconte ? insista-t-il.

— Ça, mon garçon, fit l'artisan en s'emparant d'un soc de charrue, c'est une autre histoire…

Et, sans plus attendre, il se remit à frapper de toutes ses forces sur le métal.

Sous un soleil de plus en plus ardent, Joseph prit le chemin du retour. De nombreux attelages qui se rendaient au marché passèrent encore près de lui avec leurs passagers endimanchés. Des hommes en chapeau de feutre et large blouse tenaient les rênes, tandis que les femmes avec leurs longues jupes, leurs châles aux couleurs vives et, pour certaines, leurs coiffes toutes simples, mêlaient la gaieté de leur babillage au trot des chevaux. Chaque semaine, l'unique route du village s'animait ainsi d'un flot de voitures venues de tous les hameaux voisins.

Etranger à cette agitation qui gênait sa marche, Joseph bifurqua sur un sentier plus désert pour se retrouver bientôt devant la petite propriété familiale. De loin, il aperçut le champ de vignes qui s'étageait derrière la maison. Les silhouettes courbées de Marie et de Pierre se détachaient au bord d'une allée. Comme il n'avait pas envie de les rejoindre tout de suite, il se glissa à l'intérieur de la salle. Une assiette trônait encore sur la table. A ses côtés, un morceau de pain enveloppé dans un torchon et un reste de fromage semblaient prêts pour lui. Il prit le fromage et mordit dedans. Il ne regrettait pas d'avoir trinqué avec Jamier, mais il n'avait pas sa résistance physique. La carrure athlétique du charron, son côté bon vivant rompu à toutes les ripailles n'appelaient aucune comparaison. Les deux verres qu'ils avaient bus à jeun soulignaient bien cette différence. Il repéra une cruche d'eau fraîche qui traînait près de l'assiette et s'empressa d'y tremper ses lèvres. Une longue gorgée vint à bout de son malaise.

C'est en reposant le récipient que son regard intercepta le fusil accroché au-dessus du cantou. Jamais jusqu'à présent il n'avait eu autant envie de le toucher. Il s'approcha pour le décrocher, puis il le serra contre lui avant d'en examiner la crosse. Sous une fine couche de poussière, le bois brillait d'une belle couleur blonde. Il se mit à le caresser, les yeux mi-clos, comme on flatte un animal. Un plaisir nouveau tourbillonnait en lui. Quelque chose qui naissait au creux de son ventre et irradiait son corps comme une flambée en plein hiver. Un court instant, l'image d'Olympe à moitié nue flotta devant ses yeux.

— Où donc étais-tu ?

La voix impérieuse de Pierre dissipa sa rêverie.

— On te cherche partout, poursuivit son frère, viens nous aider à effeuiller les grappes !

— J'arrive, dit Joseph. Il reposa le fusil, puis, docile, le suivit.

7

Epuisée, Olympe appuya son front contre le flanc de la vache qu'elle était en train de traire.

Seule dans l'étable en cette fin de journée, elle mesurait ce qui lui restait à faire. Outre les cinq autres vaches qui attendaient leur tour, il y avait encore le repas du soir à préparer. Depuis le matin, Elise Barial ne l'avait pas ménagée. Son assiette de soupe à peine terminée, elle avait été envoyée au lavoir puis requise pour s'occuper du jardin. Olympe n'avait même pas eu le temps de s'arrêter pour le marendou[1]. Une pomme à cidre croquée à la va-vite avait suffi à tromper sa faim.

L'attitude d'Elise, sa voix et ses ordres étaient empreints d'une agressivité que la jeune fille ne s'expliquait pas.

La chaleur de l'étable devenait insupportable. Des gouttes de sueur coulèrent de ses tempes vers son cou. Autour d'elle, les bêtes s'impatientaient, meuglant de temps à autre entre des claquements de queue qui

1. Repas léger pris l'après-midi.

chassaient les dernières mouches et des souffles rauques qui faisaient frémir leurs naseaux.

Elle essuya son front dans le creux de son bras replié puis jeta un coup d'œil vers la minuscule ouverture qui servait de fenêtre. Par endroits, le ciel se marbrait de larges traînées orange et grises qui annonçaient un changement de temps. L'orage n'allait pas tarder. Pressée d'en finir, elle se dirigea vers le bidon en fer-blanc posé au milieu de l'allée et versa dedans le contenu du seau qu'elle venait de remplir. C'est à ce moment que la porte grinça et que la silhouette d'Elise se profila dans l'entrée. Son regard fit le tour de l'étable.

— Avez-vous vu monsieur Barial ? demanda-t-elle.

Olympe secoua la tête avant de retourner s'asseoir sur le tabouret placé près d'une autre vache. Là, elle continua sa traite comme si de rien n'était, alors qu'Elise se rapprochait d'elle.

— Vous me détestez, n'est-ce pas ?

Sa question pétrifia Olympe. Que pouvait-elle répondre à cette femme qui organisait ainsi son propre rejet ? Les courbatures qui raidissaient son dos en témoignaient : à ce rythme-là, ni sa jeunesse ni son courage ne résisteraient longtemps. Elle préféra reprendre son travail sans répliquer.

— Je sais ce qu'on raconte sur vous, insista Elise, on dit que vous êtes une mangeuse d'hommes !

Cette fois, l'attaque était trop directe. La jeune fille se redressa, rouge sous l'affront.

— C'est vous qui me détestez ! gronda-t-elle. Je ne suis peut-être qu'une servante, mais vous n'avez pas le droit de m'insulter !

Elise recula. Dans ce lieu surchauffé où même les bêtes sentaient l'orage venir, une parole de plus et l'affrontement serait inévitable. Dans un réflexe d'apaisement, elle saisit son tablier entre ses mains et commença de le chiffonner, yeux baissés.

— Laissez mon homme tranquille, murmura-t-elle, c'est tout ce que je vous demande.

Olympe eut l'impression que son corps se vidait. Toute la violence qu'elle contenait à grand-peine se métamorphosait en une sorte d'hébétude. Elle vit une larme glisser sur la joue de sa patronne et tomber sur l'une de ses mains.

— Vous êtes jeune, reprit Elise, pour vous tout est facile. Moi, je n'ai pas le choix. Il n'acceptera jamais que je vous renvoie. Comprenez-moi !

Et, sans autre explication, elle courut jusqu'à la porte et sortit.

Au-dehors, un éclair stria le ciel d'une lumière aveuglante et le premier coup de tonnerre éclata dans l'air saturé de chaleur. En quelques instants, une pluie drue et cinglante couvrit le sol de flaques d'eau.

Le soir, Olympe servit le souper sans que la moindre parole soit échangée entre les deux femmes. En l'absence de Séverin, retenu à Juillac, Elise avait invité Léon, le journalier, et Henri, le valet, à partager son repas. Un chou farci arrosé d'un vin clairet combla le solide appétit des deux hommes qui parlèrent de leur journée, sans prêter attention au malaise qui les entourait. Quand ils replièrent leur couteau, un ciel plus calme coiffait la barrière de collines qu'on apercevait en amont de l'Auvezère et de ses flots gonflés par les pluies. Un vent coulis rafraîchissait l'atmosphère. Ils décidèrent d'aller fumer une cigarette dans la cour.

Lorsque Olympe referma enfin la porte de sa chambre, la nuit était déjà bien avancée. En s'asseyant sur le bord de son lit, elle réalisa que l'été s'achevait et que, bientôt, le froid et la pluie ajouteraient leur lot d'inconfort à ce qu'elle vivait ici.

Au rez-de-chaussée, la porte d'entrée claqua. Séverin Barial devait rentrer. En pensée, elle suivit son cheminement à travers la salle. Quand il n'y avait pas de veillée prévue entre voisins, il se dirigeait vers le vaisselier pour se servir à boire. Puis, après une pause devant le cantou, il rejoignait sa chambre, à l'étage. Elle patienta jusqu'à ce qu'elle entende le bruit de ses bottes dans les escaliers et la voix vigilante d'Elise qui le guettait :

— C'est toi, Séverin ?

En peu de temps, un profond silence s'installa sur la maison. Alors, Olympe ferma les yeux et fit un signe de croix pour se protéger. Elle ne pouvait plus faire marche arrière ; sa décision était prise.

Dans le jardin noyé d'ombre, Joseph fut frappé par cette forme noire qui sembla, un instant, suspendue entre ciel et terre. Tapi derrière son tas de bois, il tendit le cou vers l'étage pour essayer de mieux voir ce qui se passait, mais la lune qui n'apparaissait que par intermittence n'éclairait pas assez l'habitation. La forme parut s'accrocher à l'une des branches du grand hêtre qui poussait devant la maison, puis il y eut un craquement suivi d'un choc sourd contre le sol, mais pas un cri.

Joseph se précipita comme il put, redoutant déjà d'avoir à découvrir le pire. Il ne fut pas long à se retrouver près du corps allongé d'Olympe. Aucune lumière aux fenêtres de la ferme n'indiquait que quelqu'un avait entendu. Alors, il se mit à l'appeler à voix basse en la secouant doucement par un bras :

— Mademoiselle, mademoiselle !

A peine la toucha-t-il que la jeune fille se cabra :

— Qui êtes-vous ? s'enquit-elle.

Un gémissement de douleur lui échappa et elle se pencha pour enserrer l'une de ses chevilles.

— Laissez-moi faire ! dit Joseph.

Avec méthode, il commença de masser sa cheville endolorie.

Sous ses mains, elle sentit que le mal diminuait, mais l'apparition de ce jeune homme au cœur de cette nuit ne la rassurait pas tout à fait.

— Je vous remercie, dit-elle, je crois pouvoir marcher.

Elle essaya d'esquisser quelques pas en direction de la barrière, mais sa cheville blessée se déroba sous elle et elle dut se raccrocher à une citerne qui se dressait là. Joseph s'empressa :

— Appuyez-vous sur moi ! commanda-t-il.

Comme elle hésitait, d'autorité il passa l'un de ses bras autour de son cou avant de l'enlacer. Il la tenait si près qu'il devinait les contours souples de son corps, respirant même l'odeur tiède et musquée de son aisselle. Il pensait à Pierre, à Séverin, à tous ceux qu'il avait vus saliver devant elle comme devant un repas de fête. Une joie sans nom l'envahissait au fur et à mesure qu'il avançait en la soutenant. Qu'importe si elle découvrait son infirmité ! Ces instants-là valaient de l'or.

Tant bien que mal, ils franchirent la barrière. Puis, Olympe se laissa tomber dans l'herbe qui bordait le chemin.

— J'ai froid, dit-elle.

Les nuages avaient repris leur course, dissimulant à nouveau la faible clarté de la lune. Joseph ôta sa veste pour la poser sur les épaules de la jeune fille et s'assit à ses côtés. Le vent rabattait de longues mèches de cheveux blonds sur ses joues. Elle baissait le front, presque grelottante. Pas plus qu'auparavant il n'osait articuler la moindre parole. Elle avait dû se rendre compte de son infirmité, surprendre sa démarche saccadée de pantin malhabile. Il en était persuadé : elle taisait son dégoût dans une sorte de pudeur silencieuse qui le broyait.

— Je ne vous avais pas prévenue, se força-t-il à plaisanter, mais je suis plus proche du crapaud que du prince charmant !

— Si vous n'aviez pas été là, dit Olympe, ils m'auraient déjà retrouvée.

— Vous parlez des Barial ?

Elle hocha la tête.

— Je ne veux plus retourner chez eux.

— Alors, il faut que vous me fassiez confiance.

Même dans cette obscurité tenace, les traits un peu flous du visage de Joseph possédaient une grâce qu'elle n'avait jamais rencontrée, comme si la nature capricieuse l'avait scindé en deux, le dotant à la fois du meilleur et du pire.

— Je vous fais confiance, assura-t-elle sans cesser de le regarder.

Il se leva puis tendit son doigt vers une hauteur qui surplombait une rangée de châtaigniers proches.

— C'est là-bas que je vous emmène, nous n'en avons pas pour longtemps.

Il paraissait connaître le chemin par cœur et, malgré l'obscurité, progressait avec une rapidité surprenante à travers taillis et bosquets. Par chance, la cheville d'Olympe la faisait moins souffrir. Lorsqu'ils arrivèrent devant une petite maison entourée d'un jardinet en friche, le clocher d'un hameau voisin sonna une heure. La lumière d'une chandelle vacillait encore derrière l'une des fenêtres.

Joseph frappa contre la porte.

8

Une clarté diffuse baignait l'intérieur de la maison. A peine entrée, Olympe perçut une odeur à la fois âcre et douce de farine grillée et de châtaigne blanchie. Dans l'unique pièce meublée d'un lit et d'une table encadrée par deux bancs usés se tenait une vieille femme qui lisait un journal à la lueur d'une chandelle.

— Bonsoir, mère Gauthier ! fit Joseph. Je vous amène quelqu'un.

La vieille esquissa un sourire de bienvenue, puis elle ôta la paire de lorgnons qui reposait sur son nez.

— Qui est-ce ? demanda-t-elle en regardant Olympe.

La jeune fille, qui ne comprenait pas pourquoi elle avait échoué ici, se tourna vers Joseph.

— C'est Olympe, s'empressa-t-il de dire, elle s'est enfuie de chez les Barial et ne sait pas où aller.

Comme si cette nouvelle la réjouissait, le sourire de la vieille s'accentua, mais presque aussitôt son visage se durcit :

— Je ne vois pas ce que je vais pouvoir faire.

Olympe dardait sur elle des yeux étonnés. Il y avait

sur cette figure à la peau burinée par le soleil et les ans une expression indéfinissable qui la fascinait. Cette vieille ne ressemblait en rien à celles qu'elle avait pu rencontrer dans la région. Peut-être était-ce dû à l'acuité de son regard de braise qui semblait vous percer jusqu'au fond de l'âme, ou à ce sourire énigmatique qui donnait une impression de réserve et de chaleur mêlées.

— Si au moins vous pouviez l'héberger cette nuit, insista Joseph, demain nous y verrons plus clair.

— Je ne veux être à la charge de personne, coupa Olympe, je suis capable de me débrouiller toute seule. Merci, ajouta-t-elle, avant de se retourner pour ouvrir la porte.

Le sifflement qui vibra dans son dos l'arrêta.

— Elle a du caractère ! entendit-elle. Revenez, ma belle, je n'aime ni les serviles ni les couards. Vous n'en faites pas partie, ça me plaît bien !

— Va retrouver tes cachettes ! continua la vieille en s'adressant à Joseph. Tu me raconteras plus tard...

Au rire qui les unit, Olympe comprit que ces deux-là se connaissaient mieux que personne.

— A demain ! fit Joseph.

La mère Gauthier ne lui répondit même pas. Courbée près de la cheminée éteinte, elle installait déjà une paillasse pour Olympe.

Dès que la porte se referma, elle montra à la jeune fille un coffre en bois adossé contre le mur.

— Il y a une couverture à l'intérieur. Prenez-la, vous serez mieux !

Puis elle lui expliqua qu'au-dehors une pompe à eau distribuait le nécessaire pour la toilette. Enfin, après un rapide « Bonne nuit », elle disparut derrière les rideaux de son grand lit et s'endormit.

L'inquiétude et l'inconfort de la paillasse tinrent Olympe éveillée toute la nuit. Sa rencontre avec Joseph, puis celle avec cette vieille femme dont elle percevait les ronflements réguliers près d'elle lui paraissaient irréelles. Que pouvait-elle espérer d'eux ? Ne valait-il pas mieux quitter le village et fuir à tout jamais le couple Barial ?

Le chant retentissant d'un coq à proximité de la maison finit par la décider. Par la fente des volets, elle s'aperçut que le jour naissait dans une lumière grise. Sans faire de bruit, elle replia son lit de fortune et sortit dans la cour. Pour effacer les traces de sa longue veille, elle actionna la pompe qui était juste à côté de l'entrée et s'aspergea d'eau. Puis elle se sécha à l'aide du seul tablier qu'elle avait emporté. Devant elle, par contraste avec la ferme qu'elle venait de quitter, la maison de la mère Gauthier n'exprimait qu'une misère à peine dissimulée. Rien ici, pas plus qu'ailleurs, ne la retenait. En se fiant à son instinct, elle estima que le lavoir devait se trouver en contrebas du lieu où elle était. Là-bas, l'une ou l'autre des femmes lui communiquerait sans doute une nouvelle adresse pour se louer. Elle se dirigea vers la barrière à moitié défoncée.

— Vous partez ?

Sur le pas de sa porte, poings sur les hanches, la mère Gauthier, bien réveillée, l'interpellait. Ses maigres cheveux gris tirés en chignon sur sa nuque, sa robe de droguet noir et son tablier gris rapiécé lui donnaient l'aspect de ces mendiantes qu'on rencontre sur les routes.

Olympe écarta les bras dans un geste de résignation qui exprimait son désarroi, puis elle lança un « Merci pour tout » et franchit la barrière.

— La Couze ! entendit-elle alors, je sais qui tu es !

De surprise, elle trébucha avant de se rattraper au tronc d'un chêne qui poussait en bordure du chemin. En dérapant sur l'écorce, sa main se mit à saigner, mais elle n'y prit pas garde.

— Attendez ! s'écria-t-elle, je voudrais vous parler !

Lorsqu'elle revint sur ses pas, la vieille femme était déjà rentrée chez elle et s'occupait à ranimer le feu sous un chaudron.

— Que savez-vous sur moi ? interrogea tout de suite Olympe.

Sans se presser, la mère Gauthier acheva son travail. Puis elle se releva avec difficulté en prenant appui sur l'un des montants de la cheminée.

— Ce n'est plus de mon âge !

Et comme si rien n'avait eu lieu, elle enchaîna :

— Tu goûteras bien un peu de soupe ? Je peux te tutoyer, n'est-ce pas ? Mon grand âge et mon expérience me l'autorisent. Viens donc t'asseoir !

Joignant le geste à la parole, elle plaça deux bols et deux cuillères sur la table avant de retourner vers le feu pour remplir une soupière en faïence où manquait une anse.

A contrecœur, Olympe obtempéra.

— Ce sont des légumes qui viennent tout droit de mon jardin, continua la vieille femme en versant quelques louches dans les bols.

L'odeur de cette soupe avait quelque chose de particulier. Ses fumets chatouillaient les narines d'un parfum rare et subtil. Olympe, qui n'avait rien avalé depuis la veille, ne put résister. Aussitôt, elle s'extasia :

— Qu'avez-vous ajouté pour que cette soupe soit aussi bonne ?

Ces légumes-là avaient dû mijoter dans un jus agrémenté d'herbes ou d'épices qui leur donnait une saveur incomparable.

— Je ne livre jamais mes secrets, répondit la mère Gauthier avant de fixer la jeune fille droit dans les yeux. Je sais aussi garder ceux des autres...

En rougissant, Olympe repoussa son bol. Comment cette femme qui en livrait si peu et trop à la fois pouvait-elle connaître le passé qu'elle cherchait à fuir ? Comme chez Joseph, il y avait en elle un mystère qu'elle ne parvenait pas à cerner.

— Tu peux m'appeler Louise, si tu veux, reprit-elle, c'est le prénom que je porte depuis soixante-dix ans...

— Il faut que je parte, fit soudain Olympe qui redoutait un piège.

— Pour aller où ?

La question touchait le cœur du problème. Sans maison ni amis, la jeune fille n'avait aucun but. Même Joseph l'avait prévenue : sa mère n'accepterait jamais de l'héberger ou de la recevoir.

— Il faut que je parte ! répéta-t-elle en se levant.

Louise Gauthier s'empara d'un morceau de pain qui traînait sur la table et l'enroula dans un torchon.

— Tiens ! dit-elle, au moins, tu auras quelque chose à manger.

Olympe considéra le paquet avec distance.

— Pourquoi faites-vous cela ?

— En souvenir des fenaisons.

La bouche de la jeune fille s'arrondit ; elle porta la main à sa poitrine. Tout ce à quoi elle pensait avoir échappé en venant ici surgissait d'un seul coup. Sans même se rendre compte de ce qu'elle faisait, elle empoigna la mère Gauthier par les épaules.

— Qui êtes-vous ? s'écria-t-elle en la secouant. Allez-vous parler, à la fin ?

Le mouchoir de tête que la vieille femme avait attaché sur ses cheveux glissa sur le sol, mais pas un instant son sourire ne faiblit. Décontenancée, Olympe desserra son étreinte.

— Pardonnez-moi !

Dans un silence de mort, elle se baissa pour ramasser le carré de tissu blanc.

— C'est de ma faute, reprit-elle, maintenant, vous aurez de bonnes raisons pour me haïr.

— Si je te haïssais, répondit calmement Louise, je ne t'aurais pas accueillie chez moi.

— Ce n'est pas vous que j'ai voulu atteindre, continua Olympe, mais celles qui m'ont poursuivie, montrée du doigt, alors que je n'y étais pour rien.

Son regard se perdit vers le sol.

— Je n'avais pas le choix, je ne l'ai jamais eu.

Louise avait croisé ses mains devant elle et ne disait plus rien. Elle vit la jeune fille marcher vers la table, puis s'affaler sur le banc qu'elle venait de quitter.

— Voilà un an que je suis partie de Balledent, raconta Olympe. A ma sortie de l'orphelinat, on m'a placée comme servante chez un fermier qui avait payé cher pour m'avoir à son service, je l'ai su bien plus tard… Je ne connaissais rien des hommes ni de la vie. Quand il m'a déclaré qu'il ne s'entendait plus avec sa femme et qu'il voulait me donner la plus belle des existences, moi qui n'avais jamais rien eu, je l'ai cru...

— Tu as été bien naïve !

La vieille femme s'approcha d'Olympe et posa une main rassurante sur son épaule.

— Laisse-moi deviner la suite ! continua-t-elle. Sa femme l'a appris et elle t'a chassée du jour au lendemain sans qu'il fasse quoi que ce soit...

— Oui, souffla Olympe, ensuite je suis allée de ferme en ferme pour trouver une autre embauche, mais toutes les portes se fermaient, jusqu'au jour où l'on a bien voulu de moi pour remplacer un journalier aux fenaisons...

Elle laissa passer un silence avant de reprendre :

— Quand je me suis évanouie sous la chaleur et le soleil, on m'a conduite chez une matrone. Je ne savais même pas que je venais de perdre un enfant. Après, j'ai fui Balledent où l'on m'accusait d'être une traînée et une moins que rien.

Louise Gauthier réajusta son mouchoir de tête, puis risqua un coup d'œil vers la fenêtre où la pluie cinglait les vitres.

— L'automne est précoce, cette année, constata-t-elle avant de toussoter pour s'éclaircir la voix. Je te raconterai ma vie plus tard : mais d'abord, je peux te loger, si tu es d'accord.

Olympe ne se sentait plus la force de refuser. Cette vieille femme qui venait de l'écouter avec une bienveillance presque maternelle lui apparaissait sous un nouveau jour. Elle pensa qu'il était préférable de gagner du temps avant de s'organiser.

— Je veux bien, murmura-t-elle.

9

Cela faisait plus d'une heure qu'en ce dimanche matin Marie tournait dans ses vignes. Depuis deux jours, les pluies ininterrompues l'avaient minée du matin au soir. Même la nuit, elle avait écouté cette eau s'abattre sur sa maison et ses terres avec une peur au ventre qui la serrait jusqu'à l'étouffer.

Aujourd'hui, sous un ciel enfin bleu, elle se penchait vers les feuilles, les écartait pour examiner chaque grappe. C'était l'heure de l'office, la cloche de l'église se mit à sonner pour rassembler les fidèles. Sur la route, des carrioles apparurent. Elles longeaient toujours son domaine pour rejoindre la place du village où se dressait l'église. Parmi elles, Marie crut reconnaître celle de Séverin et d'Elise qui ne manquaient jamais la messe.

A la sortie, comme un rituel, l'unique café-épicerie accueillait celui qui payait une tournée à tous ceux dont il avait acheté les champs pour une bouchée de pain ou dont il convoitait les terres sans oser encore leur dire.

Dès que la carriole fut hors de portée de ses yeux, Marie reprit son inspection. L'heure était trop grave. Certains grains de raisin, saturés d'eau, s'écrasaient en coulant dans sa main, d'autres avaient résisté mais, si la pluie recommençait, bientôt ils subiraient le même sort. Par anticipation, pour la première fois, elle avait vendu la totalité de sa production de vin. Des fermiers de Chabrignac, de Saint-Solve et même de Saint-Bonnet-la-Rivière avaient tenu à réserver les meilleures bouteilles de ce vin qui avait acquis une réputation non usurpée. Cet argent lui avait servi pour équiper Joseph de chaussures spéciales à tige renforcée. Trois voyages chez l'un des meilleurs orthopédistes de Brive avaient été nécessaires.

Pierre, qui s'inquiétait de ne pas la voir, la trouva prostrée au milieu d'une rangée de ceps aux feuilles encore humides.

— Sais-tu ce que je viens d'apprendre ? fit-il.

Sans conviction, Marie dodelina de la tête. Quelle nouvelle avait plus d'importance que sa terrible inquiétude ?

— Il paraît que les Barial ont renvoyé leur nouvelle servante.

Il paraissait tout excité, comme si ce renvoi le touchait de près.

— En quoi cela nous concerne-t-il ?

Il bredouilla quelques mots inaudibles, puis enfonça ses mains dans les poches de son pantalon de toile et se concentra sur la pointe de ses sabots.

— Tu n'es plus toute jeune, peut-être pourrions-nous l'engager ? Bientôt, avec les vendanges, il y aura du travail pour trois, ici. Et puis, ajouta-t-il avec un air malicieux, les Barial en seront pour leurs frais !

— Ah ! C'est donc pour ça, dit Marie.

Le plan qu'il venait d'échafauder était à la mesure du trouble qu'il tentait de dissimuler. A l'évidence, l'image de la jeune fille occupait toujours son esprit.

— Regarde ! fit-elle en lui désignant quelques pieds, nos vignes ont eu trop d'eau. Si demain la pluie reprend, il n'y aura même plus besoin de vendanger. Et, cette récolte perdue, que deviendrons-nous ?

Le visage de Pierre se ferma d'un seul coup. Pas une seconde, cette éventualité ne l'avait effleuré. Il se baissa pour se rendre compte. Lorsqu'il se redressa, sa gorge était nouée. Au-dessus d'eux, un vol bruyant de buses déchira le ciel d'est en ouest. Annonçaient-elles déjà les migrations des jours plus froids ? Marie n'en avait pas l'habitude, mais dans un geste instinctif, elle se signa. Puis, comme si elle en avait assez vu, elle rejoignit Joseph qui la hélait au bas du coteau.

L'après-midi s'écoula sous un ciel clair, malgré un chapelet de nuages plus sombres qui s'amoncelaient vers la vallée du Roseix. Enfermé dans la cabane qu'ils avaient construite au milieu de leurs vignes, Pierre s'occupait à affûter des cisailles et à réparer les hottes qui allaient servir aux vendanges. Depuis le matin, la peur de Marie était devenue la sienne. Par la minuscule ouverture qui donnait sur l'extérieur, il surveillait sans cesse le ciel. La menace du mauvais temps prenait une nouvelle ampleur. Jamais il ne l'avait autant redoutée. Trop affairé, il ne remarqua même pas la présence de son frère qui s'était faufilé par l'entrebâillement de la porte.

— J'étais sûr de te trouver là ! s'exclama ce dernier.

Pierre, qui était assis sur un rondin, leva vers lui un regard morne. Son ton enjoué lui semblait presque déplacé. Il n'avait jamais aimé chez lui cette façon désinvolte de traverser la vie sans autre souci que les pérégrinations laborieuses d'une fourmilière à la recherche de sa reine ou la chute malencontreuse d'un oiseau hors de son nid.

— Pourquoi me cherches-tu ? demanda-t-il sur un ton brusque.

Joseph comprit qu'il n'était pas d'humeur à plaisanter. Il valait donc mieux en arriver au fait.

— J'ai des nouvelles de la Couze, lâcha-t-il avec un sourire plein de sous-entendus.

Au même moment, la pointe d'une tige en osier entra sous l'ongle de Pierre.

— Nom de Dieu ! jura-t-il, tu me distrais avec tes histoires !

— Quelle mouche t'a donc piqué ? riposta Joseph. Tu as l'air aussi nerveux qu'un cheval qui sent l'orage.

— Je n'ai pas envie de rire aujourd'hui, c'est tout.

Il reposa le panier qui l'avait blessé et porta son doigt meurtri à sa bouche.

— Si les pluies persistent, continua-t-il, les raisins vont pourrir et nous allons tout perdre.

Joseph savait que leur mère avait vendu la récolte sur pied. Si celle-ci s'avérait décevante, il faudrait rembourser les commandes avec un argent qu'ils ne possédaient plus, et pour cause... Ses yeux s'attardèrent sur les bottines en cuir noir qu'il portait depuis deux mois. Grâce à elles, il se déplaçait plus aisément et ses douleurs avaient bien diminué, mais la liasse de billets que sa mère avait dû sortir de son sac l'obsédait encore. En relevant la tête, il remarqua que son frère regardait aussi ses chaussures.

— Tu crois qu'elles ont coûté trop cher, n'est-ce pas ?

Embarrassé, Pierre saisit deux hottes et les empila.

— Celles-là sont prêtes, commenta-t-il, avec les trois autres, nous aurons de quoi faire.

— Réponds ! intima Joseph. Je veux entendre ce que tu penses.

Comme Pierre persistait dans son silence, il tira sur le loquet rouillé de la porte pour partir, puis se ravisa :

— J'ai passé deux nuits avec elle, lâcha-t-il précipitamment. Si j'étais un artiste, d'un seul trait je pourrais dessiner la rondeur de ses seins et rendre la blancheur de sa peau laiteuse et douce...

— De qui parles-tu ? interrogea Pierre, interloqué.

— Mais d'elle, voyons ! La Couze ! Je peux même te dire que ses cheveux blonds sentent le chèvrefeuille et l'écorce de châtaigne blanchie.

Il courait déjà en clopinant le long des plants de vignes, lorsqu'il entendit la voix de son frère monter derrière lui :

— Menteur ! Tu ne l'as pas et tu ne l'auras jamais !

Sans ralentir, Joseph haussa les épaules et se mit à répéter tout haut :

— La Couze, la Couze...

Et son rire moqueur s'égrena jusqu'au bas du vignoble.

Quand il fut certain de ne pas être suivi, il repéra un chêne à l'écart de la route et s'assit sur l'une de ses racines qui saillaient entre les herbes. Il devait reprendre haleine avant de poursuivre son chemin pour ne pas arriver défait ou haletant. Il souleva sa casquette, passa la main dans les boucles de ses cheveux pour les discipliner, puis se tâta les joues et le menton. Une légère barbe le fit grimacer. Aujourd'hui plus que d'habitude, il aurait aimé offrir un visage net et une mise soignée. L'ombre de Pierre qui devait rôder aux alentours de la maison le dissuada de retourner chez lui. Il se remit en marche.

Le soleil faisait de courtes apparitions entre les nuages. A la façon dont un animal flaire une proie, Joseph pointait le nez, sentait par à-coups les vagues de fraîcheur portées par le vent. Rien qu'au balancement des feuilles, au vol d'un oiseau ou même aux chevauchements des nuages, il savait si la pluie allait venir ou non. Il déambula ainsi jusqu'à la place du village, contourna la vieille église et les maisons qui l'entouraient, et dépassa le lavoir où quelques femmes rinçaient du linge en jacassant comme des pies. De loin, il répondit à leur salut et bifurqua sur un chemin de traverse qui évitait les châtaigneraies. C'est là qu'une voix d'homme l'apostropha :

— Joseph, attends-moi !

Il était si rare de rencontrer Séverin Barial à pied qu'il mit du temps avant de réagir.

— *Boun journ !* articula-t-il sans prendre la peine de s'arrêter.

— Il y a longtemps qu'on ne s'est vus, déclara Barial en le rattrapant.

Joseph comprit qu'il voulait entamer la conversation.

— J'ai une course à faire, prétexta-t-il.

Mais le fermier le retint par un bras.

— Il faut que je te parle.

Le garçon n'osait plus avancer. Ce gaillard qui le dépassait d'une tête et demie avait la réputation d'être aussi rusé qu'un vieux renard qui berne tous les chasseurs.

— Que me voulez-vous ? fit-il en essayant de se dégager.

Barial sortit deux billets de sa poche et les agita sous son nez.

— Ils sont pour toi, si tu me dis où elle est.

Joseph fixa les deux billets de vingt francs. Jamais il n'en avait autant eu à sa disposition. Il se représenta tout ce qu'il pouvait acheter avec cet argent, et peut-être même réussirait-il à rembourser une partie de ce que sa mère avait donné pour ses chaussures. Mais les manœuvres de cet homme le dégoûtaient. En guise de réponse, il n'émit qu'un ricanement qui déstabilisa le fermier.

— C'est bon, fit ce dernier en abaissant sa main, mais, si tu changes d'avis, tu sais où me trouver.

Joseph ne prit même pas le temps de le regarder s'éloigner. De grosses gouttes de pluie commençaient à voler.

Soudain, il en était sûr, là-haut, quelque chose se déchaînait contre eux. Il se souvint des prédictions d'une bohémienne croisée cet été à l'une des foires de Saint-Solve. « Tu vas rencontrer une très belle femme », avait-elle dit. De son index à l'ongle peint, elle avait parcouru les sillons qui striaient la paume de ses mains ouvertes, puis, tout à coup, elle avait replié ses doigts, affolée : « Méfie-toi ! Elle t'apportera aussi un grand malheur. » Et sans même accepter la pièce de dix sous qu'il lui tendait, elle s'était fondue en courant dans la foule.

C'est encore à elle qu'il pensait lorsqu'il frappa contre la porte de Louise. Comme personne ne lui ouvrait, il s'assit sur l'unique marche qui servait de perron et décida d'attendre. L'après-midi se finissait. Il ne pleuvait plus, mais le vent qui s'était renforcé courbait les derniers coquelicots en arrachant leurs pétales. Dans tout ce qu'il avait entrepris jusqu'à présent, Joseph avait toujours eu la patience d'un chat qui guette une souris. Là encore, son désir de revoir Olympe était tel qu'il l'emportait sur toutes les incertitudes. Il se tint coi jusqu'à ce que le bruit d'une dispute n'abrège sa rêverie. Guidé par l'éclat des voix, il se leva, longea le jardinet et se colla contre une remise à outils dont la porte mal fermée claquait sous le vent. C'est là qu'il aperçut deux silhouettes qui se faisaient face. A cause de la lumière qui déclinait, il ne les reconnut pas tout de suite, mais ses yeux s'habituèrent vite à la pénombre et il crut se liquéfier sur place.

Barial se tenait devant Olympe et, à l'aide de grands gestes, tentait d'argumenter un discours qu'elle s'obstinait à nier en secouant la tête de droite à gauche. D'abord sidéré, Joseph dut se rendre à l'évidence : le fermier l'avait suivi avant de le devancer grâce à sa parfaite connaissance du village. Mais le pire, c'était la vision d'Olympe qui se défendait tant bien que mal dans ce lieu désert. Sans réfléchir, il surgit de son abri :

— Laissez-la ! s'écria-t-il.

Après un mouvement de surprise, le fermier eut un sourire narquois :

— Tu ne vas quand même pas me dicter des ordres !

— Laissez-la ! répéta Joseph en se baissant pour ramasser un bâton qu'il brandit devant lui.

— Pauvre imbécile ! répliqua Barial. Je ne ferais qu'une bouchée de toi si je voulais.

L'insulte était en trop. D'un seul élan, Joseph lui asséna un coup violent à hauteur de l'épaule. Mais il ne put aller plus loin. Aveuglé par la douleur et la colère, en un tournemain le fermier le désarma avant de le renverser sur le sol où il lui décocha un coup de pied. Au même instant, avec toute l'énergie dont elle était capable, Olympe se rua sur Barial et se mit à le griffer jusqu'à ce qu'il se détourne. Lorsqu'il voulut la saisir par les poignets, une voix rude s'éleva derrière lui :

— Arrête ! Séverin, ou je ne donne pas cher de ta peau.

Il sentit le canon d'une arme s'enfoncer dans ses reins et préféra lâcher prise.

— Déguerpis ! ordonna encore la voix.

Au déclic, il ramassa son chapeau tombé par terre et fit quelques pas en direction du chemin.

Lorsqu'il risqua un coup d'œil en arrière, la mère Gauthier le tenait en respect.

— Va-t'en, cria-t-elle, et ne reviens plus ! Sinon, je te jure que la prochaine fois sera la bonne !

Il prit le temps d'ajuster son chapeau sur la tête, puis se perdit le long des champs.

10

Quand elle fut certaine que Barial était loin, Louise baissa le fusil qu'elle tenait. A la façon dont elle avait vu faire les chasseurs, elle le plia sur son bras pour éviter que le coup ne parte et revint sur ses pas.

A genoux près de Joseph, Olympe essayait de le réveiller en lui caressant le front.

— Il faut le rentrer, dit Louise. Il y a de l'eau fraîche dans l'évier. Aide-moi !

Sans perdre une minute, elle abandonna son fusil sur le sol, saisit le jeune homme par les pieds et demanda à Olympe de le soutenir par les épaules. Ensemble, elles le portèrent jusqu'à la maison, puis Olympe lui appliqua des compresses d'eau froide, tandis que Louise glissait quelques gouttes d'alcool entre ses lèvres. Il battit lentement des paupières avant d'ouvrir les yeux.

— Je reviens, dit Louise lorsqu'elle le vit émerger de son sommeil forcé, je vais chercher le fusil.

Elle sortit comme si elle voulait les laisser tranquilles et s'attarda dans le jardin. Joseph essaya de se redresser, mais son corps endolori craquait comme du bois sec.

— J'ai mal partout, fit-il en frottant sa nuque raidie.

Encore bouleversée, Olympe était assise à côté de lui, à même le sol de terre battue. De ses cheveux décoiffés, de grandes mèches blondes retombaient jusqu'à ses épaules et ses yeux bleus le dévisageaient avec une émotion qu'il ne leur avait jamais vue. Joseph oublia les douleurs qui parcouraient son corps et tendit la main vers sa joue pour écarter une mèche rebelle.

— Tu es belle, murmura-t-il.

Elle eut un petit mouvement d'épaules comme si elle ne trouvait rien à répondre et posa la main sur la sienne. Mais il la repoussa avec un ricanement avant de se relever non sans difficulté.

— Je ne suis qu'une marionnette qu'on casse en coupant ses ficelles...

Il s'empara de la bouteille d'alcool qui restait sur la table et but une large rasade au goulot.

— C'est elle que tu dois remercier, fit-il en désignant Louise qui revenait, pas moi.

— Elle ne me doit rien ! s'exclama la mère Gauthier.

La vieille femme se pencha pour mettre le fusil à l'abri sous le matelas de son lit.

— Je n'utilise ce moyen de défense que dans les grands moments.

Un gloussement s'échappa de ses lèvres.

— J'ai récupéré cette arme dans une cabane, un jour où je ramassais du bois. Elle était enfouie sous des branchages et des sacs de toile.

Elle tapota le lit pour lisser la couverture qui le recouvrait.

— Sans doute un braconnier l'avait-il cachée là... Je crois même que la cartouche qui s'y loge a pris l'humidité. Elle ne ferait pas de mal à une mouche !

Cette fois, ils furent trois à partir du même rire.

La nuit trop fraîche ne permit pas à Joseph de dormir dehors. De retour chez lui, pour éviter les questions sur son visage marqué, il s'enferma dans la remise qui servait d'écurie et s'endormit près de Blanchot. A peine quelques heures plus tard, le bruit grinçant d'une bicyclette l'éveilla en sursaut. En titubant, il se déplaça jusqu'à la porte et passa la tête au-dehors. Sous un ciel encore chargé d'ombre, un homme en uniforme s'éloignait à vélo. Presque aussitôt, il entendit la porte de la maison claquer et sa mère apparut, tenant un papier entre ses mains. Sans hésitation, elle se mit à courir vers le centre du village.

— Mamo, s'écria-t-il, où vas-tu ? Que se passe-t-il ?

Mais elle ne lui adressa qu'un vague signe et continua son chemin.

Il prit le temps de baigner de nouveau son visage avant de rejoindre l'atelier de Jamier pour tenter d'en apprendre plus. Selon leurs conventions, il attendit un moment de calme entre deux coups de maillet pour se manifester.

— As-tu vu ma mère ? demanda-t-il enfin. Je la cherche depuis tout à l'heure...

Jamier le regarda d'un air étonné. Les traces de coups qui marbraient ses joues et son front témoignaient d'une solide bagarre.

— J'ai glissé dans un ravin, s'empressa de dire Joseph. Est-ce que tu sais quelque chose sur Marie ?

Le charron comprit que ce n'était pas le moment de lui poser des questions.

— Elle est passée en courant il n'y a pas plus d'un quart d'heure. Elle doit être à la mairie.

— La mairie ?

— Nous sommes trois dans la même situation, continua l'artisan.

Avec un air soucieux, il lissa son épaisse moustache.

— Trois avec Gensac, le scieur de long. Nous avons chacun un fils en âge d'être incorporé.

Il se baissa vers sa cheminée pour saisir avec son tablier replié une longue tenaille qui rougeoyait sous la morsure des flammes.

— Deux ans, c'est long, fit-il, surtout avec les colonies.

Joseph savait que Marie redoutait l'appel de Pierre sous les drapeaux.

Jusqu'au bout, elle avait dû ne pas y croire, et voilà que tout se précipitait, s'accélérait comme un jeu maléfique sur lequel personne n'avait de prise.

Jamier examinait son fer rougi, s'apprêtant à donner de nouveaux coups de marteau. Joseph pensait à son frère. Son départ ne l'affligeait pas vraiment ; au contraire, d'une certaine manière, il lui laissait le champ libre. Mais le moment était mal choisi et la détresse de sa mère avait quelque chose de pathétique.

— Dans deux jours, on vendange, observa-t-il soudain, j'espère que Pierre sera encore là.

— N'y compte pas ! Mon fils est convoqué pour demain. Ils ont besoin de renfort au Maroc.

— C'est loin, le Maroc ?

— Oui, dit Jamier. Il faut des jours de voyage par

train, puis en bateau. Et là-bas, la guerre peut reprendre...

L'image d'Olympe traversa Joseph. Un jour peut-être, un jour prochain, elle serait à lui.

— Il faut que j'y aille, s'excusa-t-il.

Le charron le vit traverser la route et prendre un sentier qui se perdait entre les arbres et les champs.

Sa longue course avait exténué Marie.

A bout de souffle, elle saisit le heurtoir et le laissa retomber deux fois contre la porte. Mais, à cette heure trop matinale, personne n'occupait encore les lieux. Elle dut s'asseoir sur l'une des marches du perron pour reprendre haleine. De la cour de l'école qui jouxtait la mairie, une voix d'homme l'interpella :

— Revenez dans une heure ! Il y aura sans doute quelqu'un.

Elle ôta le châle qu'elle avait emmené et jeta un coup d'œil vers celui qui venait de lui parler. Avec sa blouse grise, l'instituteur semblait attendre ses élèves. Marie ne l'avait pas rencontré souvent. Elle formula un merci à peine audible avant d'essuyer les gouttes de sueur qui coulaient le long de ses tempes.

— Si c'est urgent, insista-t-il en s'approchant de la grille qui les séparait, le maire habite la maison que l'on aperçoit...

De son doigt, il indiqua une assez grande bâtisse, entourée d'un jardin.

Marie se tut. Comment pouvait-elle expliquer à ce jeune homme plein de bonne volonté que c'est justement ce qu'elle désirait éviter ?

Voilà des années qu'elle connaissait le père Souillac,

ce vieux cultivateur, maire de la commune depuis presque seize ans. Jamais il n'avait désarmé à son égard. A peine Justin parti, il avait exprimé ce qui lui tenait à cœur : faire d'elle la compagne de ses jours. A cette époque, la fraîcheur et la jeunesse de Marie en attiraient plus d'un, mais elle les avait tous évincés avec cette méfiance qu'elle vouait désormais à tous les hommes. Seul André Souillac s'était réfugié dans un espoir qui l'animait toujours.

Le jeune maître d'école prit pour de la timidité ce qui n'était chez elle qu'une forme de réserve. En calculant que les premiers enfants n'arriveraient pas avant une dizaine de minutes, il quitta la cour et fila d'une traite jusqu'à la maison du maire où il tambourina contre la porte. Après quelques minutes de pourparlers, il revint, le père Souillac sur ses talons.

A plus de soixante ans, ce dernier avait du mal à se déplacer. Son amour de la bonne chère était aussi réputé que celui du curé, avec lequel il partageait le même embonpoint.

— C'est notre seul point commun, avait-il soin de souligner avec cette pointe d'humour dont il ne se départissait jamais.

En croisant les bras, il se planta devant Marie.

— Que vous arrive-t-il ? Vous êtes bien matinale...

— C'est pour ça, fit-elle en lui tendant le papier.

Sachant qu'elle lisait à peine, comme la plupart de ses administrés, Souillac commença sa lecture tout haut.

— C'est bon, coupa-t-elle, on m'a mise au courant.

Il continua en silence, puis releva la tête.

— Tout est normal. Je ne vois pas ce que je peux faire.

Les épaules de Marie s'affaissèrent. Son dernier espoir s'envolait.

— Ce n'est pas possible, ce n'est pas possible, répéta-t-elle en frissonnant des pieds à la tête, Pierre ne peut pas partir.

Son égarement faisait peine à voir.

— Rentrons ! conseilla Souillac, le vent est mauvais, ce matin.

Il fouilla dans la poche de sa veste et en sortit une grosse clef avec laquelle il ouvrit la porte avant de s'effacer. La tête basse, Marie le devança. Au fond, qu'attendait-elle de lui ? Voilà des années qu'elle se dérobait à ses avances alors que son assiduité ne faiblissait pas. N'y avait-il pas d'abord entre eux ce vieux contentieux qui empêchait tout geste gratuit ?

Lorsqu'elle pénétra dans la pièce qui servait de bureau, une odeur de poussière et de papier la prit à la gorge. Sur le manteau de la cheminée, une photo du maire ceint d'une écharpe tricolore trônait en bonne place. Très officiel, Souillac s'installa dans le fauteuil de son bureau avant d'inviter Marie à s'asseoir en face de lui.

— Je comprends votre désarroi, commença-t-il par dire, mais la loi est la même pour tout le monde. Pierre doit se plier aux ordres comme les autres.

— Ce n'est pas de lui qu'il s'agit, mais de moi, rétorqua-t-elle. Comment vais-je faire avec les vendanges, le vin et toute l'exploitation du domaine ? Joseph ne peut pas le remplacer, vous le savez bien…

Souillac grimaça. Il avait envie de lui dire qu'en ne

misant que sur ses bras et ceux de Pierre, elle avait elle-même ouvert la voie à ce naufrage.

— Je ne peux rien faire, reprit-il, ce n'est pas en mon pouvoir.

Marie s'empara de la lettre qui restait sur le bureau, puis regarda vers la fenêtre. Un rideau d'un gris sale laissait entrevoir une partie du ciel clair de ce mois de septembre.

— Je n'aurai peut-être besoin de personne pour les vendanges, lança-t-elle d'une voix éteinte, les dernières pluies ont tout saccagé.

Vaincue, elle se dirigea vers la porte, le dos voûté, les bras pliés contre sa poitrine comme pour se protéger. Mais, quand elle tourna la clenche, la voix de Souillac s'éleva derrière elle :

— Je vais essayer de contacter le préfet. On peut toujours invoquer le fait que Pierre est soutien de famille.

Marie ne respirait plus.

— Je ne vous promets rien, continua-t-il, mais ça fera gagner du temps.

Il vit ses épaules et sa tête se redresser.

— Dites-moi, fit-elle, d'une voix soudain ragaillardie, il y a longtemps que vous n'êtes pas venu souper à la maison ? Je fais toujours la potée mieux que personne !

— Je suis très occupé en ce moment.

— Alors, ce sera pour une autre fois.

Elle se glissa dans le minuscule couloir et sortit. Mais avant de s'engager sur la route, elle éprouva le besoin de se retourner. Aussitôt le rideau d'une fenêtre retomba et une silhouette se recula dans l'ombre. Elle comprit que Souillac la regardait partir et son cœur se serra.

Tôt le lendemain, Pierre, qui avait entassé quelques affaires dans un sac de toile, prit la route qui menait à Juillac. Même exempté du service national, il n'était pas question qu'il manquât à l'appel. De toute façon, plusieurs jours seraient nécessaires avant qu'il ne soit fixé sur son sort.

Un ciel maussade mais sec accompagnait ses pas solitaires. En partant, il n'avait fait aucune déclaration à Joseph. Depuis ses confidences sur Olympe, une étrange suspicion le poussait à le fuir. Après avoir embrassé Marie, il s'était contenté d'une tape amicale sur l'épaule de son frère. « On est des garçons, nous, avait-il souligné comme pour se défendre, on ne s'embrasse pas ! »

A présent, sur cette route, le sac qu'il avait emporté gênait sa marche. Il le comparait à la hotte pleine de raisins qu'il aurait dû porter. Là-bas, entre les rangées de vignes, il se représenta sa mère et Joseph, le dos rond, cisaillant les grappes. Sur les coteaux alentour, une nuée de femmes et d'hommes se répandaient dans les autres vignobles. Il avait beau repenser aux promesses de Souillac, l'envie de joindre ses bras à ceux des autres vendangeurs le cuisait comme une brûlure. Il quitta le village, plongé dans une masse de pensées dont il ne parvenait pas à s'abstraire.

— Pardon ! entendit-il soudain derrière lui.

Il allait répondre qu'il était pressé lorsqu'il découvrit qu'Olympe l'avait suivi.

— Bonjour, bredouilla-t-il en soulevant son chapeau.

D'une poche de son tablier, elle sortit un bouquet de fleurs des champs qu'elle lui offrit.

— J'espère qu'il vous portera bonheur.

Elle le regardait avec un sourire tranquille. Même sous la lumière grisée du matin, ses cheveux blonds scintillaient comme des pailles fraîchement coupées. Il prit le bouquet et l'attacha à l'une de ses boutonnières. Un moment, ils restèrent face à face sans pouvoir se parler, puis le visage de Pierre se rembrunit d'un seul coup.

— C'est Joseph qui vous a avertie de mon départ ?

Le même sourire aux lèvres, elle acquiesça. Pierre sentit une épingle s'enfoncer dans sa chair. Son regard divagua sur le paysage qui les entourait. Des charrettes s'engageaient vers les vignes, tandis que les chants des vendangeurs se fondaient dans une clameur uniforme. Il se courba pour reprendre le sac qu'il avait posé par terre et, d'un mouvement de reins, le remit en place sur son dos.

— L'amour est aussi imprévisible que le temps, continua-t-il, ni vous ni moi n'en connaissons les détours. Merci encore pour les fleurs...

Il se détourna pour reprendre sa route.

D'une voix plus forte, Olympe essaya de dominer les rires et les chants qui se déversaient en cascade.

— Joseph est un ami, c'est tout ! s'écria-t-elle.

Mais il ne parut pas entendre et poursuivit son chemin sans se retourner.

Le rassemblement des conscrits du canton était prévu devant la mairie de Juillac d'où des convois attelés devaient les amener vers Brive. Pierre arriva le dernier. Son essoufflement et son bouquet de fleurs n'échappèrent pas à l'œil sagace d'un sous-officier qui l'envoya se placer en bout de file.

— T'es repéré ! Fais attention, lui glissa un appelé.

Prudent, il ôta les fleurs de sa veste et les cacha dans l'une de ses poches. Comme pour un jour de foire ou de marché, des badauds s'étaient massés autour de la place pour regarder. Pierre fut à peine surpris de reconnaître Séverin Barial au premier rang des curieux qui observaient la scène. Alerté par son départ, le fermier se préparait sans doute à lui faire l'une de ses propositions dont il avait le secret. Après un bref signe de tête, Barial s'approcha mais, au lieu de plaisanter selon son habitude, il demanda des nouvelles de Joseph. Pierre se souvint du visage tuméfié de son frère et des grimaces de douleur qui déformaient ses traits à chacun de ses mouvements. « J'ai glissé dans un ravin », s'était-il contenté de dire.

— Je crois qu'il va bien, répondit-il sur un ton détaché.

— Tant mieux ! J'ai eu peur que ma leçon ne soit trop forte.

Devant eux, l'avant-dernier conscrit montait dans la voiture.

— Quelle leçon ? s'étonna Pierre en s'apprêtant à grimper.

— Il se mêle un peu trop de ce qui ne le regarde pas. Olympe est à mon service. Il faut qu'il s'en souvienne !

Un coup de sifflet retentit. L'une après l'autre, les deux voitures bâchées s'ébranlèrent.

— A Brive, s'écria encore Barial, demande à voir Léopold Buzet de ma part ! C'est un ami du préfet.

Longtemps, comme s'il espérait un signe ou un remerciement, il resta sur la route à fixer le convoi où Pierre avait pris place.

Mais celui-ci, silencieux parmi le chahut des garçons qui l'entouraient, ne pensait déjà plus qu'à Joseph et Olympe.

Lorsque les voitures disparurent et que les derniers passants s'éparpillèrent, Séverin se détourna enfin. Son œil exercé fouilla le ciel. Cette journée risquait d'apporter d'autres pluies. Pour en avoir déjà parlé avec les vignerons, il savait que cette année la production de vin serait mauvaise. Un instant, l'image de Marie flotta devant ses yeux. A présent seule et désemparée face à sa piteuse récolte, elle devenait plus vulnérable et donc plus accessible. Dans le fond, le départ de Pierre était presque une aubaine. Encore quelques jours de patience et, s'il se débrouillait bien, tout cela prendrait une autre tournure. En se frottant les mains, il entra dans le café de la place où des habitués arrosaient déjà le début de leur journée. Il commanda un verre de cidre et se mêla aux conversations des paysans qui échangeaient des propos sur les uns et les autres. Il apprit ainsi qu'Olympe avait cherché à se louer dans tout le pays.

— Personne n'en a voulu ! confia en riant un éleveur que Séverin connaissait. Tu comprends, ajouta-t-il après lui avoir décoché un coup de coude, les femmes se sont donné le mot, pas une n'a envie de se retrouver avec des cornes !

Son rire gras déclencha l'hilarité générale. Seul Séverin ne broncha pas. Des plans s'échafaudaient dans sa tête. Non seulement il pouvait espérer devenir propriétaire du domaine des Bourzat, mais en plus le dénuement d'Olympe arrivait à point. Il n'allait pas lui proposer de revenir une nouvelle fois à son service, mais d'accepter une aide sans rien exiger en échange. Le temps se chargerait du reste.

11

Le soir tombait quand Louise rentra chez elle. Par l'ouverture de la porte, un courant d'air se propagea dans la pièce et fit vaciller les flammes des chandelles qui se consumaient sur la table.

— Il fait meilleur ici, dit-elle en découvrant Olympe, assise devant la cheminée.

Comme sa remarque n'entraînait aucun écho, elle posa sur l'évier les quelques victuailles qu'elle rapportait et jeta un nouveau coup d'œil vers la jeune fille. De petits soubresauts parcouraient son dos. Elle pleurait.

Une fois de plus sans doute, ses démarches pour trouver un travail n'avaient pas abouti. Elise Barial avait dû répandre la coulée venimeuse qui l'habitait. L'une après l'autre, toutes les portes se fermaient.

A pas décidés, la vieille femme s'approcha :

— Tu ne peux pas te miner comme ça !

La fermeté de sa voix montrait qu'elle gardait toujours la même ligne de conduite. « Quand l'orage abat un arbre, disait-elle souvent, il faut en planter un autre ! »

Olympe essuya ses yeux, mais le cœur n'y était pas. Même la bonne volonté de celle qui l'hébergeait ne suffisait plus. Chaque jour, la mère Gauthier accomplissait des prouesses pour la nourrir. Olympe savait qu'elle vivait de peu et refusait toute aide dans une dignité qu'elle s'ingéniait à tenir contre vents et marées. Cette situation ne pouvait plus durer.

— Je vais vous libérer, décréta-t-elle en se levant. Demain, à la première heure, je pars pour la ville.

— Et qu'y feras-tu ? demanda Louise.

— N'importe quoi, je trouverai bien dans un café ou une auberge.

La vieille femme se détourna pour rejoindre l'évier où elle venait de déposer ses légumes.

— Tu vas tout gâcher !

— Ici, personne ne veut de moi. A la ville au moins, on ne me connaît pas.

Louise sentit qu'elle n'était pas prête à céder. Il fallait employer une manière plus dissuasive.

— Eh bien, assieds-toi ! ordonna-t-elle, et tu vas m'écouter !

Avec ses bras croisés et son regard sombre, elle n'avait pas l'air de plaisanter.

— C'est bon, soupira Olympe. Je vous écoute.

— Est-ce que tu sais lire ?

La question laissa la jeune fille sans voix. Jamais elle n'avait parlé à quiconque de son enfance, de ces années passées de famille d'accueil en famille d'accueil où l'orphelinat la plaçait et la retirait sans cesse. Comment s'intéresser aux études dans ce va-et-vient continuel et pourquoi ? On ne lui avait guère donné le choix.

— Non, soupira-t-elle, je ne sais ni lire ni écrire.

— Il faut que tu apprennes, c'est le seul moyen pour t'en sortir. Sans instruction, tu resteras toujours au service des autres.

Sa remarque eut l'effet recherché. Pendant quelques secondes, Olympe parut déstabilisée.

— Mais qui peut m'apprendre ? finit-elle par demander, je ne suis plus en âge d'aller à l'école.

— Moi ! lança alors la mère Gauthier. Et nous allons commencer tout de suite !

Elles veillèrent si tard que, lorsqu'elles se couchèrent, le ciel blanchissait, éteignant les dernières étoiles. Olympe fut la première à émerger du sommeil où elle avait sombré sans résistance. Elle se lava rapidement au-dehors, la tête encore pleine de l'alphabet que Louise lui avait fait ânonner comme à une élève. Sur la terre humide, de son index, elle s'appliqua à dessiner quelques lettres et réussit à écrire son prénom. Elle en était certaine, encore quelques efforts et de la persévérance et, d'ici quelque temps, elle saurait parfaitement lire et écrire.

Sans se soucier de la fraîcheur, elle s'assit sur une des grosses pierres qui délimitaient l'allée du jardin. Les confidences que la vieille femme lui avait faites sonnaient encore à ses oreilles, aussi claires que le carillon de l'église qu'elle percevait malgré les bruits de la forge toute proche. Songeuse, elle posa la tête dans ses mains et ne la releva que lorsqu'une main la toucha au bras : Joseph se tenait devant elle.

— Est-ce que tu savais pour Louise ? s'enquit-elle tout de suite.

D'abord, il la regarda sans comprendre, puis il arracha une herbe qu'il se mit à mâchonner du bout des dents.

— Si tu veux parler de sa vie passée, fit-il, oui, j'étais au courant.

— Quand même, avoir été institutrice et tout quitter pour des idées...

— Elle est comme ça, dit Joseph, c'est tout.

Il baissa le front comme s'il voulait dissimuler une émotion :

— Avec Jamier, ce sont mes deux seuls amis...

— Et moi, fit Olympe, ne suis-je pas ton amie ?

Il leva les yeux vers la maison où il lui semblait avoir vu quelque chose bouger derrière la fenêtre.

— Mais oui, amie... reprit-il.

Devant eux, la porte de la maison s'ouvrit.

— Venez ! leur cria Louise, il y a encore de la soupe et des châtaignes.

Joseph s'installa près des deux femmes mais refusa de prendre la moindre nourriture. Son manque d'appétit et ses traits tirés accusaient la fatigue de ses nuits sans sommeil. Louise, qui s'était évertuée à mitonner une soupe dont elle avait le secret, en fut pour ses frais.

— Peut-être que cette récolte n'est pas si mauvaise ? se risqua-t-elle à dire. Ta mère a toujours exagéré la réalité des choses...

Joseph ne répondit pas. Marie, qui ne fréquentait personne dans le village, payait cher son isolement. Auprès de qui pouvait-elle espérer trouver de l'aide ?

— Pour une fois, lâcha-t-il enfin, elle n'a rien exagéré.

Il quitta la table, marcha vers la porte en traînant son pied plus que d'habitude.

— Pardon, lança-t-il au moment de sortir, mais il faut que j'y retourne. Je ne peux pas la laisser comme ça.

Assise devant un bol de soupe qui achevait de refroidir, Marie n'attendait même plus Joseph. Comme une litanie, elle ressassait intérieurement les paroles de Gustave, le bouilleur de cru dont l'expérience ne pouvait être mise en doute : « C'est bien ce que je vous disais, madame Bourzat, vous n'en tirerez guère plus de quinze hectolitres, et encore… »

Une misère par rapport aux années précédentes où l'on avait produit jusqu'à cinquante hectolitres. De quoi tout juste contenter le quart de ses commandes. Le plus difficile était de choisir les clients qui seraient servis en priorité. Il lui semblait avoir vieilli d'un seul coup. Depuis le départ de Pierre, elle n'avait eu du courage que pour vendanger. Puis, au fur et à mesure qu'elle avait pu dresser un bilan, son corps s'était ployé comme un arbre qu'on déracine. Elle qui ne parlait à personne avait été rôder du côté des autres vignerons. Certains l'avaient même aperçue au café en train de se renseigner. Maigre consolation : tous étaient d'accord. De Juillac jusqu'à Brive, les récoltes n'avaient pas donné grand-chose.

Elle coupa un morceau du pain qu'elle avait cuit la veille et mordit dedans distraitement. La vente de Blanchot, leur cheval, ne suffirait même pas. A qui allait-elle emprunter l'argent qui lui manquait ? Deux noms hantaient son esprit : Souillac et Barial. Mais, pour l'un comme pour l'autre, elle connaissait les conditions assorties à leur prêt.

Triste, elle jeta un coup d'œil par la fenêtre. Par endroits, les brumes accumulées empâtaient le ciel d'une grisaille qui masquait jusqu'au jour. Rien qu'à le fixer, elle eut l'impression de suffoquer et porta la main à son cou. C'est à ce moment qu'une silhouette parut émerger de ce magma floconneux. Comme hypnotisée, elle ne put en détacher son regard.

— Pierre ! s'écria-t-elle tout à coup, et elle bondit vers la porte.

Joseph parti, Louise ne s'attarda pas. Malgré le vent frais qui soufflait, elle se hâta, la capuche de sa vieille pèlerine bien rabattue sur la tête.

Ainsi emmitouflée, elle savait que personne ne la reconnaîtrait. Après avoir longé quelques chemins creux, elle dépassa deux fermes et contourna l'église avant d'obliquer vers le portail d'une petite bâtisse dont elle tira le cordon de la sonnette.

La porte s'entrebâilla sur un homme vêtu de noir.

— Ah ! C'est toi, entre ! invita-t-il.

Avec la rapidité d'une souris, elle se faufila à l'intérieur. Dans le fond de la salle où elle pénétra, un feu flambait dans une vaste cheminée surplombée d'un crucifix. Devant elle, une table et quelques tabourets reposaient sur des dalles carrelées. Seule exception dans ce décor austère, une horloge en bois blond adossée contre un mur faisait entendre son tic-tac régulier. Louise ôta sa capuche.

— Bonjour, Gaétan, dit-elle.

— Excuse-moi, fit son hôte, mais je prépare ma messe. Je ne vais pas pouvoir te tenir compagnie.

Il désigna un paquet enveloppé d'un torchon, posé au bout de la longue table.

— C'est pour toi. J'ai ajouté un bon morceau de lard pour ta protégée. Tu sauras le cuisiner mieux que personne !

Un rire bon enfant détendit son visage rond. Avec son crâne presque chauve et son ventre proéminent sous les plis de sa soutane, il respirait la bonhomie et la joie de vivre.

— Tu ne veux toujours pas m'accompagner, je suppose ?

La vieille femme sourit. C'était plus fort que lui, à chaque fois qu'il le pouvait, il plaçait sa sempiternelle question.

— Bon, bon, continua-t-il avant même qu'elle ne réponde, je ne sais même pas pourquoi je te demande ça.

Le sourire de Louise s'accentua. Personne dans le village ne soupçonnait leur longue amitié. Voilà plus de cinquante ans qu'ils avaient fréquenté la même école à Saint-Cyr-la-Roche. Ensuite, le temps s'était chargé de séparer leurs routes. Pour lui, le séminaire, et pour elle, l'école normale de Tulle. La cloche de l'église se mit à tinter. Sa cape sur les épaules, le curé s'apprêta :

— A tout à l'heure, si tu as quelque chose à me dire.

Elle le regarda traverser l'allée du presbytère et

rejoindre la sacristie. Déjà, les premiers paroissiens montraient leur nez. Elle marcha jusqu'à la table et s'empara du paquet. A quoi bon s'attarder ici ? Gaétan en faisait assez. Elle ne se résignait pas à lui demander s'il pouvait aider Joseph.

Des crépitements anormaux en provenance de la cheminée attirèrent son attention. Le bois qui brûlait semblait trop vert et trop humide. Si personne n'intervenait, le feu s'éteindrait bientôt. Elle se baissa pour choisir une bûche plus sèche parmi celles qui s'entassaient à côté du cantou et n'entendit même pas la porte s'ouvrir. Lorsqu'elle se retourna, alertée par un bruit, Damien, le bedeau, venait d'entrer. Qu'il la voie ici n'avait pas d'importance, mais la présence des deux personnes qui le suivaient l'inquiétait bien plus. Elle faillit suffoquer lorsque la clarté du feu lui permit de reconnaître le couple Barial. Le bedeau sentit que quelque chose de grave se passait. Elise avait beau faire semblant de regarder la pointe de ses bottines en cuir, Séverin et Louise, eux, se fixaient. Pas un salut ni même l'ombre d'un signe de tête ne furent échangés. Damien toussa comme s'il désirait briser l'impressionnant silence qui l'entourait.

— Vous connaissez Louise, monsieur Barial ? demanda-t-il, un peu gauche.

Le fermier resta coi, avant que son visage ne s'éclaire d'un seul coup.

— Notre Gaétan Vigier est un bon curé, fit-il sans cesser de darder un œil perçant sur Louise, il sait faire la charité, n'est-ce pas ?

Sur la table, le torchon mal noué laissait voir une partie de son contenu : quelques œufs et du fromage.

D'un geste, elle le replia en essayant de calmer le tremblement de ses mains. Que pouvait-elle répondre à cette provocation ? Elle pensait avoir tout imaginé, tout prévu pour ne plus le rencontrer, et voilà qu'elle était prise dans un piège.

— Je vous croyais rebelle, continua Séverin, je ne vous savais pas assistée par l'Eglise.

Elise saisit le bras de son mari :

— Allons, n'insiste pas, voyons !

Son ton protecteur était pire qu'une injure. Piquée au vif, Louise devint plus pâle que la cire du cierge que le bedeau tenait dans une main.

— Un jour, lança-t-elle, frémissante, vous rendrez des comptes, je vous le jure ! Et personne n'aura de pitié.

Abandonnant son paquet de victuailles, elle se précipita au-dehors.

La tête vide, elle courut comme si quelqu'un la poursuivait. Plusieurs fois, elle dut s'arrêter, s'appuyer contre un arbre ou un muret pour reprendre haleine. Quand ses jambes refusèrent de la porter, elle finit par s'enfoncer à pas plus mesurés dans les bois qui bordaient la Tourmente. Des coups de feu lointains l'avertirent que des chasseurs sillonnaient les lieux. Malgré le dédale de taillis et d'arbres serrés, elle avait ses points de repère. Combien de fois n'était-elle pas venue ici cueillir les plus beaux cèpes avant tout le monde ? Ou ramasser les meilleurs bois pour l'hiver ? Parfois, une trappe bien dissimulée lui rapportait aussi un lièvre ou un lapin de garenne qu'elle cachait dans la capuche de sa pèlerine.

Exténuée, elle se laissa glisser sur le sol où quelques feuilles tombaient déjà. Pour survivre, elle avait tout appris, tout essayé. Après s'être louée pendant des années pour des travaux saisonniers, avec l'âge, elle avait mis en pratique ce qu'elle avait entendu des journaliers, des colporteurs et même des vagabonds qu'elle avait côtoyés sans faire de différence.

Ses jambes commençaient à se détendre ; elle décida de continuer. Un peu plus loin, la Tourmente charriait ses eaux limpides dans un roulis régulier. Elle traversa une clairière et déboucha sur le bord de la rivière. La souche d'arbre où elle s'asseyait souvent était mouillée des dernières pluies ; elle s'y posa sans même y prendre garde. Maintenant, le fil de l'avenir se déroulait à ses pieds, semblable à ce cours d'eau que rien n'arrêtait. Demain, tout à l'heure peut-être, le village entier apprendrait qui l'aidait. Elle qui avait passé sa vie à se révolter, à se battre contre toute institution, qui revendiquait à cor et à cri sa liberté de pensée et d'action, serait la risée de tous.

Séverin Barial allait la calomnier, se gausser d'elle. Et, dans ce fatras indigne, l'amitié qui la liait à Gaétan serait salie comme ce sol boueux qui collait à ses sabots. Déjà elle entendait les remarques des buveurs qui se réunissaient au café : Lucien, Antoine, Blaise, le scieur de long, et même Goudoux, le sabotier, avec qui elle échangeait en douce un gibier ou des girolles contre une paire de sabots. D'abord, ils s'étonneraient : « Tiens ! Nous qui pensions qu'elle bouffait aussi du curé... » Viendraient alors les rires, l'inévitable déception et, enfin, l'oubli.

Elle regarda vers le ciel : à travers les branchages des

arbres, la lumière du soleil pointait. Les brumes dissipées, une belle journée d'automne s'annonçait. De l'autre côté de la rivière, elle aperçut Pierre qui ramassait du bois et fut tentée de l'appeler, mais s'en abstint.

Lui rentré, l'argent serait sans doute plus facile à trouver pour les Bourzat. Cette idée la rassura sur le sort de Joseph. Elle attendit que le jeune homme s'éloigne vers un endroit plus abrité avant de se rapprocher du bord de la Tourmente. Un instant, comme un mirage, l'image d'Olympe effleura la surface des eaux où miroitait le soleil. Un petit sourire étira les lèvres de Louise. Les jours qu'elles venaient de passer ensemble n'avaient pas été vains. A présent, Olympe lisait, écrivait et comptait presque sans fautes. N'était-ce pas là le plus beau des cadeaux ?

Sereine, elle défit ses sabots qu'elle aligna avec soin. Puis, elle ferma les yeux et oublia le temps.

12

A cause de la nuit, Olympe fut obligée d'allumer une chandelle. Depuis combien de temps était-elle plongée dans sa lecture ? Elle n'aurait pu le dire, mais, lorsqu'elle reposa son livre parce qu'elle n'y voyait plus assez, la pièce était envahie par la pénombre.

La mère Gauthier gardait dans son coffre quelques livres dont elle ne voulait pas se séparer. Parmi eux, la jeune fille avait trouvé le récit d'un navigateur au long cours qui venait de l'emmener vers des horizons lointains et insoupçonnés. De son doigt, elle suivait encore certains mots plus difficiles, mais, dans l'ensemble, elle avait des raisons d'être fière. Les leçons de Louise avaient bien porté leurs fruits. Un sourire sur les lèvres, elle pensa qu'il était temps de réchauffer la soupe en prévision du retour de celle à qui elle devait tant.

Elle commençait d'activer le feu quand plusieurs coups furent frappés contre la porte. Ce n'était pas dans les habitudes de Louise de se signaler ainsi. Olympe s'immobilisa. Après un bref silence, deux nouveaux coups retentirent et une voix d'homme s'éleva :

— S'il y a quelqu'un, ouvrez !

Une seule chose était sûre, cette voix ne ressemblait en rien à celle de Séverin Barial. En partie rassurée, elle entrouvrit la porte et passa la tête : deux chasseurs, le fusil en bandoulière, se tenaient devant elle, un chien couché près d'eux. Le premier avait une lampe tempête à la main. Il souleva son chapeau :

— On a quelque chose à vous dire...

Comme elle paraissait méfiante, il enchaîna :

— Je m'appelle Leroux, et lui, Vincas. Nous sommes du hameau voisin, La Merlie.

Il montra une paire de sabots qu'il dissimulait dans son dos :

— Ce sont les gendarmes qui nous ont dit de vous les rapporter.

— Les gendarmes ? balbutia Olympe.

A cet instant, une roue crissa derrière eux et Pierre apparut, poussant une brouette dans laquelle une forme était allongée. Les deux hommes s'écartèrent pour qu'il puisse se frayer un passage. Parvenu devant Olympe, Pierre posa la brouette. La lampe tempête n'éclairait pas beaucoup, mais la jeune fille avait déjà compris. Elle porta la main à sa bouche pour étouffer un cri.

Les trois hommes se découvrirent tandis qu'elle se penchait en sanglotant.

— Louise, Louise, répétait-elle, hagarde.

— Elle s'est jetée dans les eaux de la Tourmente, expliqua Leroux. On a retrouvé ses sabots sur la rive.

De son bras, Pierre entoura les épaules d'Olympe :

— On va l'installer sur son lit ; demain, je préviendrai Goudoux, il sait aussi fabriquer des cercueils...

Ils n'eurent pas besoin d'unir leurs efforts : le corps de la vieille femme ne pesait guère plus qu'un sac de fourrage. Pierre l'allongea sur son lit, tandis qu'Olympe, en pleurs, approchait une chandelle.

— J'ai peur, dit-elle.

Le visage bleui de la morte et ses yeux grands ouverts la terrifiaient. Pour ne pas tomber, elle se raccrocha au montant du lit, mais ses jambes flageolantes ne la soutenaient plus.

— Nous, c'est tout ce qu'on peut faire, déclara Leroux. Vous comprenez, l'un et l'autre nous avons de la famille qui nous attend.

Vincas, qui ne s'était pas manifesté jusqu'à présent, approuva. Alors, les deux compères remirent leur chapeau sur la tête et, satisfaits de leur mission, prirent congé. Quand ils furent au-dehors, Olympe et Pierre les entendirent s'esclaffer sur les gros lièvres qu'ils avaient débusqués. Quelques jappements fusèrent encore, puis la nuit recouvra son calme.

— On m'attend aussi, dit Pierre, mais tant pis ! Je reste avec vous.

Olympe s'affaissa sur le sol ; la tête lui tournait. Il ne s'agissait même plus de chagrin mais d'un étonnement douloureux qui la blessait. Comment Louise en était-elle arrivée là ? Alors que, ce matin encore, elle parlait de projets, d'avenir pour sa « meilleure élève », comme elle disait en riant.

— C'est injuste, fit Olympe, je n'ai même pas eu le temps de la remercier.

Pierre, qui s'était assis sur l'un des bancs proches de la table, vint se poser à côté d'elle.

— C'est peut-être mieux ainsi, dit-il, elle est allée jusqu'au bout de son courage.

Comme il avait peur que la jeune fille ne recommence à pleurer, il avança sa main et caressa sa joue.

La chaleur de son visage et la douceur de sa peau étaient comme un appel. Sans même qu'elle ne résiste, il l'attira contre lui pour enfouir son visage dans la tiédeur de ses cheveux. Mais il avait beau repenser aux paroles de Joseph, il ne sentait ni le chèvrefeuille, ni l'écorce de châtaigne blanchie. Les fines boucles exhalaient plutôt tous les parfums de leur terre : celle qui serpentait entre les collines, entre les coteaux gorgés de fruits et les cours d'eau bondissant au milieu des bois. Un feu le dévora. Il murmura son nom, puis il tourna son visage vers le sien et l'embrassa avec passion. A l'extérieur, un bruit étrange, comme un craquement de bois sec, résonna. Olympe se cabra.

— *Lou leberou*[1] *!* fit-elle.

— Peut-être ne s'agit-il que d'un volet qui claque ? dit Pierre.

Mais, les yeux écarquillés par la crainte, elle se cramponnait à lui :

— Il rôde pour punir ceux qui se sont donné la mort...

Une angoisse de petite fille perdue semblait l'agiter tout entière. Pour tenter de l'apaiser, Pierre décida d'aller voir. Il ouvrit la porte et scruta les ténèbres, mais rien ne lui parut suspect.

1. Le loup-garou.

— Ce n'était qu'une belette ou un mulot, déclara-t-il, ne t'inquiète pas !

Il eut l'impression qu'elle ne faisait même pas attention à ses paroles. Assise sur un tabouret près du lit, elle avait les mains jointes et récitait des prières à voix basse. Pour en avoir le cœur net, il s'aventura jusqu'aux abords du jardin. A part le bruissement familier des feuillages, tout paraissait tranquille. Il s'apprêtait à retourner vers la maison lorsqu'il remarqua un objet qui brillait dans l'herbe. Intrigué, il le ramassa. C'était le couteau de Joseph. En s'interrogeant sur sa trouvaille, il appela plusieurs fois son frère, mais seuls quelques oiseaux effrayés battirent de l'aile à la cime des arbres. Lorsqu'il rentra dans la maison, Olympe, épuisée par la fatigue et l'émotion, s'était assoupie, le menton collé contre sa poitrine. A côté d'elle, semblant lui redonner vie, la lueur de la chandelle dessinait des zones d'ombre et de clarté sur le visage de Louise. Il n'osa pas aller plus loin et s'assit à même le sol.

Recroquevillé au pied de l'unique châtaignier qui poussait derrière la maison, Joseph avait bien entendu la voix de Pierre. A présent, il écoutait son propre cœur battre à longs coups lancinants. Prévenu par Jamier, qui avait toujours su se faire bien voir des gendarmes, il avait appris la mort de Louise comme on reçoit un coup de poignard.

D'abord, il avait refusé de croire à ce geste désespéré, puis il avait fini par l'accepter en ressentant la terrible déchirure d'un abandon injuste et inutile. Enfin, à peine remis du choc, il avait pris le chemin qui menait chez elle pour l'annoncer lui-même à Olympe. Mais il avait été devancé par les deux chasseurs et son frère. C'est en jetant un regard furtif à travers la fente des volets mal fermés qu'il avait surpris Pierre et Olympe en train de s'embrasser à côté du lit où reposait Louise. Avec une brusquerie incontrôlée, il avait asséné un coup de poing contre l'une des persiennes, avant de se cacher pour pleurer de rage et de dépit. Puis, petit à petit, il s'était apaisé comme une mer se calme après la tempête. Que perdait-il, en fait ? L'amour possible d'Olympe ? Un infirme comme lui pouvait-il intéresser une femme ? Non, ce qu'il aurait souhaité et souhaitait toujours, c'était la garder intacte, préservée des autres hommes, et être là, l'accompagner, la suivre comme un chien qui ne laisse jamais son maître.

Ce baiser-là détruisait son rêve dans un outrage doublement insupportable, puisque son propre frère en était l'auteur. La mort de Louise et cet amour naissant avaient le goût empoisonné d'une trahison. Il ne voulait pas se laisser submerger par le désespoir. Il lui fallait agir, organiser une vengeance qui le valoriserait. Ainsi seulement, ce qu'il venait de voir perdrait son importance.

Il se concentra, rassembla son énergie, puis, mû par cette pointe acide qui ne le quittait jamais, il se releva, déjà rasséréné par ce qu'il projetait de faire. A pas feutrés pour éviter le moindre bruit, il marcha longtemps, jusqu'à ce que le cri qu'il attendait ne l'arrête. Là-haut, sur l'une des branches d'un grand sapin, deux yeux jaunes luisaient dans la nuit. Il mit ses mains près de sa bouche et reproduisit l'ululement qu'il venait d'entendre. Pour chaque oiseau, il avait mis au point une technique infaillible. A force de les écouter, de vivre avec eux au rythme des saisons, il était capable de berner l'oreille la plus exercée d'un chasseur averti ou de tromper la vigilance de certains volatiles qui n'y voyaient que du feu. A l'abri derrière un arbuste, il répéta son cri jusqu'à ce que la chouette, plumes et huppe hérissées, vienne se poser sur l'une des branches basses du sapin. En un tournemain, il envoya sa veste sur l'oiseau. Ce dernier tenta de se débattre, mais deux mains le maîtrisèrent à travers le tissu. Après, tout ne fut plus qu'une question de routine. Quand il enfila de nouveau son vêtement, la chouette gisait à ses pieds, le cou brisé, le ventre encore chaud. Autour d'elle, des plumes légères voletaient. Il les compara aux cheveux d'Olympe, puis il prit l'oiseau mort, le plaça dans l'une de ses poches et s'en fut.

13

Séverin Barial n'avait pas beaucoup dormi, mais sa décision était prise. Il descendit le premier dans la salle. Comme il ne faisait pas encore jour, il alluma une lampe à pétrole et chercha quelque chose à manger. Elise ne tarderait sans doute pas, mais peu lui importait. Il voulait partir avant de la rencontrer pour ne pas subir ses questions. Henri, le valet de ferme, avait eu sa soirée libre pour aller danser à Juillac où l'on donnait un bal. Aucun bruit en provenance des étables ne lui parvenait. Agacé, il comprit que le jeune garçon n'était pas rentré et se promit de lui faire la leçon. A la prochaine incartade, il s'en séparerait.

La soupe ne lui plaisait pas. Il délaissa son assiette pour se couper une tranche de pain qu'il tartina de fromage de brebis et arrosa d'un verre de vin, produit par ses vignes. La bouteille entamée depuis quelques jours rendit sa dernière goutte. Une fois de plus, malgré plusieurs claquements de langue, il jugea que son goût était loin d'être à la hauteur du vin des Bourzat. L'urgence d'un changement de situation s'imposait. C'est à lui que devait échoir le titre de meilleur producteur de la région.

A peine sa dernière bouchée avalée, il ouvrit la porte et sortit. Une fraîcheur automnale lui tomba sur les épaules. Il hésita : fallait-il prendre la carriole ou aller à pied ? En amont du village, le ciel se dégageait de ses voiles nocturnes. D'ici une demi-heure, il ferait jour, et la pluie ne semblait pas au rendez-vous. Il estima qu'il valait mieux marcher et se dirigea vers la route. Après avoir croisé une charrette qui transportait des bidons de lait, il s'arrêta pour admirer une partie de la vallée qui s'étendait le long du ruisseau du Mayne. Quelques clochettes lointaines lui signalèrent l'arrivée des troupeaux dans les pâturages. Rien qu'à leur son, il pouvait identifier à qui les bêtes appartenaient. Avant de continuer, il se retourna pour regarder vers sa ferme. Une lumière brillait à l'une des fenêtres de la salle. Elise l'avait donc suivi de peu. Pour ne pas perdre de temps, il se remit en route, lorsqu'un hurlement à peine étouffé l'empêcha de poursuivre. Il paraissait provenir de chez lui. Sans même réfléchir, il rebroussa chemin en courant.

Quand il atteignit la barrière, il ne décela d'abord rien d'anormal, puis la silhouette d'Henri se détacha au milieu de la cour. Le visage épouvanté, le jeune garçon se tordait les mains dans des gestes convulsifs. Derrière lui, Elise se tenait la tête comme si un grand malheur était arrivé. En s'approchant, Séverin découvrit alors une chouette clouée par les ailes sur la porte de la grange. De Brive à Juillac en passant par Objat, nul n'ignorait ce que cela signifiait.

— C'est elle ! C'est elle ! répétait Elise, hagarde.

Elle attrapa son mari par un bras :

— La Couze nous jette un sort pour nous punir ! Elle venge la mort de la vieille Gauthier.

Des larmes jaillirent de ses yeux.

— Qu'allons-nous devenir ? fit-elle en s'effondrant sur le sol, le visage enfoui dans son tablier.

A deux pas d'elle, Henri, plus pâle qu'un drap, fixait la chouette sans oser y toucher. Il savait que seul un prêtre ou un sorcier pouvait la déclouer et qu'en attendant la mort planait sur la ferme, prête à emporter bêtes ou gens sans distinction.

Barial hésitait. De telles histoires étaient légion par ici. Mais, sous son propre toit, ce sinistre présage prenait une autre dimension. Avant d'agir, il tança Elise pour lui rappeler son devoir et son rang face à Henri et aux deux journaliers qui allaient venir. Puis, aidé par son jeune valet, il attela sa carriole et déclara qu'il partait chercher l'abbé Vigier. Mais, à peine engagé sur la route, il préféra bifurquer vers le chemin qui menait chez Louise. Depuis son réveil, la même idée s'incrustait dans sa tête et l'événement qui venait d'avoir lieu ne faisait que renforcer sa détermination. Il attacha son cheval à un arbre et décida de continuer à pied.

Au-dessus de lui, jouant de sa lumière à travers les dernières feuilles qui pendaient aux arbres, le soleil commençait son ascension dans le ciel. Çà et là, des champignons perçaient la mousse et l'humus comme une invitation à la cueillette, mais Barial était trop préoccupé pour céder à la tentation. Il marchait, absorbé dans ses pensées, quand une voix l'interpella :

— Monsieur Barial, attendez-moi !

Presque aussitôt, Joseph surgit devant lui avec un air grave :

— Quelque chose de terrible est arrivé...

A l'évidence, sa pâleur et ses cernes montraient un vrai bouleversement.

— Si tu veux parler de la vieille Gauthier, dit Séverin, je suis au courant. La nouvelle s'est répandue comme une traînée de poudre.

L'infirme leva son regard de braise vers le ciel. Un vol de canards sauvages passait au-dessus de leurs têtes.

— Ils vont mourir et ils ne le savent pas, murmura-t-il.

Au même instant, un coup de feu retentit, puis un autre suivi d'un troisième. Touchés de plein fouet, deux volatiles tombèrent au beau milieu d'un champ. Impressionné, Barial claqua la langue comme s'il venait de boire une gorgée de vin trop âpre.

— Sacré nom ! Tu as l'œil ! fit-il.

Des aboiements intempestifs l'empêchèrent de parler plus longtemps. Il attendit que les chiens se taisent pour reprendre :

— Quelqu'un m'en veut, on m'a jeté un sort.

Ses yeux s'accrochèrent à ceux de Joseph, mais celui-ci se perdit dans la contemplation du ciel :

— Je connais bien quelqu'un...

— Qui donc ? interrogea le fermier.

Un haussement d'épaules et une grimace furent les seules réponses.

Barial porta la main à sa veste pour en sortir un billet de dix francs. La mine de Joseph se figea.

— Et comme ça? demanda Barial en ajoutant un autre billet.

— C'est bon, dit le garçon en s'emparant de l'argent. Il se nomme Lucien Chassine et loge au hameau des Gardes, près de Vignols. Vous êtes le premier à qui je donne son adresse.

— Chassine, reprit Séverin pour mémoriser son nom, puis il attendit que le garçon s'éloigne et continua son chemin.

Quand il poussa la barrière du jardinet, elle céda facilement. Il n'avait pas souvent eu l'occasion de venir jusqu'ici et cette masure à moitié délabrée lui faisait un drôle d'effet. A part quelques plants de légumes et d'herbes alignés au pied du mur de façade, elle paraissait à l'abandon. Il n'eut même pas à s'annoncer. La porte s'ouvrit presque d'elle-même et Olympe apparut, les yeux encore rouges. En remarquant que l'un de ses bras tremblait, il ôta son chapeau.

— N'ayez crainte! Je suis là en ami.

Pierre parti chez le sabotier, la jeune fille était seule. Elle n'avait guère envie de lutter ni de discourir, et se retrouver face au fermier dans un pareil moment était une épreuve supplémentaire dont elle se serait bien passée.

— Allez-vous-en! Je n'ai rien à vous dire.

Son chapeau toujours en main, Barial prit un air de circonstance.

— J'ai des torts, reconnut-il, je voudrais les réparer. Que cette disparition serve au moins à effacer nos tensions et nos rancœurs!

Dans un élan généreux, il plaça d'office une liasse de billets pliés dans la main de la jeune fille.

— Avec ça, expliqua-t-il, vous lui offrirez un enterrement et une sépulture dignes. C'est tout ce que je souhaite.

Olympe fut surprise par l'épaisseur des billets. A peine une heure auparavant, ne sachant même pas comment et où trouver l'argent, elle avait évoqué les frais de l'inhumation avec Pierre. Le regard de Barial semblait empreint de sincérité, et sa largesse lui rachetait une conduite. Pourquoi aurait-elle refusé ?

— Merci, souffla-t-elle, merci pour elle.

Puis elle recula pour fermer la porte, mais Séverin s'avança comme s'il voulait entrer. C'était encore trop tôt ; il n'était pas question qu'il pénétrât dans la maison de Louise. Quelque chose de plus fort qu'elle poussait Olympe à se tenir sur ses gardes. Elle le vit jeter un regard autour de lui comme s'il craignait une visite et se tendit. Mais il parut se décourager et se contenta de remettre son chapeau sur la tête.

— Souvenez-vous que nous sommes amis à présent, souligna-t-il.

Et, sans insister davantage, il la laissa.

Lorsqu'elle fut de nouveau seule, la jeune fille appuya son front contre le bord de la fenêtre et ferma les yeux. La matinée était déjà bien entamée et ni Joseph ni Pierre n'était auprès d'elle. Dans son dos, la chandelle consumée s'éteignit. En la regardant, elle crut que le corps de Louise avait bougé et se crispa. Qu'y avait-il de plus effrayant que cette solitude-là ?

14

Quand Pierre ouvrit la porte de la salle, tout de suite il eut l'intuition que quelque chose de grave se passait. Il connaissait trop bien les habitudes et l'atmosphère de la maison pour ne pas s'alerter.

Marie était assise près de la table. Malgré le jour, non loin d'elle, la flamme d'une lampe à pétrole déclinait, comme privée de combustible. Même s'il était encore tôt, il s'imagina sans peine que sa mère avait dû rester ainsi toute la nuit.

— Je sais d'où tu viens, fit-elle sur un ton brusque.

Il s'étonna. Comment était-elle déjà au courant? Puis il pensa qu'elle tentait une simple manœuvre d'esbroufe et ne broncha pas.

— Oui, tu étais avec elle, reprit Marie, le visage contracté. On t'a vu! A présent, tout le village le sait. Tu m'as déshonorée!

Elle inclina la tête. Son menton était agité de tremblements incoercibles. Le garçon redouta une crise qu'il était incapable d'endiguer. Soudain, son souffle se précipita et elle tomba, la tête en avant sur son bras replié.

— Ma ! s'écria-t-il.

Lorsqu'il essaya de la relever, la raideur de sa nuque en même temps que son inertie l'affolèrent.

— Ma ! Ma ! supplia-t-il encore, réponds-moi !

Mais sa tête roula sur le côté et elle porta la main au cœur en suffoquant.

— Je vais mourir, articula-t-elle.

Dans son mouvement, deux billets de banque s'échappèrent de l'une de ses manches et tombèrent sur le sol.

— Ne bouge pas ! ordonna-t-il, je vais chercher quelqu'un.

Il se rua vers la porte et courut à toutes jambes pour arrêter une carriole. En ce début de matinée, le trafic n'était pas encore important sur la route. Le premier conducteur qui l'aperçut, gesticulant et criant, tira sur les rênes de son cheval. Aussitôt, Pierre lui demanda de l'aider à transporter sa mère chez le médecin le plus proche qui logeait à Juillac. L'homme paraissait assez âgé, mais il se laissa glisser au bas de sa carriole en refusant la main que Pierre lui offrait et le suivit jusque chez lui. Aussi sec qu'un morceau de bois noueux, il marchait de guingois et se tenait un peu voûté. Une épaisse moustache blanche barrait son visage où seuls deux yeux vifs furetaient de droite à gauche comme ceux d'un oiseau.

Lorsqu'il entra dans la maison, il se dirigea vers Marie, toujours affaissée sur la table.

— Il faut la porter jusqu'à la carriole ! dit Pierre.

Mais le vieil homme se pencha vers elle, puis desserra le col de son corsage.

— Avez-vous un peu d'alcool ? demanda-t-il.

Pierre apporta un fond de bouteille qui traînait sur le vaisselier pendant que son hôte ouvrait toute grande la fenêtre.

A la première gorgée, Marie commença de tousser, puis ses joues rosirent, enfin elle se redressa frissonnant sous le courant d'air frais qui venait jusqu'à elle.

— Allez ! fit le vieux, ce n'était pas trop grave... Un peu de repos, et ce sera fini.

Imperturbable, avec sa drôle de démarche, il regagna la porte. Quand Pierre réalisa qu'il s'en allait, il se confondit en remerciements et voulut l'inviter à trinquer. Mais l'autre refusa en invoquant un manque de temps :

— On m'attend chez les Barial, de l'autre côté du village. Toutefois, si un jour vous avez besoin de moi, demandez le père Chassine, j'habite Les Gardes, près de Vignols.

Avant de partir, il tendit à Pierre un petit paquet de poudre jaune :

— C'est de la semence de genêt, vous lui en mélangerez une pincée dans un demi-verre de vin blanc deux fois par jour. D'ici une semaine, tout sera redevenu normal.

Et, sans prendre la pièce que Pierre voulait lui donner, il s'éclipsa.

Le garçon se tourna vers sa mère. Elle semblait respirer mieux et sa pâleur avait disparu, mais elle fixait le sol avec cet air étrange qui la coupait du monde quand une trop forte contrariété la touchait.

— J'ai tout sacrifié pour ton frère et toi, dit-elle soudain. Jamais je n'aurais imaginé ce que tu as osé faire.

— Tais-toi ! Tu vas encore te rendre malade.

Mais elle ne paraissait pas entendre, et ses lèvres remuaient sans cesse comme si elle se racontait la même histoire. Pierre sentit que ses reproches allaient déferler sur lui comme une houle soulevée par un vent déchaîné. Il n'en concevait ni colère ni révolte, mais une tension insupportable qui le glaçait jusqu'au ventre. Cette fois, deux larmes coulèrent sur les joues de Marie. Elle les essuya du dos de sa main.

— Nuit et jour, continua-t-elle d'une voix tremblante, j'ai travaillé sans relâche, sans aide, pour vous donner ce domaine. Chaque plant de vigne, chaque parcelle de blé m'a coûté ma jeunesse et mes plus belles années.

— Tais-toi ! Tais-toi ! répéta de nouveau Pierre.

Il s'affala sur l'un des bancs et rentra la tête dans les épaules.

— Non ! s'écria Marie, je ne me tairai pas. Il faut que tu le saches ! Je n'ai pas refait ma vie pour vous et uniquement pour vous. Pour que vous soyez fiers, différents des autres. Car j'étais belle, moi aussi, oui, tu m'entends bien, belle ! Et les prétendants ne me manquaient pas.

Sa voix s'étrangla, elle retomba dans le fauteuil.

— Et tout cela n'a servi à rien ; tu m'as quand même trahie !

Il détourna la tête pour cacher les larmes qui noyaient ses yeux. Un violent sentiment d'injustice et d'impuissance le faisait chavirer. Où donc était le mal ? Pourquoi sa propre mère l'empêchait-elle d'exister comme tous les garçons de son âge ? Il avait encore sur les lèvres le baiser d'Olympe, et l'odeur de ses cheveux flottait autour de lui comme un parfum tenace. Pas un des hommes du pays n'aurait résisté : même Séverin aurait donné ce qu'il possédait de meilleur pour être à sa place. Tout à coup, il s'en voulut de céder à un chagrin qui ne le soulageait même pas.

— J'aime Olympe, fit-il après s'être éclairci la voix, et personne ne pourra m'interdire de l'aimer.

— Tu t'es entiché d'une traînée, vociféra Marie, elle mérite bien son surnom de « Couze » ! Comme des poissons qui mordent à l'hameçon, tous les hommes lui sont passés dessus !

Alors, Pierre bondit. Ses traits décomposés, son corps tétanisé avaient quelque chose de terrible. Elle crut qu'il allait la frapper et saisit le tisonnier qui était posé contre le mur. Mais il inspira un grand coup et ses yeux se voilèrent :

— Tu n'es qu'une comédienne ! Tout à l'heure, avant que je ne revienne avec le père Chassine, tu as eu bien soin de ramasser les deux billets de vingt francs qui étaient tombés par terre. Beau réflexe pour une malade !

Un rire sarcastique accompagna ses pas jusqu'à la porte.

— Ces deux billets m'ont été donnés par ton frère, lui lança Marie au moment où il sortait. Lui, au moins, sait être juste et généreux.

Pierre marqua un temps d'arrêt, puis il referma la porte et s'en alla.

Longtemps, il erra sans but. L'idée qu'Olympe devait l'attendre ne parvenait même pas à le toucher. Pour la première fois, il laissait sa mère effondrée derrière lui. Il avait beau remuer ses souvenirs, jamais aucune dispute n'avait dégénéré ainsi. A part quelques inévitables tiraillements, Marie avait toujours représenté le phare qui l'avait guidé tout au long de sa vie. Leur père parti, son inlassable dévouement avait triomphé de tous les obstacles.

Il s'assit au milieu des herbes jaunies qui tapissaient le chemin où il avait échoué. Au fond, que connaissait-il d'Olympe ? Ce qu'on racontait sur elle n'incitait qu'à la prudence et aux interrogations. Qui aurait pu démentir les propos de Marie ? Celle que l'on surnommait « la Couze » n'était peut-être, en effet, qu'une mangeuse d'hommes ? Comment savoir la vérité ?

Un froissement de feuilles l'avertit que quelqu'un s'approchait. Il se remit debout aussi vite qu'il put, mais les pas s'éloignèrent dans une direction opposée. Alors, parce qu'il avait besoin coûte que coûte de parler, de communiquer, il courut en appelant :

— Holà ! Attendez-moi !

Il coupa à travers quelques buissons, évita quelques arbres et, enfin, se retrouva face à une silhouette qu'il ne pensait pas rencontrer.

— Joseph ! Que fais-tu ici ?

Son frère ne haussa même pas les sourcils. Bras croisés, il faisait semblant de s'intéresser aux racines saillantes d'un chêne dont la majestueuse envergure avait de quoi étonner. Il ne sortit de sa méditation que lorsque Pierre lui montra le couteau qu'il avait ramassé.

— Tiens ! fit-il, je le cherchais depuis tout à l'heure.

Après un bref merci, il s'en empara pour le ranger dans sa poche.

— Tu ne me demandes pas où je l'ai trouvé?

— Sans doute chez nous.

— Non. Il était près d'une maison où j'étais, moi aussi...

Une étincelle s'alluma dans le regard de Joseph. Il dévisagea Pierre, puis sa bouche se pinça et il fit mine de vouloir partir. Aussitôt, son frère lui barra la route pour l'empêcher d'avancer.

— Tu étais là-bas, dit-il en le fixant droit dans les yeux, tu m'as vu avec elle et tu as tout raconté à notre mère.

— Je ne sais pas ce que tu veux dire. Laisse-moi passer!

Révolté, Pierre l'agrippa par le col de sa chemise :

— Si tu étais un cafard, il y a belle lurette que je t'aurais écrasé, mais tu ne m'inspires que de la pitié!

Il le repoussa alors avec une telle violence qu'il buta contre une racine et tomba à la renverse.

— Tu vas le regretter, menaça Joseph en s'accoudant avec peine sur le sol. Je ferai tout ce que je peux pour que vous ne soyez plus jamais ensemble.

Comme son frère ricanait, il se releva et boitilla jusqu'au tronc du chêne, contre lequel il s'adossa.

— Je te détruirai, je vous détruirai! s'écria-t-il.

— Et l'argent? hurla alors Pierre. Où as-tu volé une telle somme?

— C'est celui que Barial donne à Olympe quand il vient la voir.

— Je ne te crois pas.

Comme la voix de Pierre faiblissait, Joseph sentit

qu'il avait réussi à semer le doute dans l'esprit de son frère. Quand il le vit se détourner pour cacher son trouble, il comprit qu'il venait de remporter sa première victoire.

15

Dès le lendemain matin, Goudoux et son apprenti apportèrent le cercueil chez Olympe.

D'abord, l'artisan s'était fait tirer l'oreille en prétextant que ce n'était pas son métier, puis il avait fini par obtempérer pour faire plaisir à Pierre. En échange, celui-ci lui avait promis l'une des dernières bouteilles de sa réserve. Une fois les mesures prises, les billets donnés par la jeune fille avaient achevé de le décider.

L'ouvrage était façonné dans un beau bois de châtaignier. En compagnie de la seule voisine qui avait accepté de venir l'aider, Olympe félicita le sabotier pour son travail.

Ils prirent le chemin du cimetière sous une pluie fine et régulière. C'est là que Pierre les rejoignit. Le fossoyeur leur désigna un endroit à l'écart où l'on enterrait ceux qui n'avaient pas droit au service religieux. Au moment où le cercueil disparaissait dans la terre, l'abbé Vigier fit une courte apparition. Il récita une prière avant de repartir aussi vite qu'il était venu.

Quand tout fut fini, Goudoux et son apprenti s'en

allèrent les premiers, laissant derrière eux Olympe et Pierre. Personne n'avait encore aperçu Joseph.

La pluie qui tombait toujours creusait déjà des rigoles boueuses dans la terre. D'ici peu, il ne resterait plus qu'une croix en bois comme unique témoignage de cette vie passée.

— Que comptes-tu faire, maintenant ? demanda Pierre.

— Je ne sais pas, répondit la jeune fille.

Il allait l'entourer de son bras pour l'entraîner hors de l'enclos, lorsque le fossoyeur se présenta devant eux.

— Je crois que vous oubliez quelque chose… fit-il.

Olympe ne fut pas longue à réagir.

— Pardon, dit-elle en lui glissant un billet dans la main, j'avais la tête ailleurs.

Après un coup d'œil évaluateur, l'homme souleva sa casquette.

— Que Dieu vous bénisse ! souhaita-t-il.

Puis il retourna à sa besogne.

— Je viens de lui donner mon dernier billet, constata Olympe.

Le nez en l'air, Pierre examinait les grandes trouées bleues qui marbraient à présent le ciel. Il essaya de prendre un air détaché.

— Comment as-tu fait pour tout payer ?

Une rougeur monta au visage de la jeune fille.

— J'ai oublié de te le dire, bredouilla-t-elle, hier, Séverin Barial est venu. Il voulait que Louise ait un beau cercueil.

Le sang de Pierre ne fit qu'un tour.

— Il s'agit donc de son argent ?

Elle hocha la tête, désemparée devant l'accès de colère qui gonflait sa voix.

— Je ne pouvais faire autrement, comprends-moi !

D'un geste brutal, il écarta la main qu'elle tentait de poser sur son bras.

— Oui, je comprends, reprit-il en insistant sur chaque mot, je comprends tout, maintenant ! Va raconter tes histoires à qui tu veux, je ne suis pas dupe !

Et sans qu'elle ait le temps d'articuler la moindre parole, il allongea le pas et s'en fut.

En amont du cimetière, perché sur un monticule de terre, Joseph n'avait rien perdu de la scène.

Il attendit que son frère fût suffisamment éloigné pour s'approcher d'Olympe. Elle se tenait au bord du chemin, l'air absent. Le vent qui s'intensifiait plaquait sa longue jupe contre elle et rabattait de longues mèches de cheveux sur ses joues. Il choisit de s'asseoir sur une pierre, non loin d'elle. A cette heure, l'endroit n'était guère fréquenté. A part quelques femmes qui se rendaient à l'office du matin, il n'y avait encore aucune allée et venue.

— Je suis là, dit-il.

Olympe ne savait même plus si elle devait se réjouir ou non de sa présence.

— J'étais avec Ma, continua Joseph, elle ne va pas bien.

— Mais Louise...

— Les morts n'ont plus besoin qu'on les aide.

Elle le regarda comme si elle le découvrait pour la première fois. Sa façon de parler ne ressemblait en rien à l'affection qu'il avait toujours affichée pour la vieille femme.

— Comment peux-tu être aussi froid ?

Il se tourna vers les tombes alignées qu'on distinguait derrière une rangée de troènes.

— Louise n'aimait ni les pleurs ni les gémissements. Elle était plus forte que les rochers qui bordent nos torrents. Ce qui compte, c'est l'exemple qu'elle nous laisse.

Un profond silence suivit ses mots. Seules les rafales du vent entrecoupées du carillon de l'église qui sonnait huit heures résonnèrent.

— Bon ! fit-il tout à coup, je dois me rendre chez Coulaud, le meunier du Ceyrat. J'espère qu'il acceptera qu'on ne lui rembourse qu'une partie de sa commande.

Il tira sur sa veste et replaça sa casquette.

— Si tu veux, proposa-t-il, tu peux m'accompagner...

— Je te remercie, répondit Olympe, mais j'ai quelque chose à faire.

Lorsque sa silhouette claudicante ne fut plus qu'un point sombre, elle actionna la pompe à eau du réservoir qui se trouvait à l'entrée du cimetière et baigna son visage pour le débarrasser de ses traces de larmes. Devant elle, un groupe de journaliers débouchait en sifflant et en riant avant de se répandre dans les champs.

Pour éviter les lourdes réflexions qu'elle devinait déjà, elle se dépêcha de contourner l'église. De l'autre côté de la route, l'auvent du petit lavoir abritait quelques lavandières dont les voix chuintaient comme l'eau qui coulait sous leurs mains. A sa vue, certaines baissèrent le nez, tandis que d'autres échangèrent des propos en se donnant des coups de coude. Les phrases que Joseph avait prononcées vibraient encore aux oreilles d'Olympe. Elle n'avait cure des ragots de ces femmes qu'un rien suffisait à alimenter. L'image de Louise avec son indomptable liberté dominait toutes les rumeurs, tous les commérages. Le plus bel hommage à lui rendre n'était-il pas de mettre en action la formidable leçon de vie qu'elle n'avait cessé de lui insuffler ? Soudain plus forte, Olympe dépassa le lavoir avec l'envie puérile de tirer la langue à ces cancanières. Mais, au dernier moment, elle préféra leur tourner le dos et fila vers l'école.

En arrivant devant la cour, une nouvelle averse la surprit. Elle n'eut que le temps de se réfugier sous le porche de l'entrée. De là, à travers une fenêtre, elle aperçut la salle de classe et l'instituteur en blouse grise qui marchait de long en large en dictant. Elle se hissa sur la pointe des pieds pour mieux voir. Ses cheveux clairs devaient sans doute trancher sur la grisaille du jour. Le maître d'école s'arrêta. L'espace d'une seconde, leurs yeux se croisèrent. Il semblait âgé d'une trentaine d'années. Une fine moustache brune ombrait son visage ; malgré un début de calvitie qui aurait pu lui donner l'air trop sérieux, il avait une expression tranquille et souriante. Rassurée, Olympe patienta jusqu'à la récréation. Enfin, quand la cloche retentit et qu'un essaim d'enfants se dispersa dans la cour en criant, elle s'approcha de lui.

Elle n'avait pas préparé son discours. Pêle-mêle, avec l'élan qui l'habitait, elle plaida sa cause en accumulant les raisons qu'elle pensait être les meilleures.

Un seul but comptait pour elle : qu'il accepte de la présenter au certificat d'études primaires. Le reste, quoi qu'il advienne, elle s'en accommoderait. Lorsqu'elle se tut, à bout d'arguments, il demeura songeur, le regard rivé au sol. Autour d'eux, les cris et les cavalcades ne faiblissaient pas. Olympe avait presque envie de le saisir par le bras pour qu'il réagisse. Enfin, il se mit à lisser sa moustache.

— Je vois, je vois, répéta-t-il.

Puis, il tira une montre de son gilet et la consulta.

— Pardonnez-moi, mais il est temps de reprendre.

Sans autre commentaire, il se dirigea vers le petit préau où était suspendue la cloche et commença de battre le rappel. Olympe se précipita vers lui au moment où il claquait dans ses mains pour former les rangs.

— Vous voulez bien, n'est-ce pas ? demanda-t-elle.

Jamais encore il n'avait vu de tels yeux le supplier ainsi. Le visage de cette jeune fille évoquait celui des madones qu'il lui était arrivé d'admirer sur certains tableaux. Pour ne pas fléchir, il concentra son attention sur ses élèves.

— C'est impossible, répondit-il, vous avez dépassé la limite d'âge. Je ne peux rien faire. Ce n'est plus en mon pouvoir.

Et, sans plus s'occuper d'elle, il emmena sa colonne d'enfants vers la salle de classe.

Olympe quitta l'école d'un pas traînant. A l'espoir de tout à l'heure succédait une terrible déconvenue. Qu'allait-elle devenir à présent ?

Comme elle ne voulait plus longer le lavoir, elle fit un détour et se retrouva devant le café dont la porte était ouverte. Des hommes buvaient et parlaient fort. Certains, déjà bien émoustillés, l'invitèrent en l'apostrophant :

— Eh ! la Couze, viens donc trinquer avec nous !

Des rires fusèrent jusqu'à ce que la silhouette de Pierre se profile sur le seuil. Un moment, il se tint face à elle comme s'il voulait lui parler, puis il finit par renoncer et s'en alla vers le haut du village.

Olympe avait besoin de s'asseoir. Le rejet de l'instituteur et maintenant celui de Pierre, tout cela pesait sur elle comme une chape de plomb. Elle se sentait prisonnière d'un tunnel obscur d'où elle ne pouvait plus s'échapper. A quoi donc serviraient les leçons de Louise si personne ne lui donnait sa chance ?

— Venez prendre un vin chaud, ça vous revigorera !

Une voix énergique la tira du marasme où elle dérivait. En relevant la tête, elle découvrit le curé qui la considérait d'un œil bienveillant. C'était bien la première fois qu'elle surprenait un tel regard sur elle. Sans deviner que Louise l'avait précédée, elle accepta de le suivre jusqu'au presbytère. L'abbé Vigier chauffa la boisson promise, puis il en remplit deux petits bols qu'il posa sur la table avant de prendre place en face d'elle. Là, il se mit à évoquer la vie du village et de ces habitants dont il partageait les bons et mauvais instants depuis de longues années. Ce n'est que quand il aborda la vie de Louise et qu'il raconta la vieille amitié qui les avait liés qu'Olympe dut se faire violence pour ne pas pleurer. Dans un geste paternel, il lui tapota la main comme s'il voulait l'encourager, puis il se leva pour marcher jusqu'à une commode dont il ouvrit un tiroir. Lorsqu'il revint, il serrait un papier qu'il lui tendit.

— Verdier, rue de l'Eglise, déchiffra-t-elle tout haut. N'est-ce pas le propriétaire du café ?

L'abbé acquiesça. Pour lui, l'affaire était simple.

Jusqu'à présent, aidé par sa femme, Georges Verdier s'était occupé du café et de l'épicerie. La maladie qui clouait son épouse au lit depuis un mois lui démontrait chaque jour qu'il était incapable de continuer seul à assumer ces deux fonctions. Comme le médecin refusait de se prononcer sur l'avenir de sa compagne, il s'était adressé au curé, sûr que ce dernier lui indiquerait la personne de confiance qu'il pourrait engager pour le seconder.

Olympe avait écouté avec respect et reconnaissance. La générosité du prêtre lui apportait une bouffée d'air pur. Mais comment lui expliquer qu'elle ne supporterait pas longtemps de servir ces buveurs impénitents ? Ceux-là mêmes qui venaient de se gausser d'elle sur son passage ?

Elle savait ce qui l'attendait : entre les verres d'alcool qu'elle aurait à leur servir, elle devrait sans arrêt se battre et ne s'en sentait plus le courage.

— Louise espérait une autre vie pour moi, confia-t-elle.

Le curé fronça les sourcils.

— Il me semblait que la gérance d'une épicerie n'était pas à la portée de tout le monde. On m'a dit que vous saviez lire et compter, poursuivit-il, à vous de faire vos preuves !

Elle dut se retenir pour ne pas lui sauter au cou et l'embrasser.

— Alors, je vais m'occuper d'un commerce ?

Encore incrédule, elle fixait le curé sans oser y croire. Dans cette minuscule boutique, elle allait recevoir tout le village. Finies les humiliations, les corvées, les mains gercées par l'eau froide à force de laver le linge des autres. Plus d'ordres ni d'intimidations. Avec ce statut, elle entrait dans un autre monde, celui des femmes qu'on respecte.

— Comment pourrais-je vous remercier ?

— Ce n'est pas un mot qu'il faut employer devant moi, répondit le prêtre en se levant. Contentez-vous de bien faire votre travail !

Il se dirigea vers la porte et l'entrouvrit :

— Allez voir Verdier tout de suite, c'est plus prudent !

Au moment où elle sortait, il eut un geste comme s'il avait oublié quelque chose :

— Vous savez, fit-il, Louise vous aimait bien.

Lorsqu'il referma la porte, des gouttes de pluie se mirent à voler. Olympe traversa la petite place en courant pour rejoindre le café.

16

Georges Verdier essuyait ses verres dans une salle presque vide, quand Olympe se présenta devant lui, le visage rayonnant.

— Je viens pour la place, lança-t-elle, sans attendre.

Le cafetier lui adressa un regard qui n'avait rien d'accueillant.

— C'est le père Vigier qui m'envoie...

Il hocha vaguement la tête comme si tout cela n'avait aucune importance.

Derrière son comptoir, un torchon entre les mains, il élevait ses verres l'un après l'autre vers la fenêtre pour juger de leur transparence.

Une déception sans nom envahit Olympe. Une fois de plus, ses espoirs fondaient comme neige au soleil. A l'image des autres, Verdier se détournait d'elle.

— Je comprends, dit-elle sur un ton triste, vous avez dû engager quelqu'un.

— Je ne suis pas seul en cause, marmonna-t-il sans même la regarder, c'est ma femme... Elle a peur; surtout après la chouette qu'on a retrouvée chez les Barial.

Olympe ouvrit de grands yeux. Que voulait-il dire? Qu'avait donc encore inventé Elise Barial? Un tel étonnement se lisait sur ses traits que Verdier en fut secoué.

— Vous n'étiez pas au courant?

Blême, elle n'eut que le temps de souffler «non» avant de s'écrouler sans force sur le sol. Les trois clients qui étaient encore attablés dans le fond du café se précipitèrent, tandis que le cafetier empoignait déjà une bouteille d'alcool pour lui en glisser quelques gouttes entre les lèvres. Mais elle rouvrit les yeux presque immédiatement et s'excusa :

— Je ne sais pas ce qui m'a pris, un peu de fatigue sans doute...

— C'est bon! coupa alors Verdier en s'adressant aux trois hommes. Merci.

Rien qu'à son ton, ils comprirent qu'il valait mieux ne pas insister. Dès qu'ils furent dehors, le cafetier aida Olympe à se remettre debout.

— Depuis combien de temps n'avez-vous pas mangé? demanda-t-il.

De blanc, le visage d'Olympe vira au cramoisi. Pendant qu'elle s'asseyait près d'une table, il lui apporta une assiette pleine d'une soupe épaisse où flottait un beau morceau de petit salé. La jeune fille se jeta sur la nourriture comme sur une manne tombée du ciel. Tout en l'observant du coin de l'œil, Verdier faisait semblant de vaquer à ses affaires. Quand elle reposa sa cuillère, la couleur de son teint parlait pour elle. Le malaise dont elle venait d'être victime était bien dissipé.

— Je ne peux pas vous payer, soupira-t-elle, je n'ai rien sur moi.

Le cafetier se déplaça jusqu'à la porte de son petit établissement et la ferma à double tour. Des clients qui essayaient d'entrer en furent pour leurs frais.

— Revenez dans une demi-heure ! leur cria-t-il.

Vexés, ils repartirent en ronchonnant. Alors, il s'empara d'une chaise et s'assit en face d'Olympe.

— Tu me rembourseras ce dîner[1] sur ta prochaine paye !

Le tutoiement était sans doute brutal, mais la phrase ouvrait une perspective à laquelle la jeune fille ne pensait même plus.

— Quelle paye ? interrogea-t-elle.

— Celle que je te donnerai si ton travail à l'épicerie me satisfait.

— Alors, vous m'engagez ?

La ferveur de ses yeux n'avait d'égale que la joie qui la transfigurait. Verdier toussa avant de continuer :

— Un mois à l'essai, après on verra.

— Et quand dois-je commencer ?

Il se leva pour rejoindre la porte.

— Tout de suite ! lança-t-il en déverrouillant le loquet.

La dizaine d'habitués qui s'était regroupée dans la rue se bouscula pour entrer. A nouveau, le cafetier fut obligé de battre en retraite derrière son comptoir pour servir les commandes. Il eut juste le temps d'apercevoir Olympe qui se dirigeait vers la pièce annexe où l'on vendait les denrées entreposées.

1. Repas de fin de matinée.

La pause de midi déversait dans les rues et sur la route son lot quotidien d'ouvriers et d'artisans. Pierre ne se résignait pas encore à rentrer chez lui. Par chance, la pluie s'était arrêtée. Il choisit un coin tranquille pour s'asseoir à l'écart et mettre de l'ordre dans ses idées. Le devoir qui le rappelait vers sa mère l'emportait peu à peu sur la violence de ses sentiments envers Olympe. En ces temps plus que difficiles, n'était-il pas plus juste de respecter d'abord les sacrifices de celle à qui il devait la vie ?

Si son renoncement à Olympe le déchirait, rendre sa mère malade et peut-être abréger ses jours étaient encore plus insupportables. Il décida de continuer son chemin et descendit vers le cimetière. A l'heure actuelle, il n'avait personne à qui se confier. Le rempart construit par Marie pour les retrancher tous trois de la vie du village prenait aujourd'hui sa véritable dimension.

Ils n'avaient plus qu'à se battre contre eux-mêmes dans l'indifférence générale. Il le savait pourtant, bien des filles d'ici et des environs auraient souhaité qu'il s'intéressât à elles. Jamais il n'avait osé franchir le pas. L'ombre de sa mère, qui planait sur sa tête comme un rapace au-dessus d'une proie, le préservait de tout. Et sa réputation de beau garçon ne pouvait à elle seule écarter le danger. « Pour avoir le Pierre, se moquait-on partout, il faut d'abord avoir sa mère ! »

Une fois de plus, sans le savoir, il venait de donner raison à ces ragots. Il s'efforça de ne plus penser qu'à Marie et à leurs problèmes d'argent qui étaient loin d'être résolus. Pour se faciliter la tâche, il projeta de partir se louer dans un pays voisin. Ainsi, il s'éloignerait d'Olympe et son salaire serait sa contribution aux dettes accumulées.

Lorsqu'il déboucha à proximité du domaine, les vignes alignées sous la bruine qui recommençait à tomber avaient un aspect terne et désolé qui le heurta. Seule la présence insolite de deux hommes en bordure des plants l'intrigua. La pluie ne paraissait même pas les rebuter tant ils semblaient absorbés par la contemplation du vignoble. Il se faufila derrière quelques haies pour mieux les voir.

Sa curiosité se transforma en colère lorsqu'il reconnut Séverin Barial et son fils, Jules. L'imposante stature du père dépassait celle du jeune homme, plus chétif. Tout le monde, par ici, connaissait l'héritier des Barial. L'année précédente, il avait épousé Anne, une arrière-petite-nièce du préfet et député Louis Lastrade dont on pouvait admirer le buste à Rosiers-de-Juillac. Cette union avait permis à Séverin de faire courir le bruit qu'il voulait se lancer dans la politique et se présenter contre Souillac dont il détestait le radicalisme de gauche.

Aux côtés de son fils, avec des gestes démonstratifs, il se comportait en propriétaire des lieux et, volubile, commentait les futurs rendements d'une terre qu'il croyait déjà annexée. Malgré lui, Pierre associa l'image d'Olympe à la sienne. L'argent dont il disposait à son gré lui ouvrait toutes les portes, tous les chemins. Rien ne pouvait arrêter l'appétit vorace qu'il dissimulait tant bien que mal sous des dehors faussement paternalistes. Et le découvrir là, en train de bâtir l'avenir de ces vignes auxquelles il était étranger, le mit hors de lui. Il surgit devant les deux hommes comme un diable sort de sa boîte.

— Messieurs, vous cherchez quelque chose ?

Maître de lui, Barial le salua sans relever sa question. Puis, il le complimenta sur la qualité des cépages sélectionnés.

— J'expliquais à mon fils le dur et pénible travail que nécessite l'entretien d'un tel vignoble. Au fait, coupa-t-il, vous vous connaissez, n'est-ce pas ?

Jules arborait le même sourire narquois que son père. Pierre lâcha un « Bonjour » distant, puis se détourna pour ne pas avoir à lui serrer la main. Tout ce simulacre l'écœurait au plus haut point. Il n'avait qu'une envie : les voir s'échapper comme ces oiseaux voleurs de grains qu'un épouvantail suffit à mettre en déroute.

Mais Barial prenait un malin plaisir à s'attarder. Il porta la main à l'une des poches de sa veste et en sortit une liasse de billets qu'il compta avec une ostensible application :

— Six cents, sept cents, huit cents francs, annonça-t-il, si j'ajoute deux cents, cela fait mille…

Son œil fureta du côté de Pierre. Stoïque, ce dernier s'attendait à l'inévitable.

Cet argent suffisait à payer toutes leurs dettes, à racheter un cheval et même de beaux pieds de vignes pour améliorer les récoltes.

— Où voulez-vous en venir ? fit le jeune homme, agressif.

— Te souviens-tu de mon ancienne proposition ?

— Non, répondit Pierre, je ne me souviens de rien,

sinon que jamais vous n'aurez ces vignes. Ni vous, ni lui, acheva-t-il en désignant Jules du menton.

— Tu es plus gourmand que ton frère, rétorqua Barial avec une perfidie calculée, et si j'ajoute trois cents francs ?

Cette fois, Pierre sursauta. La surenchère amenait une sueur froide qui coulait le long de son dos. Céder aurait été tentant, mais l'allusion à Joseph le laissait pantois.

— Que vient faire mon frère là-dedans ?

— Avec deux petits billets de dix francs, reprit le fermier, on réussit à l'amadouer, lui ! Mais j'ai de la patience. Bientôt, c'est toi qui viendras me relancer.

Il saisit son fils par une épaule pour l'emmener vers le cabriolet dont le cheval piaffait d'impatience.

— Réfléchis bien, mon gars ! cria-t-il. Peut-être qu'alors je n'aurai plus une telle somme à te proposer.

— N'y compte pas ! hurla Pierre. N'y compte pas, mon salaud ! répéta-t-il plus bas.

Puis, il se mit à courir à travers les allées, le cœur au bord des lèvres.

Ainsi, l'argent que Joseph avait donné à Marie provenait de leur pire ennemi. Un dégoût lui tordait l'estomac jusqu'à la nausée. Il s'arrêta pour tendre son visage en feu à la fraîcheur de la pluie. A présent, que pouvait-il faire sinon taire à jamais cet effroyable secret ? Car, si Marie l'apprenait, y survivrait-elle ?

17

Il fit ce qu'il avait prévu. Le lendemain, par un temps froid mais aussi plus sec, Pierre prit la route qui menait à Donzenac.

Marie n'avait pas trop mal accueilli la nouvelle de son départ. En s'éloignant d'Olympe, il s'amendait et, comme il avait eu soin de le souligner, cette absence n'était que pour quelques mois. Au printemps, il reviendrait s'occuper des vignes. L'aube s'ébauchait à peine lorsqu'il quitta la maison. La soupe chaude de Marie et ses recommandations l'aidèrent à partir. Il avait préféré ne pas mettre Joseph au courant et ses adieux ne lui manquaient pas. Le seul souvenir qu'il emportait était celui de sa mère et du baiser inhabituel qu'elle avait déposé sur son front.

« Dès le mois prochain, avait-il promis, je te ferai parvenir de l'argent, ne t'inquiète pas ! » En guise de réponse, elle avait eu l'un de ces sourires qui ne trompent pas. Le peu d'argent qu'il allait rapporter en se louant comme journalier ne pouvait guère arranger les choses. Le déficit engendré par les mauvaises récoltes était trop important. Non, ce qui la touchait le plus, c'était sa bonne volonté et son désir de se racheter une conduite. Pour le reste, elle espérait trouver elle-même une solution.

Ce n'est qu'après avoir dépassé Juillac que Pierre commença de respirer en se sentant plus libre. S'il pensait toujours à Olympe, leur séparation lui semblait salutaire. Sans lui, elle allait pouvoir dévoiler à tous son vrai visage. A son prochain retour, il en apprendrait assez pour se faire une opinion.

Aux environs d'Objat, il se délesta du sac de toile qu'il avait emporté. Pour l'instant, il n'avait croisé que quelques charrettes ou carrioles dont les conducteurs l'avaient à peine remarqué à cause de l'obscurité. L'idée de prendre le train lui avait bien traversé l'esprit, mais comment acheter un billet avec trois malheureux sous qui se bousculaient dans le fond de sa poche ? Il avait tout juste de quoi se payer un coup à boire pour accompagner les deux tartines de pain et la tranche de lard que Marie avait glissées dans son sac.

En faisant contre mauvaise fortune bon cœur, il profita seulement de cette halte pour soulager une envie pressante derrière un arbre. Au-dessus de lui, le ciel encore sombre laissait entrevoir quelques étoiles. Il estima qu'il ne devait pas être plus tard que six heures du matin et qu'il devait encore marcher une bonne heure.

Quand il regagna l'accotement de la route, une faim de loup lui aurait fait avaler n'importe quoi. Il fut tenté de se jeter sur l'en-cas préparé par sa mère mais résista. Une fois celui-ci avalé, que lui resterait-il ? Il se contenta de mâchonner quelques longues herbes et poursuivit son chemin. Il avait à peine fait quelques pas qu'un bruit de roues encore lointain lui parvint. Avec un peu de chance, le conducteur de cette carriole lui offrirait une place. Il se posta bien en évidence sur la route. Arrivée à sa hauteur, une élégante voiture tirée par un demi-sang ralentit et une dame se pencha vers lui :

— Puis-je vous rapprocher ?

La pèlerine sombre qui l'enveloppait était d'une étoffe fine et souple que Pierre n'avait jamais vue. De la capuche rabattue sur sa tête émergeait un profil dont la noblesse l'intimida. En découvrant les fines bottines en cuir qui dépassaient de sa longue jupe, il comprit qu'il avait affaire à une femme du monde.

— Non, je vous remercie, s'excusa-t-il, je ne voudrais pas vous déranger.

— Vous ne me dérangez pas, je vais au marché de Donzenac, si c'est votre route, montez !

Pourquoi aurait-il refusé cette invitation ? Un marché n'était-il pas le meilleur endroit pour rencontrer des gens et se louer ? Il finit par obtempérer et grimpa dans la voiture.

Le demi-sang avait fière allure. Sur une simple pression des rênes, il se mit à trotter avec une ardeur presque désinvolte. Subjugué, Pierre le fixait sans parler, tandis que la conductrice engageait la conversation. En peu de temps, il apprit qu'elle s'appelait Anne Laveaud et habitait le hameau des Fourches, en amont d'Objat. Elle parlait beaucoup de terres ou d'élevage et paraissait au fait de tout ce qui concernait les ventes de chevaux. Sans être d'une grande beauté, son visage aux traits réguliers dégageait une sympathie chaleureuse. Il estima qu'elle était de ces femmes maternelles et rassurantes qui devaient combler certains hommes. Cependant, pour lui qui n'avait guère d'expérience, elle appartenait avant tout à une classe sociale élevée, donc inaccessible. Assis à ses côtés, son sac de toile calé entre ses jambes, il était trop intimidé pour se sentir à l'aise.

Bien qu'il fût encore tôt, les abords de Donzenac grouillaient déjà d'une foule bigarrée qui arrivait soit à pied, soit en carriole. Anne eut du mal à trouver une place pour sa voiture. C'est le patron d'une auberge proche du marché qui lui permit d'attacher son cheval dans sa cour. En échange, il lui demanda quelques sous qu'il empocha avec une rapidité qui la fit sourire.

Pour Pierre, l'heure de la séparation était venue. Il descendit de la voiture en tenant son sac contre lui, puis remercia la jeune femme.

— Quelle sorte de travail cherchez-vous ? demanda-t-elle au moment où il allait partir.

— Tout, répondit Pierre. Aucune tâche ne me rebute si le salaire me convient.

Elle parut réfléchir, comme si elle cherchait un nom ou une adresse. Enfin, elle s'empara du grand panier en osier qui était posé à l'arrière de sa voiture et passa l'anse autour de son bras.

— Avez-vous déjà soigné des chevaux ? questionna-t-elle soudain.

Pierre crut qu'elle désirait l'envoyer chez l'un ou l'autre des éleveurs dont elle partageait la passion.

— Au domaine, dit-il, nous avions un percheron, mais je ne suis pas un spécialiste.

Il souleva son chapeau pour prendre congé, mais elle le retint :

— Attendez ! Je pense avoir besoin de quelqu'un comme vous.

Surpris, Pierre laissa retomber son bras.

— Pour le salaire, continua-t-elle, je ne peux guère vous offrir plus de dix francs par mois, mais vous serez nourri et logé.

Cette offre inattendue le déconcertait. L'espace d'une seconde, il fut tenté de refuser. Puis il jugea que, tout compte fait, accepter cette place le dispensait d'aller quémander ailleurs. Quant au salaire, il lui semblait plus que correct.

— D'accord, fit-il, je veux bien.

— Alors, maintenant que je suis votre patronne, serrons-nous la main !

Sous les tout premiers rayons du soleil, ils échangèrent une franche poignée de main. Ensuite elle expliqua qu'elle avait des courses à faire et qu'il valait mieux qu'ils se retrouvent au même endroit, en fin d'après-midi.

Pierre la regarda s'éloigner entre les étals et les bêtes qu'on amenait pour les vendre. Sa taille assez haute et son aspect de femme bourgeoise tranchaient sur les autres passantes. Mais que savait-il sur elle ? A part son goût pour les chevaux, elle ne lui avait parlé que d'une châtaigneraie et de quelques hectares de blé qu'elle possédait dans les environs. Pas un mot sur sa vie. Avait-elle un mari, des enfants ? Aucune bague ne brillait à ses doigts. Il eut l'idée d'entrer dans l'auberge ; devant un verre, les langues se déliaient plus facilement.

Le patron, un homme à la face rougeaude, ne semblait pas d'un abord commode. Pierre lui demanda de trinquer avec lui en l'honneur de sa nouvelle embauche et, pour le décider, étala sous son nez les pièces qui lui restaient. Comme il l'avait déjà fait, l'aubergiste encaissa l'argent en un tournemain, puis il déboucha une bouteille d'eau-de-vie et approcha deux verres. Ce n'est qu'à la troisième gorgée que ses yeux s'animèrent et qu'il parut se détendre. Echauffé, il commença de raconter des histoires paillardes qui firent crouler de rire l'assemblée de marchands et d'éleveurs qui arrosaient le début de la journée.

Bon enfant, Pierre mêla son rire à celui des autres. Aussitôt, il se retrouva entouré d'une bande de gais lurons qui surenchérissaient dans les plaisanteries gauloises et les rires à gorge déployée. Après une deuxième tournée, offerte par un marchand de bestiaux, l'aubergiste lui décocha un coup de coude :

— Au fait, dis-nous au moins chez qui tu vas travailler.

— Chez Anne Laveaud, répondit-il, c'est elle qui m'a conduit jusqu'ici.

Tous les yeux convergèrent vers lui. Quant à l'aubergiste, il renversa la moitié de son verre sur son tablier.

— Nom de nom ! jura-t-il.

Une courte accalmie succéda à l'incident. Presque immédiatement, les rires repartirent de plus belle. Certains essuyaient même leurs yeux en manquant de s'étrangler, tandis que d'autres se tapaient sur les cuisses. En croyant qu'ils se moquaient de l'aubergiste et de sa maladresse, Pierre joignit son rire aux leurs.

Dans ce tohu-bohu général, un homme proche du jeune homme lui asséna une tape dans le dos.

— La Baronne ! Ainsi, tu vas chez la Baronne, petit veinard !

Au même instant, la porte de l'auberge s'ouvrit et une silhouette de militaire en uniforme s'encadra dans l'embrasure. Les rires cessèrent. Aux galons et au képi qu'il portait, Pierre estima qu'il s'agissait d'un capitaine de l'armée de terre. Sans remarquer quoi que ce soit, le nouvel arrivant s'attabla.

— Une fine ! commanda-t-il haut et fort en posant son képi sur une table.

L'aubergiste accourut, tandis que les autres clients terminaient leur verre en parlant de la pluie et du beau temps. L'un de ceux qui se tenaient aux côtés de Pierre le renseigna à voix basse : l'officier était le mari d'Anne Laveaud, celle que l'on surnommait « la Baronne ». Mais le garçon eut beau le presser de questions, il invoqua un rendez-vous urgent et ne livra rien de plus.

En peu de temps, la salle de l'auberge se vida. Au-dehors, des cris de volatiles et de bovins montaient des rues et de la place encombrée. Sans distinction, l'effervescence du marché rassemblait marchands et acheteurs dans une même fébrilité. Seul Pierre, la tête pleine de questions, comptait les heures qui le séparaient de sa nouvelle vie.

18

Une nuit sans étoiles drapait bourgs et vallons quand le demi-sang s'arrêta devant la ferme des Laveaud. Pierre eut juste le temps d'apercevoir une imposante bâtisse aux murs épais avant qu'une servante n'ouvre le portail. Elle portait une lampe tempête dont la faible lumière éclairait son visage de femme déjà âgée.

— C'est Catherine, dit seulement Anne en guise de présentations.

Pierre, qui avait déjà rejoint la terre ferme, la salua en se présentant à son tour.

— L'écurie et la remise sont sur le côté, coupa aussitôt la propriétaire. Quand vous aurez nourri et bouchonné Merlot, venez prendre votre repas dans la salle !

Après un voyage plutôt détendu, elle reprenait son rôle de patronne et lui donnait des ordres sur un ton qui n'admettait pas de discussion. En se mettant tout de suite à la tâche, il pensa qu'elle méritait bien son surnom de « Baronne ».

Docile, le cheval lécha les mains de son nouveau soigneur en signe de bienvenue. Pierre, qui avait encore en tête la puissance massive de Blanchot, fut surpris par la musculature fine et racée du demi-sang. La chaleur de l'animal et sa tendresse le rassurèrent. Dans cette nouvelle vie dont il ne soupçonnait encore rien, il trouvait un allié, voire un compagnon, car qui sait s'il n'allait pas devoir dormir auprès de lui, sur un ballot de paille ?

Une fois Merlot nourri, il retourna vers la ferme et frappa contre la porte. La voix d'Anne l'invita à entrer.

Son premier choc vint du décor de la salle et de son mobilier cossu qui évoquait celui d'un manoir. Au milieu de la pièce, la maîtresse de maison était attablée devant une grande table dont le bois brillait sous les reflets du feu qui flambait dans une vaste cheminée de pierre. Dès qu'elle le vit, Anne l'invita à venir s'asseoir en face d'elle. Puis Catherine apporta une assiette de soupe où les morceaux de viande étaient plus nombreux que les légumes. Pierre se mit à manger en essayant de tempérer son appétit. Sa journée et son manque d'argent ne lui avaient pas permis de se restaurer à sa faim. Anne, qui avait déjà fini son repas, se contenta de l'accompagner en buvant un verre de vin. Lorsqu'il repoussa son assiette et s'essuya la moustache d'un revers de manche, elle lui désigna la serviette blanche qui était encore pliée à côté de son couvert.

— C'est votre serviette, fit-elle remarquer, vous pouvez vous en servir.

Il fut content que la lampe à pétrole qui brûlait près d'eux envoie une lumière assez jaune pour estomper la rougeur qui envahit ses joues. Cette femme lui sembla redoutable. Ne l'avait-elle donc invité à sa table que pour souligner la différence de leur éducation ? Quel jeu jouait-elle ?

— Chez moi, répliqua-t-il, les serviettes blanches et les nappes brodées par des mains délicates n'existent pas. Du matin au soir, nous manions les outils qui font les vignes et le bon vin. A force de brasser la terre, de couper, de cisailler, les mains de ma mère ont la peau si rude qu'elles ne sentiraient même pas une aiguille ni le poil d'un chat !

Il avait à peine forcé sa voix, mais elle comprit qu'il avait été blessé.

— Je ne vous reproche rien, corrigea-t-elle, je vous montre un autre chemin, c'est tout.

A cet instant, Catherine, qui entrait dans la pièce en apportant une part de clafoutis, en fut pour ses frais. Pierre n'avait plus faim. Il la remercia, puis se leva, prêt à partir.

— Où donc allez-vous ? interrogea Anne. A part le vent et les cris d'oiseaux, il n'y a rien au-dehors.

— Je vais dormir dans l'écurie, n'est-ce pas la place que vous me destinez ?

Elle se redressa toute droite comme un arbre qui résiste à une tempête.

— Je devrais vous renvoyer pour votre impertinence, gronda-t-elle, mais, dans le fond, vous m'amusez.

Ses épaules s'abaissèrent. Une fois sa colère exprimée, elle recouvrait son apparence de femme forte et fragile à la fois. Le feu qui pétillait derrière elle amenait des reflets mordorés dans ses cheveux bruns.

Pierre la dévisagea comme s'il la voyait pour la première fois. Il pensa qu'elle devait avoir une trentaine d'années et que, malgré son nez un peu trop busqué, ses yeux noirs et sa peau mate avaient dû attirer beaucoup d'hommes. Comme elle se penchait vers la cheminée, il préféra ne plus la contrarier et se tint debout près de la porte en attendant ses ordres. Lorsqu'elle se releva, la grosse horloge en bois sculpté sonna douze coups. Elle eut un drôle de petit rire, puis, dans un mouvement gracieux, rejeta la tête en arrière et fit tomber ses cheveux en cascade sur ses épaules. Pierre n'avait jamais vu une telle chevelure. Son épaisseur soyeuse faisait penser à de la moire ou du satin. L'image impudique et violente de cette femme, franchissant tout à coup la barrière sociale qui les séparait, le pétrifiait. Il ne savait plus s'il devait avancer ou reculer. Rester ou partir.

— N'ayez pas peur ! fit-elle en riant.

Elle ôta des épingles qui s'accrochaient encore à quelques boucles, puis elle lui proposa un verre d'alcool de noix issu de ses propres récoltes. Après un premier verre, Pierre en accepta un deuxième. Alors, le temps et les lieux basculèrent dans une ronde où il perdit ses points de repère.

Lorsque, plus tard, il s'efforça d'y repenser, il ne se souvenait plus que d'une odeur lourde et chaude de parfum musqué, et de ce corps de femme généreuse qui s'offrait à lui pour la première fois.

Quand il se réveilla, les rideaux tamisaient à peine la lumière du jour. Il dut se frotter les yeux plusieurs fois avant de réaliser qu'il avait dormi dans la chambre de celle qu'il devait continuer d'appeler « patronne ». Effaré, il constata qu'elle n'était plus à côté de lui et que cette grasse matinée allait peut-être lui causer les pires ennuis.

D'un bond, il sauta hors du lit pour tirer les rideaux et s'apercevoir qu'un ciel dégagé s'étendait sur les collines et les bois qui s'étalaient à perte de vue devant lui.

Il s'apprêtait à faire un brin de toilette avec le broc et la cuvette posés sur une table, lorsque la porte de la chambre s'ouvrit sur la silhouette effacée de Catherine. Comme si de rien n'était, elle le salua d'un alerte bonjour, puis elle entreprit de faire le lit en lui demandant s'il aimait le ragoût, car elle comptait en servir pour le dîner. Pierre, qui avait eu la présence d'esprit d'enfiler un pantalon, se dépêcha de revêtir sa chemise. Les préoccupations de la servante étaient loin des siennes. Il répondit par un oui pressé pour qu'elle s'en aille au plus vite. Quand le bruit de ses pas décrut dans l'escalier, il s'assit sur le bord du lit et tenta d'y voir clair.

Sa première impulsion le poussait à quitter la ferme. Malgré la nuit qu'il venait de vivre, la perspective d'un bonheur possible avec Anne lui semblait bien improbable. A présent, il savait qu'il n'était pas le premier à partager sa couche et que son surnom de « Baronne » joignait l'irrévérence au cynisme de certains qui n'avaient pas hésité à parler. Libre, Anne l'était jusqu'au bout des ongles. Ne pas s'encombrer d'un homme faisait partie de sa ligne de conduite. Et son officier de mari ne lui servait que d'alibi. Séparée de lui, elle continuait à jouir de ses terres et de ses biens sans qu'il s'en offusque. Dévoué corps et âme à la cause militaire, Edouard Laveaud voyageait à travers de nombreux pays et ne revenait que de temps à autre passer quelques jours dans cette ferme où il était toujours bien reçu. Quand Pierre l'avait croisé dans l'auberge, il était déjà sur le point de repartir vers d'autres horizons.

Le jeune homme descendit vers la salle d'un pas hésitant. Les dix heures qui sonnaient au carillon augmentaient son malaise. Il n'était pas dans ses habitudes de se lever aussi tard. En pénétrant dans la salle, il mit un temps avant de réaliser que le couvert installé près d'une soupière fumante et d'un pichet de vin lui était destiné. Il avait trop faim pour renoncer à cette invitation et s'attabla. Toutefois, il prit soin de ne pas déplier la serviette blanche posée bien en évidence devant lui. Il commençait à manger lorsque, après un rire, la voix d'Anne s'éleva derrière lui :

— L'entêtement peut être une qualité, mais il est souvent un défaut !

Il reposa la tartine dans laquelle il allait mordre et se tourna vers elle. Son maintien, ses cheveux de nouveau attachés, tout chez elle respirait un ordre immuable que rien ne semblait devoir déranger. Leurs étreintes, pas plus que d'autres sans doute, n'avaient changé le cours des choses. Elle s'approcha et, de sa main, effleura son épaule. Tandis qu'il se versait un verre de vin, elle déposa une enveloppe sur la serviette blanche.

— Je lirai tout à l'heure, fit-il, par crainte qu'elle ne s'aperçoive qu'il savait à peine lire.

— Non, tout de suite !

Maintenant, elle faisait face à la cheminée. Il ne voyait d'elle que son dos et ce superbe châle en cachemire aux tons rouges et noirs dont elle s'était enveloppée.

Jamais encore il n'avait admiré une si belle étoffe chez les femmes qu'il avait rencontrées. Un bref instant, la silhouette gracile d'Olympe vint se superposer à celle d'Anne. Alors, il inspira et, d'un coup sec, ouvrit l'enveloppe.

Elle ne contenait ni mot doux ni déclaration, mais cinq cents francs en petites coupures qu'il n'eut aucun mal à compter. Le long silence qui suivit sa découverte fit se retourner la jeune femme. Médusé, Pierre fixait les billets qu'il tenait en éventail dans sa main.

— Ce n'est pas la somme qu'il fallait ? s'enquit-elle.

C'est vrai qu'il lui avait raconté la récolte désastreuse du domaine et les difficultés financières qui en avaient découlé, mais pas un instant il n'avait imaginé qu'elle interviendrait d'une manière aussi directe. A présent, ces billets, comme ceux de Barial, lui brûlaient les doigts. Il finit par les jeter sur la table et se leva, le visage courroucé. Anne, qui l'observait toujours, serra son châle. Par intuition, elle avait prévu la façon dont il accueillerait son geste, et son comportement ne l'étonnait pas. Insoumis mais aussi candide, voilà ce qui l'avait attirée en lui. Elle le retrouvait bien là, entier, prêt à exprimer une colère démesurée alors qu'elle désirait seulement lui rendre service.

— Jamais je ne pourrai te rembourser ! s'écria-t-il. Des années de travail ici n'y suffiront même pas !

Il marchait de long en large tandis qu'elle le regardait, calme, presque détachée. Tout à coup, il s'arrêta et, du doigt, montra les billets étalés sur la table.

— Tu peux les reprendre. Je veux rester libre.

— Mais tu es libre, souligna-t-elle avec un air tranquille. Je ne te demande rien.

— Ah ! oui ? Alors, je prends cet argent et je disparais…

— Tu es libre, répéta-t-elle.

Plein de morgue, Pierre ramassa les billets.

— Au revoir et merci ! lança-t-il.

En quelques enjambées, il rejoignit la porte. Comme Anne ne bougeait toujours pas, après un ultime coup d'œil vers elle, il sortit. Par la fenêtre, elle le vit traverser la cour d'un seul élan ; mais parvenu devant la barrière, comme pris de remords, il s'immobilisa. Puis, il envoya un violent coup de pied contre l'un des montants de bois et, la tête basse, revint sur ses pas. Lorsqu'il rentra dans la salle, Anne empilait du linge dans une corbeille. Elle ne lui adressa même pas un regard et continua de donner des directives à Catherine qui se rendait au lavoir. Après seulement, elle lui demanda de couper du bois et de vérifier si rien ne manquait dans les étables et l'écurie.

— Je dois aller chez mon notaire à Objat, expliqua-t-elle ; je ne serai de retour que ce soir.

Enfermé dans son mutisme, Pierre assista à son départ sans réaction. Ce n'est que lorsqu'elle voulut atteler Merlot et qu'il entendit un hennissement qu'il courut jusqu'à la remise où était rangée la voiture. Là, il s'occupa lui-même de harnacher le cheval et vérifia les essieux et les freins avant de confier les rênes à la conductrice. Pour le remercier, comme elle l'aurait fait à un enfant, elle lui caressa la joue du revers de sa main.

Puis, après un dernier petit clin d'œil, elle se mit en route sous un ciel mi-figue, mi-raisin.

Quelques minutes plus tard, une averse obligea Pierre à se mettre à l'abri sous l'auvent de la grange. Le courage ne lui manquait pas pour nettoyer les étables et l'écurie, mais l'idée que les cinq cents francs traînaient dans le fond de sa poche le dérangeait. Il se représenta le bonheur avec lequel sa mère allait les recevoir. Pour elle, pour eux, c'était la fin d'un cauchemar, mais il entrevoyait aussi combien il s'aliénait en les acceptant. Désormais, il serait corvéable à merci, redevable, donc prisonnier de cette femme qu'il connaissait à peine et pour laquelle il n'éprouvait ni folle passion ni grande tendresse. A part l'envie de son corps ferme et docile, aucun sentiment profond ne le poussait vers elle. Pire encore, c'est à son contact qu'il mesurait la profondeur du vide laissé par Olympe.

19

Une nuit froide et venteuse tombait quand Olympe ferma l'épicerie. Comme chaque soir depuis presque un mois, elle tournait deux fois la clef dans la serrure puis la glissait dans l'échancrure de son corsage pour être sûre de ne pas la perdre. Aujourd'hui, les clients n'avaient pas été nombreux. Quand le marchand ambulant, qui venait de Saint-Solve, passait dans le village, les acheteurs se raréfiaient. A plusieurs reprises, elle avait déjà constaté ce phénomène inquiétant. Elle décida de s'en ouvrir auprès de Georges, son patron. Peut-être était-il temps de faire jouer la concurrence?

Elle s'emmitoufla dans sa pèlerine et se mit à marcher en récapitulant sa journée. Voilà deux jours qu'elle n'avait pas vu Joseph. Par lui, elle espérait toujours avoir des nouvelles de Pierre dont elle savait qu'il avait quitté la région. Elle avançait, perdue dans ses pensées, lorsqu'un homme lui barra la route en la saluant :

— Bonsoir, Olympe!

Séverin Barial, qu'elle n'avait pas revu depuis la disparition de Louise, se tenait devant elle. Elle s'était accoutumée à son absence comme à celle de sa femme qui, dorénavant, évitait même de longer l'épicerie. Du bout des dents, elle répondit à son salut et continua sa marche, frissonnant sous le vent froid de ce mois de novembre.

— Je sais que je suis en retard, lança Barial en la rattrapant, mais je n'ai même plus une once de tabac sur moi. Soyez gentille, je vous en prie !

La distance qui les séparait de la boutique n'étant pas trop grande, il n'y en avait que pour quelques minutes, tout au plus, à rebrousser chemin et à le servir.

— C'est bon, fit-elle en calculant une vente de plus, suivez-moi !

Elle rouvrit le magasin et se faufila à l'intérieur en lui demandant de l'attendre au-dehors. La disposition de la petite pièce n'avait plus aucun secret pour elle. Derrière le comptoir et sa balance, elle savait où se situait chaque chose. Elle alluma quand même une chandelle, puis se pencha vers le casier à tabac. Dans son dos, un claquement retentit. Séverin venait de refermer la porte sur lui.

— Pourquoi êtes-vous entré ? demanda-t-elle sur un ton sec.

— J'avais froid.

Que dire devant l'évidence de cette réponse ? Elle se contenta de brandir le paquet de tabac :

— Ça vous fait dix sous.

Barial plongea la main dans l'une de ses poches ; il en retira des pièces qu'il écarta d'un doigt comme s'il cherchait le bon compte.

— C'est aussi notre amitié qui m'a poussé jusqu'ici, confia-t-il en même temps. J'ai des nouvelles à vous dire, et elles ne sont pas très bonnes...

— Alors, faites vite ! Je suis pressée.

Il aligna les dix sous qu'il devait puis saisit le paquet de tabac qu'elle poussait vers lui.

— Un ami qui habite Objat m'a parlé de Pierre Bourzat...

Son regard s'accrocha à celui de la jeune fille.

— Je le connais à peine, se défendit-elle.

Barial remarqua que l'une de ses mains tremblait.

— Il a trouvé une bonne place chez une riche propriétaire encore jeune et plutôt belle. Vous devinez la suite, non ?

Il commença de se rouler une cigarette avant de se diriger vers la porte.

— Pourquoi me parlez-vous de lui ? lança alors Olympe.

Le fermier s'attarda sur le seuil de la boutique comme s'il cherchait quelque chose.

— Il ne tient qu'à vous d'être plus riche qu'elle, lâcha-t-il d'une voix sourde. Depuis la première seconde où je vous ai vue, j'ai compris que ma vie changeait. Cela fait longtemps qu'il n'y a plus rien entre ma femme et moi.

Il gonfla sa poitrine en inspirant une bouffée d'air froid qui arrivait du dehors.

— D'ici jusqu'à Brive, reprit-il, je pourrais faire de vous la plus enviée des femmes. Vous n'avez qu'un mot à dire.

Puis, comme s'il redoutait sa réponse, il se mit à courir et disparut dans la nuit.

Olympe ne réussit à récupérer son calme qu'au bout d'un long moment. Ce n'était pas les phrases de Barial ni sa proposition qui la bouleversaient à ce point, mais l'idée que Pierre lui échappe pour toujours en accédant à un rêve qu'elle n'aurait jamais pu réaliser pour lui. Le fermier avait raison : la suite était facile à imaginer. Désappointée, elle souffla la chandelle et sortit, mais elle ne fit que quelques pas. Un homme l'interpella avec politesse :

— Mademoiselle, excusez-moi !

Presque en même temps, Auguste Dutheil déboucha près d'elle en tenant une lampe à hauteur de son visage.

— Je suis l'instituteur, vous êtes venue me voir il y a un peu plus d'un mois.

Olympe l'avait déjà reconnu, mais elle ne comprenait pas pourquoi il l'abordait sur cette route, à cette heure et par ce temps si froid.

— Je suis désolé, continua-t-il, j'avais une réunion avec le conseil municipal, je n'ai pas pu me libérer avant.

Encore chavirée par ce qu'elle venait d'apprendre, elle pensa qu'il désirait aussi lui acheter quelque chose et se braqua :

— Je ne peux pas rouvrir l'épicerie, revenez plutôt demain matin !

En tenant les pans de sa pèlerine, elle lui souhaita bonne nuit et reprit sa marche. Mais Dutheil lui emboîta le pas.

— Je n'ai besoin de rien, protesta-t-il, seulement de votre accord pour le certificat d'études.

— Que me dites-vous ?

— Je suis prêt à vous présenter à l'examen de juillet. Il ne vous faudra que quelques cours complémentaires de géographie et d'histoire...

Autour d'eux, le vent s'intensifiait, mais la jeune fille ne sentait plus ni les fortes bourrasques, ni l'air qui fraîchissait de plus en plus. Bouche bée, elle hésitait entre rires et larmes.

— Etes-vous sûr que vous n'allez pas le regretter ? articula-t-elle.

Auguste Dutheil sourit.

— D'après ce que m'a dit votre patron, je crois que je peux vous faire confiance.

Ainsi, Georges Verdier avait attendu que le premier mois d'embauche se termine pour voir de quoi elle était capable. Puis, il avait dû en parler lui-même à l'instituteur. Elle se souvint de lui avoir confié son espoir déçu de n'être pas admise à passer l'examen.

— Vous êtes toujours d'accord, n'est-ce pas ? s'enquit Dutheil devant son silence.

Mais Olympe ne le voyait plus. A sa place, l'image de Louise avait surgi, et son rire, comme une musique rassurante, s'égrenait à ses oreilles.

— Pour les cours, fit-elle enfin, combien me compterez-vous ?

L'instituteur eut un nouveau sourire.

— Ne vous inquiétez pas ! On s'arrangera. En attendant, venez demain soir après la classe. Nous n'avons plus une minute à perdre si nous voulons décrocher ce diplôme.

Il porta la main à sa casquette pour un dernier bonsoir et s'éloigna.

En le regardant partir, sa lampe à la main, Olympe s'aperçut qu'il ne portait ni manteau ni pèlerine, et qu'il avait juste relevé le col de sa veste pour affronter le vent.

« Il ne doit pas être très riche », pensa-t-elle, et, sans qu'elle se l'explique, cette idée l'attendrit.

Barial avançait dans la nuit, une aigreur au bord des lèvres. Depuis le matin, la chance qui avait toujours été de son côté semblait le fuir, et sa rencontre avec Olympe n'arrangeait rien.

A peine réveillé, il s'était débrouillé pour trouver Marie, seule, au milieu de ses vignes. Là, jouant le tout pour le tout, il avait ressorti la liasse de billets dont il ne se séparait plus. La réponse avait été prompte, et la voix indignée de Marie vibrait encore à ses oreilles.

— Jamais ! s'était-elle écriée. Va-t'en, Barial ! Tu ne fais que du mal par ici.

Elle avait plongé la main dans la poche de son tablier et brandi une enveloppe.

— Là-dedans, j'ai tout ce qu'il faut, Pierre nous a sauvés !

La lueur de triomphe qui teintait ses yeux le poursuivait encore. Si le domaine lui échappait, une seule issue compenserait cet affront : arracher Olympe à la convoitise de tous les hommes en la possédant enfin. C'était l'unique façon de sauver son image de gagnant. Pour se donner du courage, il s'arrêta et commença de se rouler une deuxième cigarette. Un bruit de branches et de feuilles l'interrompit.

— Séverin ! entendit-il.

Il avait trop l'habitude de cette voix pour ne pas la reconnaître.

— Elise ! mais que fais-tu, ici ?

Un châle de laine jeté sur ses épaules, elle s'approcha de lui jusqu'à ce qu'il découvre son visage blême et ses paupières gonflées.

— Je t'ai suivi, dit-elle.

— Je n'avais plus de tabac, je suis allé en chercher à l'épicerie.

Il fit semblant de s'intéresser au ciel, où, de temps à autre, le croissant de la lune apparaissait entre les nuages. Il n'avait pas envie d'être là, entre ciel et terre, face à celle qui lui offrait son visage meurtri comme un témoignage de sa détresse.

— Rentrons ! commanda-t-il, j'en ai assez.

— Et moi, n'en ai-je pas assez ?

Il scruta les alentours comme un animal traqué, puis baissa la voix :

— Ce n'est ni le lieu ni le moment pour une scène, rentrons !

Il l'écarta sans ménagement pour rejoindre le dernier tronçon de route qui aboutissait à leur ferme, mais elle se rebiffa :

— Tu ne te déroberas plus ! Je t'ai vu lui parler, j'ai entendu ce que tu disais...

Elle se colla contre lui :

— Puisque tu veux te débarrasser de moi, je vais t'aider !

Et sans qu'il ait le temps de faire le moindre geste, elle enfouit la main dans la poche de sa veste et en ressortit le couteau qu'il avait toujours sur lui.

— Tiens ! fit-elle en tirant sur la lame, tu vas te réjouir !

En même temps, elle défit son châle et arracha les boutons de son corsage. Sa poitrine jaillit sous la lumière blafarde de la lune. Avec ses yeux écarquillés, sa bouche déformée, elle ressemblait à une démente. Ses deux mains crispées sur le manche du couteau, elle appuyait la pointe de la lame contre son cœur et paraissait décidée à mettre en œuvre ses menaces. Tout à coup, elle laissa échapper un rire sardonique :

— Tu seras obligé de prévenir les gendarmes et l'on t'accusera !

Elle ne put en dire plus. Barial se précipita sur elle ; un corps-à-corps féroce débuta. Un cri puis un autre s'élevèrent ; ils roulèrent ensemble dans la boue et les feuilles mortes qui jonchaient le sol. Elise se débattait comme une furie, le mordant et l'injuriant tout à la fois, tandis qu'il essayait de lutter malgré une affreuse douleur qui chauffait ses mains. A bout de nerfs et de patience, il la saisit par le cou et la cogna plusieurs fois contre le sol jusqu'à ce que sa tête roule de droite à gauche, inerte.

Alors, chancelant, il se releva. Maculé de boue, il sentait une brûlure cuisante dans sa main droite, mais n'y prêta pas attention.

A ses pieds, Elise gisait, assommée, la poitrine découverte, la robe déchirée. Il eut envie d'appeler à l'aide, mais la peur du scandale le fit taire. Il préféra se hâter vers la ferme, où Henri dormait.

Quand il asséna de violents coups contre la porte de la grange, il n'était plus que l'ombre de lui-même.

— Vite ! souffla-t-il à Henri qui passait la tête, à moitié endormi.

Comme un robot, le valet décrocha la lampe tempête qui était suspendue sous l'auvent. Puis, il ouvrit des yeux effarés en découvrant l'état de son maître. Barial s'aperçut alors qu'il était en sang. Sa main droite striée de profondes coupures ne cessait de saigner.

20

Pendant plusieurs jours, Elise Barial resta entre la vie et la mort. Pour couper court à toute forme de rumeur, Séverin déclara aux gendarmes que sa femme avait été attaquée par deux malfrats qu'il avait réussi à mettre en fuite. Une enquête eut lieu mais, faute de preuves et d'indices, les gendarmes avouèrent leur impuissance.

Elise sortit de son coma sans pouvoir récupérer l'usage complet de ses jambes et de la parole. Du coup, la réputation du fermier s'enjoliva d'une aura supplémentaire. Il devint une courageuse victime et un mari qu'on plaignait. Olympe elle-même lui porta un autre regard.

Avec l'hiver, les clients venaient plus nombreux à l'épicerie. Du matin au soir, la jeune fille vendait, préparait les commandes, puis ouvrait son livre de comptes où figuraient les denrées vendues avec leur prix. Parfois, aux heures creuses de l'après-midi, elle allait retrouver Verdier dans la salle du café pour parler avec lui ou l'aider à servir. Si le regard des hommes ne changeait pas, leur vocabulaire et leurs attitudes se transformaient. Les plus hardis l'appelaient « l'épicière », mais la plupart se contentaient de la saluer sans réflexions ni sarcasmes. Derrière son comptoir, Verdier voyait d'un bon œil cette situation. Il avait même noté l'arrivée de nouveaux clients que la blondeur d'Olympe attirait, disait-il, comme des mouches sur du miel. Des conducteurs garaient leur carriole près de la place, entraient dans le café pour un prétexte futile. Si Olympe n'était pas là, un ami leur désignait à la dérobée la porte de l'épicerie. Leur clin d'œil entendu avait le don de faire rire sous cape le cafetier.

Chaque soir ou presque, après la fermeture du commerce, Olympe retrouvait la salle de classe. Studieuse, elle s'asseyait près d'une lampe à pétrole, écrivait, lisait, récitait le nom des rois de France ou celui des départements. La patience d'Auguste Dutheil, sa façon de répéter, d'expliquer, lui rappelaient sans cesse Louise. Certains jours, trop fatiguée, elle se décourageait, doutait. Seul le souvenir de Louise et de ses conseils la relançait comme une pierre roulant sur le difficile chemin qu'elle s'était choisi.

Maintes fois, l'instituteur s'était surpris à l'attendre. Il aimait regarder son visage penché sur un cahier ou un livre. Souvent, lorsqu'elle arrivait, elle déposait sur son bureau un paquet de victuailles, puis gagnait sa place sans rien dire.

Elle avait pour lui des attentions simples et cordiales, empreintes de respect et de reconnaissance. Jamais elle ne s'était demandé s'il lui plaisait ou non.

D'emblée, elle l'avait rangé du côté des hommes dont on ne perçoit que ce qu'ils représentent. Dutheil prenait son attitude pour de l'indifférence. Quand elle partait, du plat de sa main il caressait les livres qu'elle avait touchés ou respirait le sillage du frais parfum qu'elle laissait derrière elle. Rentré chez lui, dans la maison que lui allouait la commune et dont un mur était mitoyen avec celui de l'école, il corrigeait ses cahiers en pensant encore à elle, sans amertume ni tristesse.

« Elle est trop belle pour moi, estimait-il, comment pourrais-je l'intéresser ? »

Et il s'endormait ancré dans cette certitude.

Comme un chat auprès d'un feu, le village se blottit dans sa torpeur de morte saison. Chez les Bourzat, d'autorité, Joseph avait pris la place de Pierre et dormait dans son lit. Les cinq cents francs avaient colmaté toutes les brèches. Grâce à cela, Marie espérait même racheter un cheval pour l'été.

Chaque mois, le facteur apportait un mandat et des nouvelles de Pierre, écrites par une main inconnue. « Tout va bien », répétaient inlassablement les courtes missives. Joseph n'était pas mécontent de cette situation. A présent, il régnait sur le domaine comme seul homme en face de sa mère. Marie reportait sur lui l'affection qu'elle ne pouvait plus donner à son fils aîné. De temps à autre, un éclair la traversait, des questions affluaient : que faisait Pierre ? Avec qui était-il ? Comment avait-il obtenu les cinq cents francs ?

Retranchée de la vie du village, elle ne pouvait

entendre ce qu'on y colportait. Pourtant, tous ou presque étaient au courant. La liaison de son fils avec la Baronne alimentait les commérages des veillées ou des sorties de messe. Dans son ignorance volontaire, Marie vivait chaque jour avec l'obstination de ne rien savoir ni apprendre qui puisse entamer sa confiance de mère.

A cause de la place qu'il avait ravie à son frère, Joseph avait pris le parti de se taire. Olympe était la seule avec laquelle il en parlait, trop heureux de la sentir se détacher peu à peu de Pierre.

Jusqu'au printemps, il n'y eut aucun changement. Puis, un matin, en écartant ses volets, Olympe entendit le chant du coucou, et la force du soleil l'aveugla. Elle ferma les yeux et les frotta comme pour sortir d'un mauvais rêve. Quand elle les rouvrit, un homme se tenait devant la barrière du jardin. Elle recula pour ne pas être vue. Son allure ne lui semblait pas inconnue, mais son impeccable chemise blanche et le chapeau en feutre neuf qu'il arborait la firent hésiter. C'est à la façon dont il posa son sac par terre qu'elle le reconnut. Une pâleur soudaine altéra ses traits.

— Pierre ! articula-t-elle.

Sans prendre de graisse, son corps et ses muscles s'étaient épaissis, consolidés. Une maturité nouvelle s'épanouissait sur son visage. Habillé avec soin, il ressemblait à l'un de ces propriétaires ou marchands de bestiaux qu'on pouvait rencontrer le dimanche, sur la place ou au café.

— Holà ! s'écria-t-il, y a-t-il quelqu'un ?

Il tenta d'entrer, mais la barrière résista. Cachée

derrière le rideau, Olympe respirait à peine. Alors il appela de nouveau, mais, comme il n'obtenait aucune réponse, il remit son sac sur son dos et s'en alla.

Olympe attendit qu'il disparaisse pour refermer la fenêtre. Quand elle tourna l'espagnolette, son cœur battait à tout rompre.

Le soleil de ce printemps naissant escorta les pas de Pierre jusqu'au domaine. Le village avait toujours le même aspect avec ses ruelles étroites et ses maisons aux toits d'ardoise à quatre pans. Seules des touches éparses de vert aux branches des arbres annonçaient un renouveau. De loin, il repéra tout de suite le dos courbé de Marie parmi les plants de vignes. Il avait préféré ne pas donner de date précise pour son retour, se contentant d'indiquer que sa visite coïnciderait avec la phase de débourrement[1]. Avant de se manifester, une dernière fois il lissa le tissu de la vieille veste qu'il venait d'endosser pour ne pas susciter d'inutiles questions. Il s'était isolé derrière des bosquets, puis avait troqué ses habits neufs contre ceux qu'il portait le jour de son départ.

Dès qu'elle le vit, Marie eut un sourire qui la métamorphosa. Ils s'étreignirent un long moment avant qu'il ne la repousse en riant :

— J'arrive à peine et tu m'étouffes déjà !

Radieuse, elle l'inspecta de la tête aux pieds :

— Tu as forci, tu as dû tomber sur de bons maîtres ?

1. Eclosion des bourgeons laineux qui précède la croissance des feuilles et des fruits sur les vignes.

L'idée qu'il avait sans doute faim calma son exubérance.

— Viens donc à la maison ! invita-t-elle. Il reste de la mique[1] et des châtaignes blanchies.

Elle s'empressa de le servir tout en parlant sans cesse de tout et de rien. Cette volubilité, si rare chez elle, arrangeait Pierre. Tandis qu'elle s'affairait autour de lui, assis à sa place habituelle, il tentait de renouer avec son passé en regardant chaque meuble, chaque objet.

Peu de temps après, Joseph les trouva ainsi. Les deux garçons se saluèrent d'une bourrade réciproque, tout juste affectueuse. Pierre remarqua qu'une lueur ironique teintait les yeux de son frère. Il se hâta de finir son assiette pour aller travailler « aux vignes et aux champs », comme il avait coutume de dire. Eviter les tête-à-tête était encore la meilleure solution. Marie eut beau lui demander des détails sur sa nouvelle vie, il ne fut guère bavard.

— Je ne suis là que pour quelques jours, expliqua-t-il, je ne peux pas perdre de temps.

Et, sans autre forme d'égards, il rejoignit la remise à outils.

Son comportement avait de quoi étonner. Marie sentit la faille. Elle demanda à Joseph d'aller chercher une demi-tourte de pain à l'épicerie. Depuis peu, celle-ci faisait office de dépôt de pain, suppléant ainsi à l'absence de boulangerie. Qu'Olympe y soit gérante, cela ne gênait pas Marie tant que Pierre n'était pas là. Ce

1. Spécialité à base de pâte briochée (non sucrée) qu'on glisse dans un bouillon et qui accompagne la viande de porc et les légumes.

dernier revenu, il valait mieux faire en sorte qu'ils ne se voient pas. Elle avait donc une double raison de choisir Joseph.

A peine ce dernier fut-il sorti qu'elle mit en œuvre ce qui la préoccupait : satisfaire sa curiosité. Après un ultime regard par la fenêtre pour s'assurer que Pierre était bien au travail, elle entreprit de vider le sac qu'il avait apporté. Là, elle découvrit le chapeau et les habits neufs, une blague à tabac en bois au fermoir en argent et même une paire de gants gris en peau de taupe, qui la laissèrent pantoise.

Comme si la foudre lui tombait dessus, elle resta abasourdie, puis replia les affaires et les rangea. Même si le calcul mental n'était pas son fort, elle estima qu'il devait y en avoir pour quelques centaines de francs. Cette somme, ajoutée aux cinq cents reçus, lui parut si disproportionnée qu'elle redouta le pire. Pierre avait dû s'acoquiner avec des voyous ou peut-être même avait-il volé.

De toute façon, peu importaient les causes, il n'était pas question que cette situation perdure. Il fallait qu'elle en ait le cœur net.

Apparemment soudés comme au premier jour, Marie et ses deux fils travaillèrent ensemble jusqu'au soir. Ils n'étaient pas les seuls. Attirés par ce début de printemps prometteur, cultivateurs et journaliers venus en renfort remplirent les champs pour les semailles.

A part la pause du dîner et celle du marendou vers seize heures où quelques propos anodins furent échangés, les Bourzat évitaient même de se regarder. Depuis le matin, Joseph n'avait posé aucune question à son frère. Leur séparation et ce qu'ils savaient désormais l'un sur l'autre renforçaient leur méfiance réciproque. Plusieurs fois, Pierre dut se mordre les lèvres pour ne pas questionner son frère sur Olympe. Par hasard, en croisant l'apprenti de Goudoux qui se rendait à l'atelier, il avait juste appris qu'elle tenait l'épicerie, parce que l'épouse de Verdier était très malade. Rien de plus. Il en voulait à Joseph de ne pas désamorcer la tension qui s'installait entre eux et qui les éloignait de plus en plus l'un de l'autre. Pendant deux jours, Pierre supporta cet étouffant climat sans révolte, puis, le troisième soir, alors que sa mère apportait une soupière fumante sur la table et qu'elle servait d'abord Joseph comme à l'accoutumée, il explosa :

— Assez ! J'en ai assez ! hurla-t-il soudain en jetant à toute volée sa cuillère contre son assiette.

Surprise, Marie faillit lâcher le récipient qu'elle tenait. Joseph, lui, comme s'il avait senti venir l'orage, ne broncha pas. Pierre, le visage déformé dans un rictus de rage, ne se contrôlait plus. Devant lui, son assiette brisée témoignait de la violence qu'il ne pouvait plus contenir.

— Dis-le ! s'écria-t-il vers sa mère. Dis-le que je suis en trop, ici !

A bout de patience et de fatigue, après ces journées où il ne s'était pas ménagé, lui qui croyait être accueilli en bienfaiteur se trouvait relégué au deuxième plan. Défaite, Marie l'écoutait sans rien dire. Face à cette passivité qu'il prenait pour une acceptation, son emportement redoubla :

— C'est grâce à moi que nous n'avons plus de

dettes, grâce à mon travail, vociféra-t-il encore, et voilà que tu me traites comme si je n'existais pas !

Il se leva, saisit son couteau et le replia avant de les narguer une dernière fois :

— Je m'en vais. Je quitte cette maison où l'on prend même mon lit. Et c'est toi, fit-il en pointant l'index vers sa mère, c'est toi qui l'auras voulu !

Quand la porte se referma en claquant, Marie ouvrit la bouche comme si elle manquait d'air, puis elle s'effondra la tête entre ses mains.

— Il a volé cet argent, sanglota-t-elle, c'est sûr, il l'a volé...

— Non, répondit Joseph sur un ton calme, on l'a payé pour ses services.

Après un silence, Marie essuya ses yeux. Qu'avait-il appris qu'elle ne savait pas ?

— Quels services ? Que veux-tu dire ? demanda-t-elle.

Joseph s'amusait à triturer une boule de mie de pain.

— J'en ai déjà trop dit, lâcha-t-il, je n'ajouterai rien.

Et comme s'il devait confirmer ses paroles par un geste, il jeta la mie de pain au feu et sortit.

21

Marie n'avait même pas essayé d'insister : par expérience, elle savait que le mutisme de Joseph était capable de résister à tous les assauts.

Lorsqu'elle avait vu Pierre quitter la maison en portant son sac, elle avait juste serré les poings contre sa bouche pour s'empêcher de l'appeler. Au moment où il disparaissait sur la route, deux larmes avaient jailli de ses yeux : « Mon p'tit, mon tout p'tit », avait-elle murmuré comme si on venait de lui annoncer sa mort. Ce départ précipité, cette colère injustifiée, tout cela ne sonnait-il pas la fin des jours heureux qu'ils avaient passés ensemble ? Justin, ce mari qui l'avait abandonnée, n'était-il pas, lui aussi, parti sans raison ? Dans l'absurdité de sa vie qui lui sautait aux yeux, le départ de Pierre ravivait celui de Justin. Un instant, elle vacilla, prête à tomber. Puis, avec cette énergie qui lui avait toujours donné la force de se relever, elle surmonta son chagrin en se jurant d'apprendre la vérité.

Assise près du cantou, les yeux grands ouverts, elle attendit le jour.

Le matin, d'une seule traite, elle fila jusqu'à la mairie où un employé de service tenta de la refouler en lui disant que monsieur le Maire n'arrivait jamais avant dix heures. Mais elle fit le siège devant son bureau pour être la première à lui parler.

Souillac la trouva assise dans l'étroit couloir qui menait à son lieu de travail. Le visage impassible, il ne laissa filtrer aucun sentiment particulier et la salua avant de l'inviter à le suivre.

— Je vous écoute, dit-il en s'installant derrière son bureau.

Marie eut du mal à s'exprimer. Elle désirait aller vite et, en même temps, ne savait comment s'y prendre pour l'amener là où elle voulait en venir. Enfin, après quelques banales considérations sur le temps et les récoltes, elle se lança. Une fois de plus, elle était là pour Pierre ; mais, aujourd'hui, il ne s'agissait pas de le sauver de quoi que ce soit. Elle souhaitait simplement que Souillac s'adresse au maire de Donzenac pour obtenir des renseignements sur le hameau des Fourches et les patrons de son fils dont elle ignorait tout.

— Pour vous, c'est plus facile, expliqua-t-elle. Et vous apprendrez sans doute des choses que personne ne sait.

Souillac hocha la tête avec un air grave.

— Hum, hum ! toussota-t-il.

Marie crut comprendre que sa démarche ne l'arrangeait pas.

— Cela ne vous est peut-être pas possible ?

Il eut une grimace bizarre qu'elle interpréta comme un refus mitigé.

— A moins que vous ne connaissiez quelqu'un d'autre ? insista-t-elle.

Le maire se cala dans son fauteuil.

— Je m'étonne que vous ne soyez pas au courant.

— Au courant de quoi ?

— Marie, fit-il, j'ai toujours eu une grande sympathie pour vous. Ne m'obligez pas à tout gâcher. Je ne suis ni agent de renseignements ni délateur. Et Pierre est majeur, si je ne m'abuse ?

Elle se pencha vers le bureau et de ses mains agrippa le bord en bois.

— C'est au nom de cette amitié que vous devez me dire ce que vous savez !

Son ton et son visage paraissaient si résolus qu'il en fut secoué.

— Ne vous fâchez pas ! Je disais cela pour vous protéger, mais si vous y tenez...

— Oui, j'y tiens !

Après quelques secondes, elle lâcha le bureau et retomba sur sa chaise.

— Je ne vous en voudrai pas, je vous l'assure.

— Pierre est entre les mains d'Anne Laveaud, confia alors Souillac, une femme encore jeune et plutôt belle, qu'on surnomme « la Baronne » et qui l'utilise comme elle en a utilisé beaucoup d'autres avant lui. Le seul avantage, c'est qu'elle est riche...

Il leva les yeux : la ride qui, d'habitude, barrait le front de Marie s'était creusée d'un seul coup, comme un sillon raviné par le soc d'une charrue. Elle semblait être ici et ailleurs en même temps, s'efforçant de garder une dignité qui la rendait aussi imposante que ces chênes qui ne perdent jamais leurs feuilles.

— Merci, articula-t-elle en se mettant debout.

Comme il s'apprêtait à la raccompagner, elle lui fit un geste de la main pour lui signifier que ce n'était pas la peine :

— J'ai besoin d'être seule.

Il la vit se diriger vers la porte à petits pas. N'avait-elle pas toujours fait front ainsi ? Deux ans après le départ de Justin, lorsqu'il lui avait demandé de partager sa vie, elle avait eu la même attitude. « Tant que je ne saurai rien sur ce qu'il est devenu, avait-elle dit, je n'appartiendrai à personne. »

Elle avait tenu parole durant presque vingt ans. Mais maintenant, avec ce qu'elle venait d'entendre sur son fils, comment allait-elle faire face à l'avenir ? Avant d'ouvrir la porte, elle pivota vers lui :

— Au fait, je suppose que tout le monde connaît cette histoire ?

Souillac ne répondit pas. Fallait-il enfoncer le clou jusqu'au bout ?

— Je vois, acheva-t-elle, il y a souvent des silences qui sont pires que des aveux.

Au-dehors, en dépit de la grisaille et de l'humidité qui avaient succédé aux dernières belles journées, elle fut frappée par la douceur du temps. Elle n'avait pas envie de rentrer tout de suite au domaine. Quelque chose l'attirait au cœur du village, une sorte d'envie où se mêlait un désir trouble qu'elle ne parvenait pas à s'expliquer. Sans même réaliser, elle suivit la rue principale et atterrit sur la place. Depuis combien de mois ou d'années n'était-elle pas venue jusqu'ici ? Elle avait toujours traversé les rues dans sa carriole, se hâtant pour éviter de saluer qui que ce soit, ou alors d'un bref signe de tête qui n'engageait à rien.

Ses rares visites au cimetière, sur la tombe de ses parents, avaient lieu très tôt, avant même que le soleil ne se lève. Et voilà que soudain, dans ce désarroi qui surgissait, elle avait besoin d'être là sans autre raison que d'ouvrir les yeux sur ce qu'elle avait refusé de voir.

La première maison sur laquelle son regard s'attarda fut le café-épicerie. D'un côté, des hommes rentraient et sortaient, alors que, de l'autre, quelques femmes, un cabas ou un panier au bras, bavardaient sur le seuil de la boutique. Prudente, elle attendit que les commères se dispersent avant de s'approcher. Quand elle fut sûre que le magasin était vide et que personne ne risquait de se montrer, elle entra.

— Bonjour, madame, c'est pour quoi ?

Derrière le comptoir, Olympe, qu'elle n'avait jamais vue d'aussi près, restait égale à elle-même. Sa réputation de joli brin de fille lui parut en deçà de la réalité. Ses yeux bleus aux reflets mauves, ses cheveux blonds et son teint clair ne supportaient aucune comparaison. Dans ce cadre désuet, elle en devenait presque insolite.

— C'est pour quoi, madame ? répéta Olympe.

— Une chandelle, lança Marie sans réfléchir.

La jeune fille se tourna vers les étagères qui garnissaient le mur. Elle ne connaissait pas cette femme et, cependant, son regard d'oiseau de proie la paralysait.

— Ça vous fera deux sous, articula-t-elle.

Marie déposa un billet froissé sur le comptoir.

— Vous n'avez pas de monnaie ?

Elle fit signe que non. En s'efforçant d'afficher un sourire aimable, Olympe ouvrit la caisse pour rendre ce qu'elle devait.

Marie ramassa sa monnaie sans répondre. Cette fille était trop parfaite pour être honnête. Son instinct de mère possessive reprenant le dessus, elle la salua d'une manière tout juste polie, puis sortit. Une seule chose était certaine : pas plus elle que la Baronne n'était capable de rendre son fils heureux. A tout bien considérer, Pierre ne faisait que succomber à des charmes féminins sans le moindre discernement. L'unique différence, c'est qu'à l'heure actuelle il était entre les mains d'une intrigante qui se servait de sa jeunesse et de sa naïveté. Son devoir de mère était de réagir au plus vite.

Deux jours plus tard, au hameau des Fourches, Anne Laveaud s'amusait à faire caracoler à l'aide d'une longe le jeune anglo-normand que son mari venait de lui offrir. Baptisé Cendres à cause de sa couleur, ce demi-sang dont elle rêvait depuis longtemps avait un tempérament vif et nerveux qu'il fallait canaliser. Elle le faisait travailler depuis presque une heure, lorsqu'une charrette transportant des ardoises s'arrêta devant la grille qui entourait la propriété. Une dame qu'elle n'avait jamais vue en descendit.

— Je cherche madame Laveaud, cria-t-elle. Savez-vous où je peux la trouver ?

Tenant Cendres par son mors, Anne s'approcha :

— C'est moi. Que puis-je pour vous ?

— Je suis Marie Bourzat.

Pendant quelques instants, elles restèrent l'une en face de l'autre à se mesurer du regard, puis Anne, qui avait une certaine expérience des situations délicates, ouvrit la grille.

— Entrez donc ! Nous serons plus à l'aise à l'intérieur pour parler. Je ne vous demande qu'une minute, je dois attacher mon cheval.

Elle conduisit son demi-sang jusqu'à l'écurie avant de revenir.

— Pierre s'en occupera ce soir, dit-elle. Il est à la châtaigneraie.

Marie avait voyagé dans la voiture d'un ouvrier ardoisier qui effectuait des allers et retours ponctuels entre Allassac et Juillac où il livrait sa marchandise. Moyennant quelques pièces, il avait accepté de l'acheminer jusqu'à la ferme des Laveaud, située sur sa route. Le trajet avait été difficile. La lenteur du convoi et l'inconfort de la charrette qui tressautait à chaque aspérité avaient malmené Marie dont le dos souffrait déjà de courbatures. Elle fut soulagée de s'asseoir dans l'un des fauteuils qui meublaient la salle.

— Boirez-vous quelque chose ?

Marie déclina la proposition. Elle n'était pas là pour des mondanités ou pour parler de la pluie et du beau temps. Il fallait tout régler avant le retour de Pierre.

— Si je me suis déplacée, précisa-t-elle, c'est pour m'entretenir avec vous d'un problème grave.

En même temps, ses yeux furetaient de droite à gauche, détaillant la pièce et son mobilier. Après avoir découvert cette femme qu'elle estimait n'avoir rien de plus qu'une autre, à part un certain maintien dû à son rang, elle voulait récupérer son fils et s'en aller.

Pour Anne, il n'était pas question de lutte ou d'affrontement. Mieux valait remettre les choses à leur place et montrer ses limites à cette mère abusive.

— Pierre n'est-il pas majeur ? s'enquit-elle sur un ton anodin.

Sa question en forme de remarque déguisée irrita Marie. Que venait faire la légalité dans cette affaire ?

— On est mère toute sa vie, rétorqua-t-elle, et Pierre ne m'a jamais contrariée ni désobéi.

Elle se glissa jusqu'au bord du fauteuil, prête à se lever.

— J'ai tout sacrifié pour mes fils, madame, moi seule sais ce qui est bon ou mauvais pour eux. Que Pierre soit majeur ou non n'a guère d'importance.

Elle serra les lèvres pour ne pas en dire plus, mais son regard furieux parlait pour elle.

Anne employa une autre tactique. Elle vanta les mérites de Pierre et son ardeur au travail. Il était un employé modèle qu'elle n'hésitait pas à rétribuer largement pour le garder. Avant lui, n'avait-elle pas été obligée de se séparer de plusieurs valets et journaliers trop paresseux ou roublards ? Enfin, pour mieux étayer ses propos, elle évoqua son mari, ses déplacements, et montra même l'une de ses photos en uniforme d'apparat. Son but était d'introduire une faille dans les pensées rigides de Marie. Le reste suivrait son cours. Elle obtint ce qu'elle cherchait.

Ebranlée dans ses convictions, Marie ressentit un doute. Pourquoi donner tort à cette femme et raison aux autres ? Après tout, ses fils et elle avaient toujours été la cible des jalousies et des racontars. Comme autrefois, la fuite de Justin avait entériné sa réputation de voleur. Aujourd'hui, ces mêmes langues se liguaient contre elle pour cracher leur venin.

— Avez-vous d'autres ouvriers ? s'inquiéta-t-elle soudain.

— Oui. J'emploie deux saisonniers et un jardinier chargé plus particulièrement de veiller sur la châtaigneraie et le verger.

Les épaules de Marie se relâchèrent. La tension qui s'accumulait depuis le début de l'entrevue s'enfuyait. Ainsi, cette dame Laveaud avait d'autres employés sous son toit. Pourquoi, avec sa fortune et son aisance, aurait-elle jeté son dévolu sur Pierre, alors qu'elle devait avoir d'autres hommes, et non des moindres, à ses pieds ? Tout à coup, elle se trouvait des points communs avec cette femme, victime comme elle de médisances. Un sourire de bienveillance, presque d'excuse, apparut sur son visage. Pour un peu, elle aurait embrassé Anne en la remerciant. Seul un minuscule pincement au cœur, dernier reliquat de sa rancœur passée, l'en empêcha. Elle se redressa, prête à partir.

— Promettez-moi que vous ne direz rien à mon fils !

— Soyez rassurée ! Je serai aussi muette qu'une carpe.

La jeune femme la raccompagna jusqu'à la porte. Avant de s'en aller, Marie se tourna encore vers elle :

— Et l'argent que Pierre m'a donné pour sauver le domaine, il vient de vous, n'est-ce pas ? Ses habits neufs aussi, je suppose ?

Comme si elle pressentait qu'elle ne reviendrait plus,

elle désirait voir s'évanouir ses derniers soupçons pour se libérer.

— Si vous parlez des cinq cents francs, il s'agit d'une avance qu'il me rembourse chaque mois sur sa paye. Quant aux vêtements, ils étaient plus que nécessaires, surtout quand je l'envoie négocier des achats ou des ventes en mon nom. Il me sert en quelque sorte de régisseur...

Le mot plut à Marie. Désormais, elle pouvait partir, l'esprit rasséréné. D'obscur journalier, son fils accédait au rang de régisseur dans une ferme de notables. Avec déférence, elle serra la main d'Anne et s'excusa de sa visite impromptue. Puis, comptant sur une carriole ou une voiture pour la ramener, la tête haute, elle reprit la route. Le père Souillac et les autres habitants du village n'avaient plus qu'à bien se tenir.

22

Cette année-là, le dimanche de Pâques arriva tôt. Olympe fut réveillée par la volée de cloches qui se répercutait de vallon en vallon. A peine en bas de son lit, comme elle le faisait souvent, elle décompta le nombre de jours qui lui restaient avant l'épreuve du certificat d'études. Encore quelques mois et, si la dérogation qu'avait demandée l'instituteur était acceptée, le village entier aurait les yeux braqués sur elle. En se moquant, Joseph l'appelait « l'élève ». Il est vrai que le chemin qu'elle parcourait, seule, avec une volonté hors du commun, la séparait de plus en plus de lui. Si l'ombre de Pierre ne le gênait plus, il voyait d'un mauvais œil l'importance qu'elle prenait dans le village et son instruction. Quand il entrait, parfois, dans l'épicerie, les livres qui traînaient sur le comptoir lui rappelaient sans cesse un manque qu'il n'avait jamais comblé.

A lui comme à son frère, Marie avait toujours répété que lire était une perte de temps ! De ses années d'enfance, elle n'avait gardé qu'une bonne capacité à compter. Pour le reste, disait-elle, il ne faut que du courage.

Bercé par ses paroles, Joseph s'était soumis à cette loi sans protester ni s'opposer. Pour lui, la vie se résumait d'abord à la terre et à son cycle rythmé par les saisons. Si Olympe lui proposait d'apprendre des rudiments de lecture, il se dérobait toujours avec l'une de ces pirouettes qu'il affectionnait : « Un type comme moi n'a pas besoin de ça, et d'ailleurs, à quoi cela me servirait-il ? » Il pointait son doigt vers le ciel, les arbres ou les champs : « Les livres ne m'ont rien appris ; eux, ils m'ont tout donné. »

En ce matin de Pâques, Olympe pensait à lui et à ses propos comme aux confidences d'un ami que l'on va bientôt quitter. Le fossé qui se creusait de plus en plus entre eux l'éloignait de lui. Il avait beau s'accrocher, chercher à la voir, à lui parler, chaque jour elle gravissait un sentier escarpé auquel il n'avait pas accès.

Elle réchauffa le grand bol de lait qu'elle avalait à son réveil. Ce jour de fête apportait une pause salutaire dans les longues semaines qui s'enchaînaient sans répit. Aujourd'hui, l'épicerie garderait sa porte close.

Son petit déjeuner pris, elle fit sa toilette et décida de s'installer au-dehors avec un livre de grammaire à la main. C'est là que Goudoux la trouva lorsqu'il surgit devant chez elle, l'air bouleversé :

— Mademoiselle ! Mademoiselle !

Olympe comprit qu'il avait dû courir, car il peinait à respirer et s'épongeait le front à l'aide d'un grand mouchoir. Elle se précipita.

— J'étais devant le café avec des amis, expliqua-t-il

tout de suite, quand une voisine des Verdier est venue nous prévenir : la femme de Georges est morte cette nuit.

Depuis déjà quelque temps, tout le monde, ici, s'attendait à cette disparition. L'état de Françoise Verdier inspirait les plus vives inquiétudes. En embauchant Olympe, Georges avait été formel : s'il arrivait malheur à son épouse, il vendrait l'épicerie-café et irait se retirer sur la terre qu'il possédait à l'entrée du village. Etant sans enfant, il ne voulait pas finir ses jours à s'activer du matin au soir, surtout si sa compagne n'était plus là.

Olympe regardait le sabotier sans le voir. Ce jour qui s'annonçait sous les meilleurs auspices n'était déjà plus qu'un rêve. A nouveau le cours de sa vie était suspendu à un fil. Plutôt que de se lamenter, elle décida de se rendre utile. La clef qu'elle détenait ouvrait à la fois le café et l'épicerie. Il valait mieux accueillir les clients à la sortie de la grand-messe. Son patron ne lui avait-il pas souvent dit que les plus grosses recettes étaient enregistrées les jours de fête carillonnée ? Sans hésiter, elle se rendit sur place.

Le défilé des habitués, renforcé par celui qui clôtura la fin de l'office religieux, confirma ses prévisions. Le café ne désemplit pas. Elle assura le service, un égal sourire aux lèvres. Certains, déjà éméchés, risquèrent quelques remarques qu'elle s'abstint de relever. Un fêtard, qui avait bu coup sur coup quatre verres d'alcool, essaya même de l'enlacer.

Elle s'apprêtait à le réprimander, lorsque deux mains neutralisèrent le gêneur et l'envoyèrent promener à l'autre bout de la salle. Aussitôt, toutes les conversations baissèrent d'un ton.

— Si quelqu'un la touche encore, fit alors la voix sonore de Barial, il aura affaire à moi !

Des regards en coin furent échangés, tandis que le fermier s'asseyait à une table en jubilant. Son arrivée au bon moment allait conforter ce qu'il laissait sous-entendre depuis longtemps. En défendant ainsi Olympe, il imposait sa loi de chef de meute. A l'image de loups respectant le mâle dominant, tous les autres hommes se soumettraient.

Trop affairée, Olympe ne se représenta pas le danger et ne fut sensible qu'à son geste. La nouvelle solitude de Séverin, qu'on voyait pousser le fauteuil roulant de sa femme, avait de quoi secouer les esprits les plus réfractaires. La rancune de la jeune fille s'était déjà muée en compassion lorsqu'elle lui servit le verre de vin qu'il avait commandé.

Avec la fin de la matinée, le café se vida peu à peu. Selon la tradition, dans chaque ferme ou maison, une grande tablée réunissait famille et amis. Olympe se retrouva vite seule devant un monceau de verres à laver. C'est alors qu'au fond de la salle elle aperçut Barial qui contemplait le sien, l'air absent.

— Désirez-vous boire autre chose ?

Il sursauta avant de regarder autour de lui.

— Pardon, dit-il, j'avais l'esprit ailleurs.

Il se leva, esquissa quelques pas vers la porte.

— Pardonnez-moi, reprit-il, il y a des moments où je ne suis plus moi-même.

— On doit vous attendre, improvisa Olympe. Votre fils est là, sans doute...

Un moment, il se tint près du seuil, le dos un peu voûté, les mains dans les poches, comme quelqu'un qui n'est pas pressé de partir.

— Le plus dur, murmura-t-il, c'est d'affronter le regard d'Elise. Il pèse sur moi comme un reproche vivant, il me poursuit jour et nuit alors qu'aucune phrase cohérente ne parvient à sortir de ses lèvres.

Soudain, il fit volte-face et s'approcha du comptoir derrière lequel Olympe, muette, l'observait.

— Pouvez-vous imaginer ce qu'est la lente agonie d'une bête blessée à mort ?

Jamais elle ne l'avait vu dans un tel état de détresse. Elle crut qu'il allait se mettre à pleurer, à moins que sa douleur ne reste sèche et aride comme ces terres brûlées qui se craquellent et se fendillent sans rien donner.

— Vous l'aimiez, n'est-ce pas ? demanda-t-elle.

Il ne répondit pas mais parut se ramasser sur lui-même.

— Personne ne peut comprendre, souffla-t-il.

Olympe avança la main et, du bout des doigts, caressa sa joue.

— Je crois que je le peux.

Presque aussitôt, il contourna le comptoir et l'enlaça, cherchant ses lèvres. Tandis qu'elle répondait à son baiser passionné, au-dehors, une ribambelle d'enfants proposant des œufs se répandit à travers la place et les ruelles. Par peur que l'un d'eux ne fasse irruption dans le café, Barial s'écarta. Il promit de revenir dès que possible, puis, en prétextant qu'il devait retrouver les siens, il s'échappa.

Olympe ferma la porte du café à double tour. Elle ne se sentait pas la force de poursuivre la tâche qu'elle avait commencée. Tant pis pour les clients qui tentaient déjà d'entrer ! Elle s'empara d'un papier et inscrivit dessus en lettres capitales : « Fermé pour cause de décès. » A l'aide d'une punaise, elle le fixa sur le bois extérieur de la porte et partit.

Çà et là, le ciel bleu se teintait de nuages plus sombres, mais la tiédeur du jour persistait. Indifférente, elle marcha vers la maison de Louise comme un automate. Trop d'événements se bousculaient. Entre la mort de Françoise Verdier et le baiser échangé avec Séverin, une fois de plus, sa vie éclatait. Qu'allait-il advenir, à présent ? Durant tout l'après-midi, elle ne réussit pas à fixer son attention. Les lignes des livres dansaient sous ses yeux et ses pensées vagabondaient d'un point à un autre. Des images de Pierre se mêlaient à celles de Séverin, formant un canevas dont elle perdait la trame et les fils. Seule l'envie de quitter le village dominait sa confusion.

Le soleil s'enfonçait dans un horizon virant au pourpre lorsqu'elle fut enfin sûre d'elle : elle devait s'établir dans un autre pays, s'éloigner de ces lieux qui ne lui avaient apporté qu'une petite halte sur le chemin lui restant à parcourir. Elle se mit à réunir ses affaires. Dès le lendemain matin, elle irait trouver Auguste Dutheil pour l'avertir de son départ, puis elle suivrait la route qui mène à Brive. Puisqu'elle avait toujours rêvé de la ville, le moment était venu de réaliser son projet.

Avant que le soir ne tombe, elle cueillit dans le jardin quelques primevères et décida d'aller les porter sur la tombe de Louise. Son bouquet à la main, elle s'apprêtait à franchir la barrière, quand la haute silhouette de Séverin réapparut devant elle.

— J'ai réussi à me libérer, fit-il, je vais pouvoir être tranquille avec toi.

Sans même remarquer qu'elle était sur le point de sortir, il l'attrapa par les épaules et l'entraîna vers la maison. Olympe ne résista même pas. A l'intérieur, il ôta sa veste et son chapeau avant de les poser sur l'un des bancs.

— Je ne pourrai pas m'attarder, prévint-il, mais c'est mieux que rien, n'est-ce pas ?

Déjà, il s'était rapproché d'elle et cherchait à l'étreindre. Elle laissa son bouquet de fleurs rouler vers le sol. Cet homme à la chevelure épaisse parsemée de fils gris, aux traits virils, aux épaules larges, combien de filles auraient aimé être dans ses bras ? Succomber au charme de ses yeux sombres et se laisser embrasser ? Séverin Barial était beau par cette puissance qui émanait de lui comme un magnétisme et par sa vigueur qu'on devinait à fleur de peau.

Il la serra contre lui, tandis qu'elle respirait son odeur d'homme pétri de terre et de chaleur. Mais quand il voulut l'embrasser de nouveau, elle émit une sorte de petit cri qui l'arrêta.

— T'ai-je fait mal ? s'inquiéta-t-il.

Olympe recula de quelques pas. Que pouvait-elle répondre ? Comment expliquer la fin brutale de son désir malgré tout ce qu'il incarnait ? A cet instant, l'élan qu'elle avait ressenti pour lui n'existait plus. Il était redevenu ce qu'il avait toujours été : un être prêt à tirer toutes les ficelles de la séduction pour parvenir à ses fins.

— Je ne sais pas ce que j'ai, dit-elle en s'asseyant, je me sens vide.

— Tu es peut-être malade ?

— C'est plus profond que ça, Séverin. Il vaut mieux que je sois franche. Je ne suis pas amoureuse de vous.

Le haut-le-corps qu'il essaya en vain de maîtriser trahit l'impact du choc qu'il encaissait. Ses traits se décomposèrent. Olympe n'osa même pas lever les yeux vers lui. Elle n'avait pas besoin de le dévisager pour deviner les batailles qui se livraient derrière son front.

— Bon, lâcha-t-il soudain, je reviendrai demain. Tu seras sans doute plus disponible !

— Ce n'est pas la peine. Je ne suis pas amoureuse de vous, répéta-t-elle d'une voix ferme.

Avant même qu'elle ne réalise ce qui se passait, il fonça sur elle et la saisit par les poignets en la tirant vers lui.

— Qu'est-ce qui te prend ? Tu joues les mijaurées, après tout ce qu'on sait sur toi ?

Il se mit à la secouer avec une telle force qu'elle s'affala sur le sol.

— Laissez-moi ! hurla-t-elle. Vous êtes odieux !

Barial, qui avait attendu ce rendez-vous comme on espère une juste récompense, ne voulait pas céder. Abdiquer, c'était renoncer, perdre la face. Il tordit les mains d'Olympe jusqu'à ce qu'elle gémisse. Puis, il tenta de l'amadouer en l'abreuvant de mots doux.

— Ma jolie, ma belle, ma toute petite, susurra-t-il.

Une seule chose comptait, qu'il possédât enfin la Couze et qu'on le sût. Comme il sentait qu'elle faiblissait, il tenta de relever sa longue jupe, certain de sa victoire. Alors, Olympe saisit son visage à pleines mains et, réunissant ses dernières forces, plongea son regard dans le sien :

— Pourquoi voulez-vous me détruire comme vous avez détruit Elise ?

Comme atteint par un projectile, il se figea. Son corps s'alourdit et la tension de ses bras se relâcha. La jeune fille en profita pour s'esquiver. A peine dégagée, elle se jeta sur un couteau de cuisine qui se trouvait sur l'évier.

— Partez ! Partez tout de suite !

Séverin avait perdu son arrogance. Il n'était plus le combattant qui dicte sa loi mais un être vaincu, dépassé par son propre destin.

— Je n'ai rien fait contre Elise, murmura-t-il, ce n'est pas moi.

— Elle vous a donné le meilleur de sa vie, vous n'avez pas le droit de l'abandonner.

Il porta la main à son visage comme s'il voulait dissimuler une honte :

— Taisez-vous !

Olympe ouvrit toute grande la porte. La nuit avait presque envahi le jardin. Au loin, des lumières éparses scintillaient aux fenêtres.

— Partez ! redit-elle, ni moi ni personne ne pouvons plus rien pour vous.

Il ramassa son chapeau et sa veste avant de s'engouffrer dans le courant d'air frais qui arrivait du dehors.

— Nous nous reverrons, lança-t-il, je vous le jure !

23

Olympe ne put fermer l'œil de la nuit. Plusieurs fois, elle vérifia si le verrou et les volets étaient bien fermés. L'image de cet homme qui avait failli abuser d'elle la renvoyait à un passé qu'elle était loin d'avoir oublié. Assise devant le cantou, elle regardait les flammes danser en pensant à Louise. Jamais elle n'avait eu autant besoin d'elle.

Vers le petit matin, entre deux courts assoupissements, elle jeta un coup d'œil sur le décor qui l'environnait. Quitter cette pauvre maison où Louise avait toujours vécu, n'était-ce pas donner raison à ceux qui n'attendaient qu'un signe de faiblesse pour la condamner à nouveau ? Barial était sans doute plus redoutable que les autres, mais l'hostilité des femmes du village existait encore et l'appétit de leurs hommes aussi.

Tandis qu'elle s'interrogeait, une intuition soudaine la poussa vers le lit. Elle souleva le matelas et passa la main au-dessous. Ses doigts rencontrèrent un objet froid et métallique : c'était le fusil dont s'était servie Louise pour la défendre. Persuadée que cette trouvaille correspondait à un signe de celle qui la protégeait encore, elle l'approcha de la fenêtre pour l'examiner. L'objet en lui-même ne l'intéressait guère. Par contre, le fait de l'avoir déniché à cet endroit alors qu'elle l'avait ignoré durant des mois effaçait en grande partie sa peur.

Elle posa l'arme contre le mur, derrière le petit tas de bois qui s'accumulait près de la cheminée. Bien qu'invisible aux yeux des éventuels visiteurs, il restait à portée de sa main. Rassurée, elle décida de se rendre chez Verdier. L'heure matinale lui fit redouter les sentiers trop déserts. Malgré un détour supplémentaire, elle préféra emprunter la route plus fréquentée. Elle arriva en même temps que le menuisier qui venait livrer le cercueil. Le cafetier n'avait pas lésiné sur les moyens. D'office, il s'était attribué les services d'un spécialiste qui travaillait à la perfection si l'on se montrait généreux avec lui. Le cercueil en beau bois de chêne clair ressemblait à une œuvre d'art, avec ses moulures et ses poignées ciselées.

— Bel ouvrage, n'est-ce pas ? fit l'artisan, content de lui.

Sa fréquentation presque quotidienne de la mort lui octroyait un détachement qui aurait pu passer pour de l'indifférence. En réalité, son constant souci de perfection masquait sa perpétuelle angoisse. Olympe, qui le savait, le complimenta sans retenue pour son travail.

Des voisines venues en renfort pour aider le malheureux époux avaient fermé les volets de la maison. Selon la coutume, elles avaient aussi drapé de voiles noirs les objets familiers, les glaces et même la ruche qu'on apercevait dans le fond du jardin. La jeune fille embrassa son patron sur les joues, avant d'aller bénir le corps de sa femme, revêtue de sa plus belle robe. Ceux du village qui n'avaient encore pu effectuer leur dernière visite à la défunte commencèrent à défiler en se signant. La maison se mit à bruire d'un va-et-vient silencieux, entrecoupé de prières et de quelques sanglots étouffés.

Le couple Verdier avait pignon sur rue. Connu et estimé de tous, il n'avait que des amis parmi les habitants.

Une fois son devoir accompli, Olympe choisit de se retirer. Georges avait-il seulement besoin d'elle ? Bien entouré, il était plus que soutenu dans son chagrin. Quant aux affaires concernant l'épicerie, ce n'était ni le moment ni l'heure pour les aborder. Comme l'entrée trop encombrée n'offrait aucune possibilité de passage, elle décida de sortir par une deuxième porte, qui s'ouvrait sur le jardin. Alors qu'elle était sur le point de s'en aller, elle sentit qu'une main emprisonnait son coude. En se retournant, elle se retrouva en face de son patron.

— Il faudrait que nous parlions, dit-il, mais demain, après la cérémonie, nous aurons plus de temps.

Ses traits altérés par la douleur et le manque de repos accusaient sa fatigue.

— Ne vous inquiétez pas ! répondit Olympe, nous avons tout le temps.

Derrière eux, le curé précédé d'un enfant de chœur descendait d'une carriole.

— Pardon, s'excusa Verdier, mais il faut que je les accueille. A demain, répéta-t-il, n'oubliez pas !

Ce fut une belle cérémonie, empreinte de dignité et de réserve. La plupart des villageois y assistèrent. De loin, Olympe reconnut Barial qui poussait le fauteuil roulant dans lequel sa femme avait pris place. Ni le lieu ni les circonstances n'autorisaient le moindre faux pas. Il la salua sans lui adresser la parole. L'abbé Vigier prononça une oraison pleine d'espérance et de foi qui suscita quelques larmes et parut réconforter Verdier.

Une fois l'inhumation terminée, le cafetier invita amis et voisins à partager *las mourtalhas*[1], un frugal repas au cours duquel aucune fourchette ne devait être utilisée. Olympe, qui n'avait pas été oubliée, y participa aussi. Avec le soir, après d'ultimes témoignages d'affection au veuf, tous se séparèrent. Bientôt, Georges se retrouva seul avec Olympe et une cousine de sa femme qui débarrassait les tables. Le vin servi durant le repas lui avait redonné des couleurs ; il paraissait résigné devant ce coup du sort contre lequel il ne pouvait rien. Voilà trois jours qu'Olympe attendait ce tête-à-tête avec lui. Pour elle aussi, le destin allait basculer ; il ne suffisait que de quelques mots.

D'abord, il la remercia d'avoir ouvert le café le matin du dimanche de Pâques.

— J'ai toujours su que je pouvais compter sur toi, souligna-t-il.

— Quels sont vos projets ? demanda Olympe, qui craignait que la conversation ne s'enlise dans de banales politesses.

La lèvre inférieure de Verdier s'allongea.

1. Les mortailles.

— Je ne t'ai jamais caché mes intentions si Françoise disparaissait...

— Le temps est donc venu de passer aux actes, compléta-t-elle.

Il écarta les mains comme s'il avouait son impuissance. Elle avait eu beau s'y préparer, ce nouveau tournant qui changeait le cours de sa vie était dur à admettre. Jusqu'au dernier moment elle avait espéré un revirement, une sorte de reconnaissance qui lui aurait offert une seconde chance. Depuis son altercation avec Séverin, chaque heure lui apportait son lot d'angoisse et d'insécurité. La vente du café-épicerie mettait un terme aux derniers espoirs qu'elle nourrissait. Elle s'efforça de sourire. Pourquoi lui dire qu'elle perdait même le goût de se présenter au certificat d'études ? Elle le remercia d'une petite voix, puis quitta la maison sans s'appesantir.

Au-dehors, après les petites pluies fines du matin qui avaient lavé la campagne, le ciel virait au sombre, annonçant la nuit proche. La maison des Verdier n'était pas très éloignée du cimetière ; elle se dirigea vers l'enclos qui abritait la tombe de Louise. C'est là qu'elle rencontra Joseph.

— Je voulais te voir, fit-il.

Après ce qu'elle venait de vivre, elle eut l'impression qu'il était le dernier être à la soutenir. Avant même qu'il ne fasse un geste, elle se jeta contre lui pour qu'il la serre dans ses bras.

— Qu'est-ce qu'il te prend ? s'étonna-t-il en la repoussant. Tu dois te tromper de personne...

— Pardon, je ne pensais pas t'offusquer.

Ce rejet s'ajoutait aux autres. Si même lui, à présent,

refusait ses élans d'amitié, chez qui rencontrerait-elle de l'indulgence ?

Elle prétexta un mal de tête subit et, après un rapide bonsoir, s'éloigna.

Lorsqu'elle rentra chez elle, un affreux sentiment de déception lui entravait la gorge. Comme un château de cartes s'écroule sous un souffle de vent, sa vie, ses combats se réduisaient en cendres. Dans la cheminée, sur le feu presque éteint, le récipient en fonte qui gardait toujours un restant de soupe était vide. Elle replaça le couvercle avant de le dépendre de la crémaillère. Une seule idée refaisait surface dans son esprit. Rien ni personne ne la retenait ici. Partir était un soulagement. Malgré sa fatigue, elle empila pêle-mêle ses affaires dans un grand balluchon de toile. Mis à part le soleil et la chaleur qui régnaient, elle remarqua que le jour de son arrivée elle était dans le même état, aussi démunie et inquiète. Le temps tournait-il donc sur lui-même ?

En guise de souvenir, elle enfouit *Les Grandes Espérances* de Dickens au milieu de ses vêtements, un livre qui appartenait à Louise et qu'elle avait lu et relu. Puis, comme la nuit était bien avancée, elle se pelotonna contre l'un des montants de la cheminée en attendant l'aube.

Quand on frappa contre la porte, dans un réflexe elle étendit le bras et s'empara du fusil qui était à portée de sa main. Tenant l'arme, le canon pointé en avant, elle se redressa.

— Qui est là ? interrogea-t-elle.

— Georges Verdier. Je voudrais te parler.

Le premier moment de surprise passé, elle réalisa qu'il valait mieux se débarrasser du fusil avant de l'inviter à entrer. Elle le glissa sous le lit, puis entrebâilla la porte. Une lampe à la main, le cafetier apparut devant elle, le front soucieux.

— Je n'arrive pas à dormir, dit-il seulement.

En pénétrant dans la minuscule pièce, il écarquilla les yeux comme s'il n'en revenait pas. Pas un instant il ne semblait avoir imaginé qu'Olympe puisse vivre dans cette maison où la pauvreté confinait à la misère.

— C'est la maison de Louise, expliqua-t-elle. Je n'y ai rien changé.

Verdier s'était déjà assis près de la table encombrée de cahiers et de livres.

— Je fais comme chez moi ! s'exclama-t-il, car j'ai pas mal marché pour venir jusqu'ici.

Olympe lui proposa un verre d'alcool de noix, mais il le refusa. Il paraissait plutôt tourmenté par quelque chose qu'il n'arrivait pas à exprimer. Plusieurs fois, il pianota sur la table en lançant des « Bon ! » et des « Bien ! » qui semblaient augurer une importante déclaration. Olympe allait lui poser des questions quand il remarqua le sac de toile posé sur le sol :

— Tu vas partir ?

— Oui. Plus rien ne me retient ici.

— Mais ton examen ? Et Dutheil ?

Elle avait envie de répondre que même Joseph se détournait d'elle, mais elle se tut et se contenta de s'occuper du feu pour éviter son regard et ses questions.

— Je sais pourquoi tu pars, lança-t-il au bout d'un moment, c'est parce que tu es déçue. Déçue par ceux que tu considérais, sinon comme des amis, du moins comme des alliés...

Au geste qu'elle fit, il devina qu'elle essuyait une larme.

— Ecoute, continua-t-il d'une voix plus basse, j'ai pris une grave décision, mais il me faut ton assentiment pour cela. Nous devons être d'accord tous les deux.

Un silence plana dans la pièce. Olympe accroupie, le tisonnier encore en main, peinait à respirer. Qu'avait-il donc inventé ? S'il avait fait tout ce chemin en pleine nuit, c'était bien parce qu'il avait quelque chose d'essentiel à dire. Déjà, elle redoutait le pire.

— J'ai plus du double de ton âge, poursuivit-il, tu pourrais trouver auprès de moi une épaule solide pour te guider ou te reposer.

Il n'avait pas besoin d'en rajouter. La jeune fille avait compris. Son épouse à peine disparue, il s'alignait sur les rangs, comme les autres. Elle ne lui en voulait pas vraiment. Sans le savoir, il lui fournissait un argument de plus, et non des moindres, pour s'en aller.

— Je vous suis reconnaissante de ce que vous avez fait pour moi, corrigea-t-elle tout de suite, mais, par respect pour la mémoire de votre femme, n'en dites pas davantage, je vous en prie !

Sa voix frémissait de colère et de tristesse. Véhémente, elle s'était tournée vers lui, prête à tout pour lui faire entendre raison.

— Françoise était d'accord, lâcha Verdier sans s'émouvoir, car c'est aussi en son nom que je suis là.

La bouche d'Olympe s'arrondit dans un « Oh ! »

qu'elle ne put réfréner. S'il ne désirait pas se marier avec elle, qu'avait-il donc derrière la tête ?

— Je n'ai pas d'enfant, reprit-il, puisque tu n'as pas de parents, j'aimerais t'adopter. Qu'en penses-tu ?

Elle éclata en sanglots.

24

Joseph s'allongea sur le sol parmi les herbes tendres qui tapissaient la terre comme un duvet. Mains croisées derrière la tête, il scruta le ciel où se détachait le disque blanc de la lune.

Ce qu'il venait de faire à Olympe le brûlait encore. Comme un enfant capricieux est capable de casser son plus beau jouet, il avait poussé son cynisme jusqu'à l'extrême et le savait. En la rejetant, il s'enfermait lui-même dans une prison.

Après l'avoir quittée, remâchant son amertume, il avait marché au hasard avant de rencontrer Verdier. En deux mots, alors qu'ils ne s'adressaient presque jamais la parole, il avait confié au cafetier qu'Olympe était malheureuse et qu'il fallait l'aider. Puis, sans autre explication, il s'était dirigé vers la ferme des Barial, près de laquelle il était encore.

Des jappements le tirèrent de ses divagations ; le chien de la ferme qui l'avait senti grattait de l'autre côté de la barrière en manifestant sa joie.

A voix basse, il l'appela du surnom qu'il lui avait toujours donné :

— Pichou ! Pichou !

Comme si les mois d'hiver et l'éloignement n'avaient pas existé, le chien lécha la main qu'il lui tendait à travers les claies de la barrière. Alors, comme il l'avait déjà fait des dizaines de fois, Joseph enjamba la clôture sans être inquiété, puis il rejoignit l'habituel tas de bois derrière lequel il se cachait.

A peine était-il à l'abri que la porte de la ferme s'ouvrit. Incités sans doute par la clémence du soir, trois silhouettes d'hommes se profilèrent sur le seuil. Joseph n'eut aucun mal à reconnaître la stature de Barial et celle de son fils, Jules. Par contre, c'est au son de sa voix qu'il identifia André Souillac dont la présence le surprit. Barial mettait-il en œuvre ses projets politiques ?

Intrigué par ce trio inattendu, il se colla contre le tas de bois pour mieux entendre.

D'abord, la conversation roula sur l'excellente potée qui avait été servie et cuisinée par l'épouse de Jules, puis elle se perdit dans les méandres de considérations routinières sur le temps. Enfin, Séverin invita Souillac à s'asseoir sur un banc proche de l'unique châtaignier qui poussait dans la cour. Là, il lui proposa de fumer une cigarette avant qu'ils ne se séparent.

En homme averti, Souillac parla des rumeurs de guerre qui s'amplifiaient et d'une crise mondiale dont les habitants du village étaient loin de soupçonner la gravité. Barial renchérit en imaginant ce que deviendrait la vie, ici, si les jeunes partaient. Le cas de Pierre fut cité en exemple. Souillac estimait que Marie ne pouvait sauver ni préserver la qualité du domaine à elle seule.

— Joseph est plutôt un handicap qu'autre chose ! constata-t-il. Le pauvre garçon ne peut lui être d'aucun secours...

— C'est bien pour cela que je lui ai toujours proposé d'acheter ses vignes, commenta le fermier. Mais elle est plus têtue que dix mules et trente-six cochons réunis !

— Moi, dit le maire, je suis allé beaucoup plus loin que toi.

Il tira quelques bouffées sur sa cigarette, tandis que Joseph, sans prendre garde aux aspérités et aux échardes, se plaquait davantage contre le bois.

— Et qu'as-tu fait ? s'enquit Séverin d'une voix bizarre.

Souillac éclata de rire.

— Je la demande en mariage depuis que sa fripouille de mari est parti !

Après un silence, Barial claqua ses mains sur ses genoux.

— De toute façon, déclara-t-il en se levant, je sais sur elle des choses que tout le monde ignore.

Au même instant, la porte de l'étable grinça.

— Patron, hurla le valet, vot' génisse met bas !

Dans l'affolement qui s'ensuivit, Joseph comprit qu'il n'apprendrait rien de plus et quitta la ferme. Les paroles de Barial résonnaient toujours à ses oreilles, mais il avait beau les retourner dans sa tête, elles lui semblaient vides de sens. Il marcha le long de quelques sentiers, buta contre des cailloux qui saillaient puis choisit de se terrer près d'une vallée qui bordait le Roseix.

L'eau avait toujours fait partie des éléments qu'il aimait et redoutait à la fois. Au-dessus de lui, dans le silence de la nuit, la lune éclairait à peine un ciel d'encre. Assis à même le sol froid, il ressentit sa solitude comme une épine s'enfonce dans la chair. Ses dix-huit ans lui paraissaient aussi dérisoires que sa vie dont il pouvait prédire le cours, pareil au courant de la rivière qu'il regardait couler à ses pieds. L'image d'Olympe le traversa, semblable à ces lucioles qu'il voyait briller à la surface des eaux. Une étincelle, voilà ce qu'elle représentait dans les jours gris de son quotidien. A personne il n'avait parlé de ce qu'il éprouvait pour elle. Pourtant, depuis qu'il l'avait rencontrée, il ne se sentait plus le même. Il posa son front en feu contre le tronc d'un arbre proche de lui. La rugosité de l'écorce en même temps que l'odeur fade et âcre de la mousse lui firent du bien. N'avait-il pas toujours trouvé dans cette nature qui l'entourait un remède à tous ses maux ? Il se recroquevilla au pied de l'arbre et remonta le col de sa veste. Marie venait de lui dire que l'honnêteté de Pierre n'était pas à mettre en doute et qu'elle ne tolérerait plus aucune remarque sur lui.

Louise disparue, à part Jamier, sur quel bras s'appuyer si sa propre mère le désavouait ?

Trop fatigué, il finit par sombrer dans un sommeil agité.

Un martèlement de sabots et des grincements de roues le réveillèrent. A moitié endormi, il jeta un coup d'œil autour de lui avant de se rendre compte qu'un jour timide commençait à baigner la vallée. Alors, il s'avança jusqu'à la crête du talus qui surplombait un chemin vicinal et risqua un regard. Une charrette, pleine de cageots et de légumes, était arrêtée en contrebas, et deux hommes, se tenant près d'elle, discutaient. A cause de la pénombre, il était difficile de distinguer leurs visages. Mais quand l'un des deux souleva sa casquette, médusé, il reconnut le profil de Pierre. Après un *«Au reveire !»* lancé sur un ton guilleret, le conducteur remonta dans sa charrette et mit son cheval en route.

Joseph se souvint que c'était jour de marché à Saint-Bonnet. Son frère avait dû profiter de la voiture d'un maraîcher pour se faire conduire jusqu'ici. Mais pourquoi était-il revenu ? Il le laissa prendre un peu de distance avec son balluchon de toile à l'épaule, avant de dégringoler du talus en glissant sur les herbes humides.

— Pierre, s'écria-t-il, attends-moi !

Le jeune homme se retourna, à peine étonné de découvrir son frère sur ce chemin encore désert. Les habitudes de Joseph lui étaient trop familières pour qu'il les oublie. Il se délesta de son sac et fouilla dans ses poches à la recherche d'une cigarette. Puis il le regarda s'approcher avec une méfiance qu'il ne parvenait pas à surmonter.

— Tu es donc de retour ? fit Joseph, dès qu'il fut en face de lui.

— A ton avis ? répondit Pierre d'une voix sèche. Ta veste et ton pantalon sont maculés de boue, continua-t-il. Tu as encore dû coucher à la belle étoile...

— Et toi, rétorqua Joseph, goguenard, tu as perdu

tes habits de prince. Oh ! pardon, je voulais dire, de régisseur.

Son ironie atteignit Pierre comme un soufflet. Il dut faire un effort pour ne pas bondir et le corriger. En face de lui, Joseph l'observait comme un combattant cherche à deviner la tactique de son adversaire pour mieux l'esquiver.

— Je sais que tu aimerais te venger sur moi, lâcha encore Joseph, mais je n'y suis pour rien si la Baronne t'a remercié !

Un quart de seconde, Pierre eut l'impression de chanceler, puis il se ressaisit et jeta au loin sa cigarette avant d'attraper son sac.

— Je rentre à la maison, fit-il. Pour le reste, ça me concerne.

Quand il déboucha sur la place, le café était ouvert et Verdier balayait la salle. L'avis de décès affiché par Olympe était toujours à la même place. Le cafetier le salua de l'inévitable : « Tiens ! Un revenant... » Puis, devant son regard qui s'attardait sur la pancarte, il se chargea lui-même de le mettre au courant :

— C'est Françoise, dit-il seulement.

Pierre essaya de bredouiller quelques mots de compassion, mais les civilités n'avaient jamais été son fort.

— Veux-tu boire quelque chose ? coupa alors Verdier. Ça t'aidera pour ton retour !

Le garçon accepta. Mieux valait en effet se donner du courage avant d'affronter les questions de Marie. Il commanda un verre de vin, puis s'aperçut avec effarement qu'il n'avait pas de quoi payer.

— Je suis désolé, s'excusa-t-il en repoussant son verre, je n'ai pas un sou sur moi.

— Offrez-le-lui ! s'exclama alors une voix féminine dans son dos. J'y tiens !

En se retournant, Pierre découvrit Olympe. Leurs regards se croisèrent sans qu'ils pensent même à se saluer. Seules les lèvres de Pierre murmurèrent un bonjour à peine perceptible. Verdier avança de nouveau le verre de vin :

— Si c'est Olympe qui le demande...

Le garçon ne savait plus comment réagir. L'apparition de la jeune fille le bouleversait à un tel point qu'il ne savait comment interpréter son geste.

— Ce sera le verre de l'amitié, dit-elle en le voyant hésiter, il ne faut pas le refuser.

— Alors, nous devons trinquer avec lui, reprit Verdier. L'amitié, ça se partage !

Il remplit deux autres verres avant de brandir le sien :

— A Olympe ! A celle qui va illuminer mes vieux jours !

Le verre que Pierre tenait s'échappa de ses mains et tomba sur le sol où il éclata en mille morceaux.

— Que je suis maladroit ! fit-il, décontenancé.

Il voulut éponger le vin qui s'était répandu, mais Olympe avait déjà pris une serpillière et un seau.

— Laissez, conseilla-t-elle, ce sera plus vite fait.

Elle ramassa le tout en quelques minutes, pendant que d'autres clients entraient. Comme abasourdi, Pierre regardait tour à tour le cafetier et Olympe sans comprendre. Cet homme déjà âgé, à la chevelure rare et grise, à l'embonpoint prononcé, comment avait-il pu la séduire ? Que cherchait-elle auprès de lui ? Verdier prit à témoin les clients qui s'attablaient :

— Olympe Verdier, n'est-ce pas un très beau nom, messieurs ?

Ils opinèrent en cachant tant bien que mal leur étonnement.

— Alors, vous êtes les premiers à le savoir, poursuivit-il, avant même que le décret ne paraisse dans le journal. Je vous présente Olympe, ma fille adoptive ! Désormais, elle portera mon nom.

Une salve d'applaudissements accompagnés de bravos éclatèrent dans la salle. Pierre vit le cafetier prendre Olympe par les épaules et l'embrasser sur le front.

— Elle me consolera de tout, déclara-t-il encore, c'est moi qui vous le dis !

Puis il proposa une tournée gratuite et les applaudissements redoublèrent.

25

Marie terminait ses comptes près d'un bol de soupe à peine entamé, lorsque Pierre entra.

Sa main, baignée par les premiers rayons de soleil qui traversaient la fenêtre, s'immobilisa au-dessus de la feuille noircie de chiffres. A la vue de son fils, ses yeux et sa bouche s'arrondirent.

— C'est toi ! fit-elle, comme si elle ne trouvait rien d'autre à dire.

Puis, dans un réflexe instinctif, elle lui proposa tout de suite de partager son repas.

Pierre s'assit à son ancienne place. Sur le sol de la salle, son sac plein à craquer montrait qu'il était là pour longtemps. De son œil aiguisé, Marie avait déjà tout remarqué, comme elle avait perçu ses traits fatigués et son manque d'assurance. Il n'était plus celui qui avait dicté ses ordres en partant, mais son Piarou qui avait perdu son panache et venait quémander sa protection. Sans grand appétit, il plongea sa cuillère dans le liquide épais qu'elle lui servit.

— Préfères-tu du fromage ?

Il secoua la tête, avant de s'enquérir des travaux les plus urgents, comme s'il désirait échapper à tout risque de tête-à-tête avec elle. En faisant semblant de rien, Marie le tint au courant des comptes, des terres à soigner et de l'état des vignes. Tandis qu'elle parlait, un étrange sentiment de joie émergeait en elle. Comme si le fait de le voir revenir lui remettait le cœur à l'endroit. Tous trois de nouveau réunis, la vie ici reprenait son sens. Après tout, qu'importait sa place de régisseur ! L'avoir auprès d'elle valait plus que tout l'or du monde. N'était-ce pas ainsi qu'elle concevait sa vie depuis qu'elle élevait seule ses deux fils ?

Une fois son bol fini, Pierre ouvrit son sac et sortit ses affaires. Plus de gants ni de costume au tissu coûteux ; les vieilles chemises avaient remplacé les habits de luxe. Il les plia avec soin avant de se diriger vers l'escalier.

— Je reprends ma chambre, décréta-t-il au bas des marches, Joseph retrouvera la sienne.

Marie le laissa monter. Puis elle ramassa les couverts et les bols avant de les déposer sur l'évier. Le soleil qui inondait une grande partie de la salle semblait fêter aussi le retour de Pierre. Pourquoi aurait-elle dû s'inquiéter ?

Elle ajusta son grand chapeau de paille noir sur la tête et sortit pour aller vers les vignes. Là, comme chaque matin, elle commença d'inspecter les ceps et les feuilles afin de traquer les pucerons ou autres insectes dévastateurs. Mais aujourd'hui, elle avait beau se persuader que tout allait recommencer comme avant, elle peinait à l'ouvrage. Sa curiosité refaisait surface malgré elle. Pourquoi Pierre était-il revenu si tôt ?

Que s'était-il passé chez les Laveaud ? Quand il rejoignit la cabane à outils pour s'emparer de la sulfateuse, elle ne put résister plus longtemps et s'approcha de lui.

— Tu as raison, commenta-t-elle, l'air de rien. J'ai détecté des taches suspectes sur certaines feuilles, il vaut mieux agir dès maintenant.

Pierre passa ses bras dans les deux sangles, tandis qu'elle ajustait le réservoir sur son dos. D'un geste, il dégagea le tuyau qui se terminait par une sorte d'entonnoir renversé. Ainsi, il n'avait plus qu'à actionner la pompe d'une main et, de l'autre, à maintenir l'embout au-dessus des feuilles.

— Merci, dit-il, je vais commencer par le haut.

Il se dépêchait d'accéder aux vignes les mieux exposées au soleil, lorsqu'il se rendit compte que Marie le suivait.

— A nous deux, nous serons de trop, dit-il, tu devrais plutôt regarder les dernières rangées, celles qui ont le plus souffert des intempéries.

Marie ralentit, prête à obéir, puis se ravisa :

— Dis-moi, fit-elle soudain, as-tu remboursé toute la somme empruntée ?

— Quelle somme ? demanda Pierre qui continuait sa montée.

— Voyons ! Tu le sais bien...

Il s'arrêta, tourna vers elle un visage irrité :

— Je n'ai rien emprunté, je ne sais pas de quoi tu parles.

Son mensonge la toucha au vif. S'il niait la vérité, c'est qu'il n'avait pas la conscience tranquille.

— Tu mens ! s'écria-t-elle, les cinq cents francs que

tu m'as donnés appartiennent à madame Laveaud, c'est elle-même qui me l'a dit.

Pierre, cette fois livide, toisa sa mère de toute la hauteur qui les séparait.

— Non seulement tu m'espionnes, mais en plus tu te mêles de ce qui ne te regarde pas. Je suis majeur et je n'ai plus de comptes à te rendre. Quand vas-tu cesser de me traiter comme un incapable ?

Il saisit sa casquette et la jeta avec violence sur le sol.

— Je suis revenu exprès pour t'aider et c'est comme ça que tu me reçois ?

La peur que tout se brise à nouveau fit reculer Marie. Des images qu'elle avait enfouies au plus profond de son être dansèrent devant ses yeux. Ce n'était plus Pierre qui vociférait ainsi devant elle, mais Justin, avec ses redoutables accès de colère qu'elle ne pouvait oublier.

— Tu mens, tu mens, répéta-t-elle plus bas.

Sans réfléchir, Pierre donna un coup de pied rageur dans un caillou qui se trouvait là. Mais il n'avait pas calculé sa trajectoire. Le projectile frôla si près la joue de Marie qu'il l'écorcha. Elle ne poussa même pas un cri. Seul un filet de sang se mit à couler.

Pierre arracha le harnais qu'il portait et se précipita. Mais sa mère avait déjà relevé le bas de son tablier pour tamponner tant bien que mal sa blessure et, d'un pas rapide, s'en allait.

Lorsqu'il voulut la rattraper, elle le chassa d'un « Va-t'en ! » qui le glaça. Puis, tenant toujours son tablier contre sa joue, elle continua son chemin.

Peu après, il entendit la porte qui se fermait et le bruit d'une clef qui tournait dans la serrure.

Il n'essaya pas de la rejoindre et s'appuya contre le grillage qui délimitait leur terrain. Parce que quelque chose venait de se casser en lui, il s'assit sur le sol sans faire attention aux graviers qui jonchaient l'allée. Là, il prit sa tête entre ses mains. La conscience d'un gâchis dont il se sentait responsable l'atteignait au cœur. Il imaginait sa mère avec son chagrin brut, murée dans un silence lourd de rancœur et de déception. Le poids de ce naufrage s'ajoutait à ce qu'il venait de vivre dans la ferme des Laveaud. Un sanglot le prit. Comment réparer maintenant ? Que dire ou raconter à Marie ?

Par crainte qu'on le surprenne, il planta ses ongles dans sa main et se griffa jusqu'au sang pour s'arrêter de pleurer. Puis il ramassa la sulfateuse et se remit au travail.

La veille, il s'était levé comme d'habitude, prêt à se rendre à la foire d'Allassac pour négocier l'achat de deux génisses. Cela faisait plus d'un mois qu'Anne lui rebattait les oreilles avec cette acquisition.

« Quand je louerai le taureau du père Bouin, répétait-elle, j'obtiendrai des veaux de toute beauté. En quelques années, je peux développer l'un des meilleurs cheptels de la région. »

Emportée par ses projets, elle avait même bâti des plans dont Pierre faisait partie. A lui donc de choisir les meilleures bêtes au meilleur prix.

Pour mettre tous les atouts de son côté, il avait enfilé son costume des grands jours et coiffé son chapeau de feutre neuf. Puis il était descendu dans la salle pour la soupe du matin. A peine était-il entré qu'une odeur inhabituelle avait chatouillé ses narines. Un parfum d'épices flottait dans l'air. Catherine l'avait salué du bout des dents tandis qu'il s'asseyait à table, devant son assiette et son couvert. Comme elle faisait semblant de l'ignorer, il voulut se servir lui-même. C'est alors qu'elle l'en empêcha.

— Cette soupe est pour Antonio, décréta-t-elle en ôtant la marmite.

— Ah ? s'étonna-t-il, et qui est Antonio ?

— C'est moi ! fit une voix avec un fort accent.

En se retournant, il se retrouva face à un gaillard au teint bis, à la chevelure aussi noire que les plumes d'un corbeau et qui paraissait le dépasser d'une bonne demi-tête.

— Antonio Pomonti, continua l'autre, toujours avec son accent prononcé, je suis le nouveau régisseur.

Un moment d'égarement saisit Pierre. Il se leva, cherchant Catherine des yeux, mais elle s'était éclipsée. Alors, pour gagner du temps, il passa la main dans ses cheveux. Se battre avec cet individu lui semblait dangereux. Rien qu'à la noirceur de son regard, à ses mâchoires carrées, il le devinait prompt à la riposte. De plus, sa taille lui donnait un avantage certain. Comme s'il était chez lui, l'étranger s'attabla à la place de Pierre et commença de manger. Par la fenêtre qui donnait sur la cour, Pierre aperçut Anne qui sellait Cendres. Il avait beau s'y attendre à plus ou moins long terme, jamais il n'aurait pu prévoir un revirement aussi soudain chez elle.

— C'est bon ! lâcha-t-il, j'ai compris.

Ecœuré, il remonta dans sa chambre et se déshabilla. Avant de repasser ses vieux vêtements, de colère il piétina son costume, puis entassa le reste de ses affaires dans son sac et redescendit.

Il traversa la salle à grandes enjambées sous le regard indifférent de celui qui avait pris sa place et s'empiffrait sans pudeur, une serviette blanche autour du cou. Avant de s'en aller, Pierre se posta en face de lui.

— Tu n'es peut-être pas là pour longtemps, railla-t-il, profites-en !

Au-dehors, il fut heureux que le soleil montrât son nez à l'horizon. Grâce à lui, la route serait moins pénible. Il s'apprêtait à ouvrir la barrière lorsque le cheval de la jeune femme fit une brusque embardée derrière lui.

— Ho ! s'écria sa cavalière en tirant sur le mors pour le calmer.

Ensuite seulement elle regarda Pierre.

— Bonne chance ! dit-elle.

Le garçon, qui cherchait une vengeance, se rebella :

— Je préfère t'avertir, je ne te rembourserai rien !

Elle n'émit qu'un petit rire avant d'inciter son cheval à se détourner.

— Je me suis assez amusée avec toi, lança-t-elle ; maintenant, tu m'ennuies.

Puis, elle mit son étalon au galop et disparut.

Tout à coup, un envol de passereaux qui s'ébattaient au milieu des vignes sortit Pierre de ses pensées. Les adieux de celle qu'il préférait désormais nommer la Baronne lui laissaient un goût de fiel dans la bouche. Après avoir cru atteindre le sommet de la hiérarchie sociale, il revenait dans son village aussi dépourvu que le jour de son départ. Et le drame qui venait de se jouer avec sa mère entachait encore plus son retour. D'un regard las, il suivit les passereaux jusqu'à ce qu'ils ne soient plus que de minuscules points noirs dans le ciel bleu. Puis il se tourna vers la maison où Marie terrait toujours sa solitude et souffrance. Pourquoi n'avait-il jamais réussi à lui dire combien il l'aimait ?

26

En quelques semaines, l'annonce fut officielle. Dorénavant, Olympe s'appellerait Verdier. La nouvelle se répandit dans le village comme une traînée de poudre. Du coup, le cafetier retrouva une seconde jeunesse. Son café restait ouvert plus longtemps et la voix de son propriétaire, qu'on n'avait plus entendue depuis des mois, se remit à chanter.

Abandonnant sur sa demande une maison où le souvenir de Louise était trop présent, Olympe avait élu domicile chez lui. Une vaste chambre lui fut réservée à l'étage, tandis que le cafetier gardait la salle du bas où se dressait le lit à rideaux qu'il avait toujours partagé avec Françoise.

Entre ses cours avec l'instituteur et la garde de l'épicerie, Olympe n'avait même pas le temps de voir les jours défiler. Après les fenaisons, elle fut la première étonnée de découvrir les tiges de blé dont les épis gonflés se balançaient sous le vent. Alors, elle sut que l'épreuve du certificat d'études se rapprochait et que son sort serait bientôt fixé.

Sous un ciel obstinément bleu, juillet ne tarda pas à s'esquisser.

La veille de l'examen, un défilé continuel dans la boutique s'accompagna des encouragements les plus divers. A part quelques-uns, personne n'omit de lui rappeler l'épreuve qu'elle allait devoir affronter.

Le lendemain, sous un soleil à son zénith, elle se plaça au bout de la file des élèves qui s'étaient réunis devant l'école. A sa vue, des échanges à voix basse mêlés de rires se déclenchèrent. Mais ce fut lorsqu'elle s'installa à l'une des tables à l'intérieur de la classe que la dissipation fut à son comble. Auguste Dutheil, qui devait surveiller les épreuves en compagnie d'une autre institutrice, dut intervenir avec vigueur pour que le calme revienne.

Midi sonnait lorsque les bancs de l'école se vidèrent. Une fois toutes les copies ramassées, l'instituteur adressa un regard interrogateur à Olympe. Elle avait failli perdre ses moyens en récitant tout haut une poésie de Théodore de Banville et la dictée ne lui avait pas semblé facile. Que répondre à son coup d'œil? Le doute qui s'ancrait en elle l'empêchait de se prononcer. Dutheil n'eut droit qu'à une grimace d'incertitude.

Dans la cour, des parents se joignirent aux enfants. Plus personne ne s'intéressait à elle dans l'avalanche de questions et de comparaisons qui allaient bon train entre les élèves. Elle s'éloigna en proie à une angoisse qui, elle le savait, ne s'apaiserait qu'avec les résultats.

Tandis qu'elle se dépêchait de traverser la route pour rejoindre le café, elle se retrouva face à deux gendarmes qui poussaient leur vélo à la main. Pour les avoir rencontrés quelquefois, elle connaissait leurs visages, mais sans plus. Elle crut qu'ils avaient besoin de quelque chose et vint au-devant d'eux, l'air affable. Le premier, qui paraissait plus grand et plus âgé que le deuxième, porta la main à son képi dans un salut presque officiel.

— Vous êtes bien mademoiselle Verdier, n'est-ce pas ?

Alarmée, Olympe hocha la tête.

— Je suis chargé de vous avertir qu'un accident s'est produit sur la route qui mène à Juillac…

La jeune fille ouvrit la bouche comme si elle voulait parler, mais aucun son n'en sortit.

— Votre père a été renversé par une charrette, continua-t-il. Il a été transporté à l'hôpital de la ville.

— Est-ce que... Est-ce que... répéta-t-elle sans pouvoir terminer sa phrase.

— C'est tout ce que nous savons, intervint l'autre. Il vaudrait mieux que vous vous rendiez sur place.

L'un après l'autre, les deux hommes enfourchèrent leur bicyclette.

— Pardonnez-nous ! Mais nous avons encore beaucoup à faire.

Olympe murmura un merci, tandis qu'ils la saluaient après un dernier « Bon courage ! mademoiselle ».

Elle mit la main devant ses yeux. La tension accumulée depuis des jours et la lumière trop crue du soleil l'éblouissaient. Les jambes flageolantes, elle tendit le bras pour tenter de se raccrocher à quelque chose, mais sa main battit dans le vide. Sa chute ne fut amortie que par deux bras énergiques qui la déposèrent avec douceur sur le sol. Une petite tape sur le visage lui fit rouvrir les yeux.

— Ça va ? demanda Dutheil en se penchant vers elle.

D'abord, elle acquiesça d'une voix faible, puis l'idée que Georges avait besoin d'elle la stimula. Un attroupement se formait déjà. Elle se cramponna à la veste du maître d'école :

— Pouvez-vous m'emmener à Juillac ? Je vous en prie, supplia-t-elle, il faut faire vite.

L'instituteur n'avait pas prévu une telle requête. Malgré toute sa bonne volonté, il n'avait qu'un vélo à mettre à sa disposition. De crainte de la décevoir, il passa en revue les personnes susceptibles de l'aider, mais toutes les voitures étaient réquisitionnées pour les travaux des champs et les moissons. Il allait demander à la ronde qui pouvait l'emmener, lorsqu'il aperçut une carriole qui s'arrêtait devant le café. Olympe, qui avait suivi son regard, se redressa comme elle put.

— Savez-vous où habite Georges Verdier ? leur cria le conducteur.

Comme sa question paraissait les étonner, il descendit de sa carriole et s'approcha.

— Je dois le ramener chez lui, expliqua-t-il, mais je ne connais pas sa maison. On m'a parlé d'un café...

Il désigna sa voiture :

— Il est là-bas, si vous voulez le voir...

En deux bonds, Dutheil fut près du véhicule. Là, il se tourna vers Olympe, pétrifiée, qui s'attendait au pire.

— Ses yeux sont ouverts et ses lèvres remuent, il n'est que blessé !

— Oui, renchérit l'homme, par chance, il n'a qu'une jambe brisée, c'est moi qui l'ai renversé à cause d'un arbre qui est tombé sur la route...

Mais Olympe ne l'écoutait plus. Accompagnée par quelques-uns de ceux qui s'étaient groupés autour d'elle pendant son malaise, elle essayait déjà d'extraire le cafetier de la carriole pour le rentrer chez lui. Bien en chair, Verdier pesait son poids. Ils se mirent à quatre pour le porter jusqu'à sa maison. Le cafetier, qui avait repris des couleurs, les injuriait copieusement à chaque secousse qui le malmenait. Enfin, ils réussirent à l'allonger sur son lit. Le conducteur de la carriole raconta qu'il avait reçu un coup d'essieu à hauteur de la hanche. Un médecin lui avait posé des attelles, mais Verdier avait refusé de rester à l'hôpital. «Je veux mourir chez moi», s'était-il obstiné à répéter.

Olympe versa quelques gouttes d'alcool fort entre les lèvres du blessé. Entre deux gémissements, il claqua sa langue comme un vieux connaisseur.

— C'est bon signe ! commenta l'un des hommes qui l'avaient porté.

— Le naturel revient ! souligna un autre.

Aussitôt, des rires les détendirent. Rassurés, ils le gratifièrent d'un *adissas* [1] chaleureux et unanime, avant de prendre congé en regrettant que le café soit fermé.

A son tour, le conducteur de la carriole serra la main d'Olympe en précisant qu'il habitait Chabrignac et que, s'il le fallait, il était prêt à participer aux frais des soins que nécessitait l'état du cafetier.

1. Adieu.

— Surtout, qu'il revoie le médecin, recommanda-t-il, on ne sait jamais !

Quand la porte se ferma, Olympe se tourna vers Dutheil qui s'était assis au chevet de Georges.

— Chut ! fit-il, je crois qu'il s'est endormi.

Elle lui indiqua le petit jardin qui s'étalait derrière la maison :

— Allons au-dehors ! invita-t-elle à voix basse.

Ils quittèrent la salle sur la pointe des pieds, puis traversèrent un couloir avant d'atterrir sous un auvent qui abritait un banc. Là, ils s'assirent l'un à côté de l'autre. Devant eux, un parterre de fleurs où butinaient abeilles et papillons s'étendait sous un soleil de plomb. Auguste sortit un grand mouchoir de sa poche pour tamponner les gouttes de sueur qui mouillaient son front.

— Avec tout cela, remarqua Olympe, je n'ai même pas pensé à vous offrir à boire.

Elle fit mine de se lever, mais il la retint par un bras.

— Restez ! Je voudrais vous parler.

Surprise, elle se rassit. Qu'allait-il donc lui dire alors que l'examen était terminé et que les résultats ne seraient affichés que dans quelques semaines ?

— Olympe, déclara-t-il en triturant son mouchoir avec nervosité, je vais me marier.

Derrière sa déclaration sans joie, il y avait quelque chose d'obscur qu'elle ne parvenait pas à s'expliquer.

— Je suis contente pour vous, dit-elle, mais pardonnez ma franchise ! Vous ne semblez pas heureux...

— Ce mariage est un arrangement, lança-t-il d'un trait, mes parents m'ont trouvé une jeune fille sans que j'aie le moindre mot à dire.

— Vous pouvez refuser, improvisa Olympe qui ne voyait pas où il voulait en venir.

— Non, parce que celle que j'aime de toute mon âme est une femme qui ne me regarde même pas...

— Ah ! fit Olympe.

En réfrénant toute trace d'émotion, elle s'efforça de plonger ses yeux dans le lointain, tandis qu'il la dévisageait avec insistance comme s'il espérait un signe. Elle avala sa salive puis se mit debout.

— Excusez-moi, je dois aller auprès de celui qui est mon père, à présent. Je vous souhaite d'être très heureux quand même. Vous le méritez tant !

Il la vit rentrer avec précipitation dans la maison. Alors, seulement, il quitta le banc.

Les oreilles d'Olympe bourdonnaient et sa tête était en feu lorsqu'elle se pencha au-dessus du lit de Georges. Celui-ci, les yeux grands ouverts, paraissait la guetter. Elle s'empressa auprès de lui comme si elle devait se faire pardonner.

— Voulez-vous manger ou boire quelque chose ?

Au lieu de répondre, il l'attrapa par un bras et scruta son visage :

— Tu es plus pâle que d'habitude, que t'arrive-t-il ?

— Un peu de fatigue sans doute.

La main du cafetier se durcit sur son bras.

— Ecoute ! Si quelqu'un t'embête, il me restera toujours assez de force pour te défendre. Tu n'as que son nom à me dire.

Sans brusquerie, elle se dégagea de son étreinte.

— Tout va bien, il faut penser à vous, maintenant.

A travers la vitre, elle lui montra le ciel bleu où ne se chevauchaient que quelques nuages blancs.

— Avec ce beau temps-là, poursuivit-elle, les clients doivent se bousculer devant le café. On a besoin de vous.

— Et toi, as-tu besoin de moi ?

Déconcertée, elle laissa passer un silence.

— Je crois que oui, souffla-t-elle.

Il fallut encore quelques jours avant que le cafetier ne se remette debout. Toutefois, sa jambe enserrée dans deux attelles ne l'autorisait guère à de grands déplacements. Le médecin, puis le rebouteux vinrent le visiter. Le premier l'avertit qu'il en avait au moins pour trois mois avant de remarcher sans béquilles. Le deuxième, convoqué pour ne rien laisser au hasard, lui déclara le contraire.

— Tu es assez fort pour que je te livre le fond de mes pensées, dit-il. Un os broyé ne repousse pas. Je crois que tu ne pourras plus jamais te déplacer normalement.

Verdier reçut ces avis sans s'émouvoir.

— Finalement, déclara-t-il à Olympe qui s'occupait de lui avec dévouement, si je comprends bien, c'est le bon Dieu qui décidera !

La fermeture provisoire du café plongea le village dans la consternation. La plupart des anciens clients prirent l'habitude de venir saluer le cafetier chez lui. Certains lui proposèrent même de l'amener en carriole le matin et de le reconduire le soir. En fait, personne n'arrivait à s'accoutumer à la porte close de ce lieu de rencontres privilégié qui concentrait toutes les nouvelles du pays. La fin du mois de juillet se profila sans que Verdier ait trouvé une solution.

Un matin, alors qu'une moissonneuse-batteuse à vapeur faisait une entrée triomphale dans l'un des champs de blé des Barial, Olympe fut la première à se poster devant la mairie.

Très vite, une file se forma derrière elle. Au bout de trois quarts d'heure, la forte chaleur obligea la jeune fille à s'asseoir dans un coin d'ombre, sur le perron.

L'angoisse qui n'avait pas cessé de la ronger asséchait sa bouche et rendait ses mains de plus en plus moites. Enfin, vers dix heures, l'adjoint au maire apparut sur le haut des marches. Il fut accueilli par un silence instantané. Pénétré du devoir qui lui incombait, il afficha avec application la liste des candidats reçus au certificat d'études. A peine avait-il tourné les talons qu'une nuée d'élèves et de parents se ruèrent pour lire. Olympe, qui n'avait ni l'envie ni le cœur à jouer des coudes, assistait, impuissante, à cette bousculade, lorsqu'un client du café passa près d'elle.

— Bravo ! fit-il.

Elle voulut l'interroger pour en apprendre davantage, mais il avait déjà accéléré le pas et s'éloignait. Alors, prenant son courage à deux mains, elle fendit la foule pour se frayer un passage. Au bas de la liste, son nom se détachait bien en lettres capitales. Ivre de joie, elle se retourna, prête à embrasser la première personne qui se présenterait. Mais son désir mourut sur place. Autour d'elle, les enfants et les parents, qui avaient commencé à s'écarter, regardaient s'arrêter une luxueuse automobile décapotable. Ses roues à rayons rutilaient sous le soleil et des rubans blancs étaient accrochés aux portières. Un couple d'un certain âge se tenait à l'avant, tandis qu'à l'arrière, Auguste Dutheil, en habit, était assis aux côtés de sa future épouse. Les portières s'ouvrirent. Tout de blanc vêtue, la jeune femme adressa des sourires aux badauds qui applaudissaient et criaient « Vive la mariée ! ». Seule Olympe fixait le couple sans savoir ce qu'elle devait faire. Quand le maître d'école monta les marches, il lui lança un tel regard qu'elle dut baisser les yeux.

27

Olympe prit ses jambes à son cou et courut le plus loin possible avant de s'écrouler à bout de souffle sur un chemin ombragé. Comment oublier la violence et le désespoir qui se lisaient dans ces yeux-là ? Sa victoire avait aussi le goût d'une défaite dont elle ne se sentait pas responsable. Avec soulagement, elle s'aperçut qu'une rangée de sapins l'abritait des curieux. Alors, elle enfouit son visage dans les herbes et les fleurs qui s'entremêlaient devant elle. Pleurer tout son saoul, n'était-ce pas le meilleur moyen de se libérer ?

Le frôlement d'une main sur son épaule la fit tressaillir.

— Olympe ! entendit-elle, pourquoi pleures-tu ?

Elle releva la tête en s'essuyant les yeux. Pierre, qui avait abandonné sa faux plus loin, était accroupi auprès d'elle, ses manches de chemise relevées.

— Pourquoi pleures-tu ? demanda-t-il encore.

Que pouvait-elle répondre alors que ce jour aurait dû être l'un des plus beaux de sa vie ? Une vague de larmes la saisit de nouveau ; elle se réfugia dans les bras tendus du jeune homme. Autour d'eux, les sifflements des lames qui coupaient les blés et les seigles se joignaient aux bruits de roue des gerbières et aux voix des moissonneurs. En la tenant serrée contre lui, Pierre se retenait presque de respirer. Il se mit à lui caresser les cheveux.

— Le bonheur n'est plus ici, murmura-t-il, il faut que nous partions, toi et moi. Nous devons fuir ce village et aller bâtir notre vie ailleurs, là où tu le voudras.

Il tourna son visage vers elle et, du bout des doigts, effaça les traces de larmes mêlées de poussière qui maculaient ses joues.

— Nous allons partir, répéta-t-il, loin des ragots et des mesquineries. Je t'épouserai, nous aurons les plus beaux enfants du monde. Je te le jure, je te rendrai heureuse !

Ses yeux rayonnaient d'une telle sincérité qu'Olympe était prête à le croire. Partir ainsi pour construire une vie à deux, n'était-ce pas le plus beau des rêves ? Georges, elle en était certaine, ne s'opposerait pas à ce départ. Le seul obstacle risquait d'être la mère de Pierre dont elle connaissait par ouï-dire le caractère difficile.

— Comment feras-tu avec ta mère ?

Il jeta un coup d'œil vers le champ où Marie était occupée à entasser des gerbes avec Joseph. D'ici, il pouvait encore voir le pansement qui barrait sa joue.

— Ce soir, fit-il, sans répondre à sa question, après l'angélus, je serai devant le cimetière, tu viendras m'y rejoindre.

— Et ensuite ? demanda-t-elle.

— Nous marcherons pour atteindre Brive. Là, nous aurons tout le temps pour nous organiser.

Un appel de sa mère qui le cherchait l'interrompit.

— Je dois y aller, chuchota-t-il. N'oublie pas ! A ce soir !

Il ramassa la faux qu'il avait posée contre un arbre et se hâta vers celle qui s'inquiétait de son absence.

Olympe attendit qu'il reprenne son travail pour s'en aller. Sa proposition avait balayé la tristesse qu'elle ressentait. Avec lui, le bonheur semblait facile, il ne tenait qu'à elle de décider. De loin, elle l'observa. Beau garçon, il l'était jusqu'au bout des ongles. Son corps qui fléchissait au rythme de ses bras attirait les regards. A l'ombre des grands arbres qui bordaient les champs, elle imaginait les réflexions des filles et de leurs mères, occupées à tisser des liens de paille. Une petite pointe de fierté la piqua. Mais comment allait-elle annoncer la nouvelle à Georges ? Et surtout, qui la remplacerait à l'épicerie ? Pensive, elle prit la route qui menait chez son père adoptif.

Arrivée à proximité de la place, elle s'étonna de voir des gens qui entraient et sortaient du café, parlant haut et fort comme s'il se passait quelque chose d'anormal. Elle pressa le pas et s'arrêta devant la porte ouverte sans en croire ses yeux. A l'intérieur, sur une grande tablée recouverte d'une nappe blanche, des bouteilles de vin côtoyaient une dizaine de verres. Autour de la table, amis ou clients de l'épicerie et du café étaient rassemblés. Parmi eux, elle reconnut l'abbé Vigier. Tous et toutes semblaient attendre le signal de Verdier qui, appuyé sur ses béquilles, surveillait l'entrée. Dès qu'Olympe apparut, des bravos et des hourras s'élevèrent, tandis que Georges, d'une main hésitante, commençait à remplir les verres.

C'est ce geste qui sauva Olympe des larmes. Les efforts du cafetier pour se tenir en équilibre et servir les convives en même temps l'alertèrent. Sous les acclamations qui continuaient, elle se précipita pour l'aider.

Le calme revenu, avant de lever son verre, Georges demanda au curé de prononcer un discours. Ce dernier ne se fit pas prier. Sans oublier de mentionner l'influence de Louise, il loua les capacités d'Olympe et se réjouit qu'elle ait enfin trouvé une famille. Puis, il lui remit la cocarde des lauréats qu'elle épingla sur son corsage sous un nouveau tonnerre d'applaudissements. Après seulement, tous trinquèrent au succès de celle qui, maintenant, avait sa place dans le village.

Quand le soir tomba, encore étourdie par sa journée mouvementée, Olympe s'aperçut avec effroi qu'elle n'avait encore rien dit à Georges sur son rendez-vous avec Pierre. Ragaillardi par l'atmosphère de fête qui avait baigné le jour, Verdier semblait galvanisé. Même s'il traînait la jambe, il projetait de rouvrir le café et de reprendre sa place.

— Mes allées et venues seront plus longues, c'est tout ! décréta-t-il.

Comme un enfant ne tient pas en place à l'approche de Noël, la réussite d'Olympe le mettait dans tous ses états. Elle avait beau tenter de l'apaiser, il n'écoutait que cette musique intérieure qui le portait en avant. Au premier tintement de l'angélus, il en était à lui proposer de poursuivre ses études et de laisser l'épicerie.

— Je paierai tout, promit-il, tu n'auras aucun souci à te faire.

Prétextant une visite urgente à l'instituteur, Olympe dut couper court à son enthousiasme. Quand elle sortit, le carillon de l'église s'était tu. Sous un soleil qui n'était plus qu'un demi-disque de feu derrière les collines, elle se dirigea vers le cimetière. A son approche, Pierre, qui était assis un peu à l'écart, se redressa.

— J'ai eu peur que tu ne viennes pas ! fit-il.

Il portait un sac en bandoulière et sa veste sur l'épaule. Tout de suite, il remarqua qu'elle n'avait rien emporté.

— Tu n'as pas pris d'affaires ?

Après avoir remis en ordre la salle du café, Olympe n'avait même pas pensé à ôter le tablier qui protégeait sa longue jupe. Elle se tenait devant lui, mains croisées, sans rien dire. Il comprit que quelque chose avait dû la faire réfléchir et qu'elle s'interrogeait.

— Tu ne veux plus me suivre ? questionna-t-il.

Olympe tourna la tête de droite à gauche.

— Je ne peux pas, c'est impossible.

— C'est à cause de Barial ?

— Non, répondit-elle d'une voix ferme.

Pierre avait rusé pour s'échapper sans être importuné. Durant des heures, il avait imaginé comment fuir avec elle et la rendre heureuse malgré tout. Dans le fond de sa poche, les quelques sous qu'il avait réussi à collecter cliquetaient à chacun de ses gestes. Une telle déconvenue se peignit sur ses traits qu'Olympe voulut prendre sa main, mais il la rabroua.

— Tu n'es plus la Couze, fit-il, tu n'es plus celle qui

vivait comme une sauvageonne et se battait contre vents et marées, prête à refaire le monde.

Un petit rire amer se perdit dans le fond de sa gorge :

— Tu es Olympe Verdier, la lauréate, et cela change tout !

Il enfila sa veste et commença de s'éloigner. Olympe s'élança vers lui :

— Je ne peux pas décevoir celui qui m'a reconnue comme sa fille, il a besoin de moi.

Elle saisit Pierre par sa veste :

— Peux-tu seulement le comprendre ?

Il la repoussa d'une telle secousse qu'elle s'affala sur le sol où elle resta prostrée.

— C'est la Couze que j'aimais, hurla-t-il, souviens-toi, la Couze !

Et il disparut derrière des bosquets et des arbres dont les feuillages se teintaient déjà de nuit.

Lorsqu'elle rentra dans la maison qui était désormais la sienne, elle trouva le cafetier endormi devant le cantou où vivotait un petit feu. Sur la table, un couvert et une assiette garnie de tourtous[1] encore chauds l'attendaient. Georges avait dû préparer le plat qu'elle préférait, puis, vaincu par la fatigue de cette journée, il avait fini par sombrer dans le sommeil. Elle s'efforça de ne pas faire de bruit et le regarda dormir. Abandonné ainsi, il respirait une jovialité tranquille. Sa réputation de bon bougre toujours prêt à blaguer sous des dehors parfois bourrus était proche de la vérité. Il n'y manquait que

1. Crêpes de blé noir.

son côté un peu vif qui le faisait s'énerver lorsqu'un client trop éméché réclamait encore à boire.

Combien de fois ne l'avait-on vu, à la nuit tombée, ramener sur son dos jusque chez lui l'un de ces buveurs ivre mort ?

Entre Olympe et lui, il n'y avait jamais eu de signe débordant d'affection. Leur histoire s'était plutôt nouée comme un fil qui relie deux êtres marqués par la solitude. Verdier n'avait jamais abordé la question de l'héritage, mais bien souvent il faisait allusion à son avenir de femme et aux enfants qu'elle aurait.

Sentant sans doute sa présence, il ouvrit un œil.

— Tu n'as pas faim ? demanda-t-il en découvrant les tourtous refroidis.

Olympe n'avait pas le cœur à manger. Pires que des blessures, les paroles de Pierre avaient détruit quelque chose en elle. Ce qu'elle venait de gagner à force de persévérance se perdait dans le non-sens et l'absurde. Elle arracha la cocarde qui ornait encore son corsage et vint s'asseoir, silencieuse, aux côtés du cafetier. Ce dernier regardait le feu qu'il avait allumé et qui s'éteignait dans de petits craquements.

— Est-ce Pierre ou Joseph ? demanda-t-il soudain.

Olympe sursauta. Mais, les sourcils froncés, il continuait à observer le feu comme si de rien n'était. Jamais elle ne lui avait soufflé le moindre mot sur sa relation avec Pierre.

— Tu ne souhaites pas me le dire, n'est-ce pas ? reprit-il.

— C'est Pierre, lâcha-t-elle enfin, il aurait voulu que nous partions en cachette.

— Comme l'a fait son père ! souligna aussitôt Verdier. Bon sang ne saurait mentir !

Il se mit à rire puis, tout à coup, redevint grave :

— Ces rêves-là échouent toujours. On ne peut pas construire une vie en semant le malheur derrière soi.

— Vous voulez parler du chagrin de ceux qui restent ?

— Oui, fit-il, on n'oublie jamais.

28

Une pluie fine heurtait le toit et les carreaux de la fenêtre, mais Jamier n'y prêtait guère d'attention. Voilà plusieurs jours qu'il s'évertuait à réparer la roue d'une charrette qui résistait à toutes ses tentatives. Il faut dire que le choc avait été terrible. Tous les habitants du village s'en souvenaient encore. En haut de la côte qui dominait le bourg, une voiture attelée, en provenance d'Artigeas, avait débouché à vive allure sans prendre garde à une charrette remplie de gerbes qui venait de quitter son champ. Dépêchés sur les lieux, les gendarmes avaient dû abattre les deux bêtes dont l'agonie faisait peine à voir. Parmi les occupants des véhicules, on avait compté un mort et un blessé grave. Cet accident avait endeuillé la fin des moissons.

Jamier tapa du pied en jurant. La roue semblait trop abîmée pour être remise en état. Tant pis pour le propriétaire de la charrette qui lui avait confié le travail ! Il ne pouvait réaliser l'impossible. Il posa ses outils, écouta la pluie tomber, puis rejoignit le tonneau derrière lequel il dissimulait toujours une bouteille. Une bonne rasade, n'était-ce pas ce qu'il y avait de mieux pour se remettre le cœur à l'ouvrage ? Il ôta le bouchon et plaça le goulot entre ses lèvres en pensant à Joseph. Depuis combien de temps ne l'avait-il pas vu ? Cinq, six jours, une semaine peut-être ?

Lors de leur dernière entrevue, la mine défaite du garçon l'avait alarmé. Il ne parlait que de cette fille qu'on surnommait la Couze et dont la photo, aux côtés du maire et de l'instituteur, était parue dans le journal. Quelque chose le bouleversait dans cet événement : une sorte de jalousie mêlée de ressentiment, comme si cela lui arrachait une part de lui-même. Jamier en avait conclu qu'il aurait souhaité être à sa place. « Tu n'as qu'à te présenter aussi au certificat, avait-il suggéré, tu en es capable… » Mais sa réflexion avait déclenché une colère inattendue. « Tu ne comprends rien ! » s'était exclamé Joseph en se dirigeant vers la porte de l'atelier. Avant de sortir, il l'avait regardé une dernière fois. « Je l'ai perdue, tu entends ce que je te dis ? Et elle était devenue toute ma vie », avait-il ajouté dans un murmure. Puis il avait fermé la porte sans répondre à la voix de Jamier qui le rappelait en vain.

Cet épisode avait marqué le charron comme s'il découvrait une vérité trop longtemps cachée.

Joseph, celui qui avait la réputation d'avoir la dent dure et de se complaire dans une solitude choisie, pouvait être amoureux comme n'importe quel garçon de son âge. Aujourd'hui encore, il s'en voulait de n'avoir rien décelé à travers la carapace dont l'infirme avait soin de s'entourer.

L'artisan s'approcha de la fenêtre et colla son nez

contre la vitre. Peut-être allait-il le voir apparaître sur la route ? Ce jour gris aurait été propice aux échanges, voire aux confidences. Il inspecta le ciel : pas une éclaircie ne semblait se dessiner, et les rares charrois qui passaient faisaient gicler l'eau des grandes flaques boueuses qui recouvraient la chaussée. Un long moment, il resta songeur jusqu'à ce qu'une belle voiture attelée dont la capote en cuir avait été relevée ralentisse devant l'atelier. Son conducteur, bien enveloppé dans une cape, jeta un coup d'œil autour de lui, puis, après avoir flatté son cheval, il descendit et s'approcha. Trop content d'avoir une visite, Jamier s'empressa :

— Puis-je vous aider, monsieur ?

Les deux hommes se dévisagèrent. L'inconnu qui avait une courte barbe poivre et sel, taillée avec soin, souleva le large chapeau de feutre qui ombrait son visage :

— Etes-vous Jamier, le charron ?

L'artisan était certain d'avoir vu cet homme quelque part mais il ne savait ni où ni quand.

— C'est moi, répondit-il en plongeant son regard dans celui de son interlocuteur.

L'homme le saisit par un bras :

— Je voudrais vous parler tranquillement, j'ai besoin d'être seul avec vous.

Etonné, Jamier le fit entrer.

— Etes-vous sûr que personne ne viendra ? reprit son visiteur avec une insistance déroutante.

— Je ne reçois pas de voleur chez moi ! proclama alors le charron ; si vous désirez vous cacher, allez vous adresser ailleurs !

Sans relever sa remarque, l'inconnu déposa sa cape et son chapeau sur une caisse qui se trouvait là. Comme il lui manquait des cheveux, Jamier vit tout de suite la cicatrice blanche qui balafrait sa nuque.

— Nom de Dieu ! jura-t-il soudain. Justin !

Comment aurait-il pu oublier la mémorable bagarre qui avait valu à l'époux de Marie le coup de crosse vengeur d'un chasseur ?

— Je suis content que tu m'aies reconnu, fit l'autre en lui tendant la main. Nous avons sans doute bien changé, toi et moi, mais je te considère toujours comme un camarade.

Jamier ne lui serra pas la main. Le premier moment de surprise passé, il recouvrait déjà son sang-froid et prit un outil au hasard comme s'il était pressé de travailler.

— Tu n'aurais pas dû revenir ! fit-il.

— Drôle d'accueil ! commenta Bourzat en laissant retomber sa main.

— A quoi t'attendais-tu ? Tu es parti dix-huit années sans donner de nouvelles et tu voudrais qu'on te fasse la fête ? Seul un chien en est capable !

La figure de Justin s'allongea. Le charron n'y allait pas par quatre chemins. Au moins, on ne pouvait lui reprocher son manque de franchise.

— Je ne viens pas pour m'attarder, expliqua-t-il, je vais quitter le pays pour aller m'établir à Madagascar. Il paraît qu'on peut y faire fortune dans la culture des cannes à sucre.

— Mada... quoi ?

— Ma-da-gas-car, reprit Bourzat en détachant chaque syllabe, dans les colonies, si tu préfères...

— Alors, il fallait y aller sans repasser par ici, lança l'artisan en se penchant de nouveau sur la roue qui le préoccupait.

— C'est bon ! déclara l'autre, je te remercie pour ton accueil. Maintenant, je vais saluer Marie et les enfants.

Il ne put même pas ouvrir la porte de l'atelier. La main de Jamier s'abattit sur son épaule et l'obligea à pivoter vers lui. Le charron n'était guère plus grand que lui, mais sa carrure et ses bras musclés donnaient à réfléchir.

— Si tu vas voir Marie, menaça-t-il, je te jure que tu retrouveras tes colonies, les pieds devant !

Bourzat essaya de se dégager, mais Jamier l'empoigna par le col de sa chemise et le plaqua contre le bois de la porte.

— Ecoute-moi bien ! Ça ne me regarde pas, tes histoires, mais je ne te laisserai pas faire n'importe quoi. Ce que Marie a réussi à tirer du misérable carré de vignes que tu avais planté, jamais tu n'aurais été capable de le faire. Et tu reviens pour soulager ta conscience, avant de l'abandonner de nouveau pour qu'elle en meure ? Parole de Jamier, tu n'es qu'un salaud !

L'autre n'en menait plus large. Ce n'était pas l'injure de l'artisan qui le touchait le plus, mais le plan qu'il avait construit dans sa tête et qui s'écroulait. Alors qu'il avait cru être accueilli, épaulé par un ami, ce retour s'annonçait comme une débâcle.

— Calme-toi ! dit-il, ce n'est pas la peine de te mettre dans des états pareils.

Le charron desserra son étreinte, mais ses yeux lançaient des éclairs.

— Va-t'en ! lâcha-t-il, tu as fait trop de mal.

— J'avais amené de l'argent, tenta de se justifier Bourzat comme s'il cherchait encore à se racheter une conduite.

Jamier ne répondit pas. Il avait déjà récupéré sa gouge et assénait des coups assourdissants sur une tôle sans plus s'occuper de lui.

Alors, Bourzat entrebâilla la porte et se faufila à l'extérieur pour rejoindre sa voiture.

La pluie continuait à tisser un rideau de bruine tiède. Il se dépêcha de remettre son cheval au trot. Quand il fut assez loin du hangar, de peur que sa mémoire ne lui joue des tours, il repéra un cantonnier qui nettoyait le bord d'un chemin.

— Est-ce bien la route qui mène chez Marie Bourzat ? demanda-t-il.

— Vous parlez du Domaine, sans doute ? rectifia l'ouvrier. Vous le trouverez au bout du village.

Justin remercia et continua. La peur qu'on le reconnaisse le taraudait, et les menaces de Jamier n'avaient rien arrangé. Son chapeau bien enfoncé sur sa tête et sa cape ne suffiraient pas. Heureux du mauvais temps qui n'incitait guère les gens à se promener, il fit grimper rapidement la côte à son cheval, trop avide de revoir au moins une fois les lieux où il avait vécu. Il gara sa voiture derrière des chênes qui bordaient la route, puis parcourut à pied la distance qui le séparait de la maison.

Au bas de l'allée qui conduisait au perron, il écarquilla les yeux. Rien, il ne restait rien de la petite maison de vigneron qu'il avait connue. La bâtisse qui s'élevait sous ses yeux avait l'allure fière d'un habitat presque bourgeois. Quant aux vignes, elles envahissaient tout le coteau. Le cœur battant, il décida d'entrer. Après ce que lui avait dit le charron, il se sentait comme l'un de ces criminels qui reviennent sur les lieux de leur délit, poussés par on ne sait quelle force ou quelle faiblesse. Pierre, qui s'activait entre les plants, releva la tête :

— Vous désirez quelque chose, monsieur ?

Bourzat ne put répondre tout de suite. Il ne lui avait pas fallu plus d'une demi-seconde pour réaliser en face de qui il se trouvait. Malgré lui, des larmes lui vinrent aux yeux. Il détourna son regard et désigna l'ensemble de la propriété :

— Est-ce bien ce qu'on nomme « le Domaine » ?

— Oui, monsieur.

Il ne put en dire davantage. Plus loin, la silhouette massive d'une femme apparut sur le seuil de la cabane qui se dressait au milieu des vignes. Un instant, il la regarda, puis son visage se crispa et il ferma les yeux.

— Vous ne vous sentez pas bien ? demanda Pierre.

— Excusez-moi, fit-il, c'est le reliquat d'une mauvaise grippe. Encore un peu de fièvre, c'est tout.

Il inclina le bord de son chapeau pour se protéger du regard qu'elle dardait sur lui. Puis il commença de redescendre vers le bas du vignoble.

— Je reviendrai, lança-t-il, tandis que des rigoles de sueur froide coulaient le long de ses tempes, dès que j'irai mieux.

Tête baissée, il fila jusqu'à sa voiture avant de faire

repartir son cheval. Pourquoi était-il revenu ? Jamier avait raison, on n'avait plus besoin de lui, ici.

Une éclaircie déchira la couche nuageuse du ciel lorsqu'il atteignit la place du village. A part l'épicerie dont il remarqua l'écriteau, tout paraissait semblable. Pourtant, sur cette route encore familière, il n'était qu'un étranger. Un frisson le saisit en repensant à Marie. S'il avait vieilli, elle était devenue méconnaissable, comme si le temps avait compté deux fois plus pour elle. Il dépassa le lavoir et se retrouva près d'un croisement qui ne comportait aucune indication. Un groupe d'enfants turbulents surgit à quelques pas de sa voiture, mais il préféra attendre le passage d'un adulte pour demander son chemin. Il ne patienta pas longtemps. Une femme qui avait noué un fichu sur sa tête, sans doute à cause de la pluie, déboucha derrière eux.

— Madame, s'écria-t-il, connaissez-vous une route qui me rapprocherait de Balledent ?

Lorsqu'elle leva les yeux vers lui et que leurs regards se rencontrèrent, une sorte d'ahurissement réciproque les pétrifia.

— La Couze ! articula-t-il.

Malgré ses jambes tremblantes, Olympe dénoua le foulard qui protégeait ses cheveux, puis se délesta du panier de victuailles qu'elle tenait à son bras.

— Jean Ramade, gronda-t-elle, j'étais sûre que, tôt ou tard, nous nous croiserions.

Blême, Bourzat ne savait plus s'il devait ou non décliner sa véritable identité. Tout ce qu'il savait, c'était que jamais il n'aurait imaginé revoir Olympe ici.

La jeune fille se rua vers la voiture pour tenter de le faire descendre de son siège. Trop paniqué à l'idée d'un scandale, il s'empara de sa cravache et la menaça :

— Laisse-moi ! Je vais bientôt m'installer aux colonies, plus jamais tu n'entendras parler de moi, n'est-ce pas ce que tu veux ?

— Je vous hais, je vous hais, répéta-t-elle, hagarde. Partez !

De toutes ses forces, elle donna un tel coup sur la croupe du cheval qu'il se cabra en hennissant avant de s'élancer droit devant lui. Elle n'eut que le temps de s'écarter. La voiture fit une redoutable embardée, tandis que son propriétaire, debout, essayait de maîtriser son animal affolé. Le véhicule tangua comme un bateau sous la tempête, effrayant deux cyclistes qui venaient en sens inverse. Puis, ses roues se stabilisèrent sur la chaussée mouillée et il continua sur sa lancée sans que le conducteur n'intervienne pour l'arrêter. En quelques secondes, l'attelage disparut dans une gerbe d'éclaboussures.

29

L'embellie du ciel s'accentua. Olympe, qui n'avait plus le courage d'aller jusqu'à l'épicerie, se laissa tomber sur l'accotement de la route.

— Tu le connaissais ? questionna soudain une voix près d'elle.

Joseph, qu'elle n'avait pas vu depuis des jours, venait de sortir d'un épais buisson et s'avançait. Elle ne lui répondit que par un hochement de tête. Pourquoi lui livrer un secret qu'elle n'avait confié qu'à Louise ? L'homme qui la fuyait dans sa voiture était bien celui qui avait abusé d'elle en trompant sa confiance. A cause de lui, elle avait enduré le rejet et la honte, jusqu'à ce qu'elle décide de quitter Balledent, démunie et malheureuse. Et voilà qu'au moment où elle pensait avoir tourné la page sur un passé douloureux, il réapparaissait sur cette route, aussi lâche qu'auparavant.

— C'est le ciel qui m'a envoyé cette épreuve, chuchota-t-elle, j'en suis sûre...

Joseph eut un petit ricanement :

— En tout cas, il avait l'air bien intéressé par nos vignes ! Je l'ai vu rôder autour comme une charogne après un morceau de viande.

— Il se nomme Jean Ramade, lâcha-t-elle tout à coup, comme si cela la soulageait d'en parler. Il possède une ferme près de Balledent où je fus à son service pendant plus d'un an.

— C'est un autre Séverin Barial, alors ! s'exclama Joseph.

Une brusque rougeur enflamma le visage d'Olympe. La remarque du garçon était loin d'être innocente, et le coup d'œil qu'il venait de lui adresser montrait qu'il avait déjà presque tout deviné.

— Au moins, lui, poursuivit-il, tu as réussi à le chasser, tandis que l'autre...

Sans répondre, Olympe se redressa. Les yeux de Joseph suivirent son mouvement. Sa taille fine et souple lui donnait une allure d'adolescente. Il se souvenait avec précision de sa première apparition à la fenêtre et de son corps à moitié nu qui éclairait la nuit comme une lumière incandescente. Il aurait tant aimé la prendre dans ses bras que, parfois, il en avait mal jusqu'au plus profond de lui-même.

— Je vais à l'épicerie, dit-elle en brossant sa jupe, c'est l'heure de l'ouverture.

Elle ramassa son panier, puis lui demanda s'il voulait faire un bout de chemin avec elle. Mais Joseph ne bougeait pas, trop pris par la violence d'un sentiment qui le dépassait. Tout à coup, il attrapa le bord de sa longue jupe grise et s'agenouilla devant elle :

— Regarde ! fit-il, les yeux pleins d'une exaltation subite. Comme ça on ne voit pas mon pied. Je te plairais ainsi ? Dis-le ! Dis-le ! répéta-t-il en tirant sur le tissu.

Une frayeur s'empara d'Olympe.

— Tu es fou ! Relève-toi !

— Comment ? continua-t-il, tu ne veux pas d'un pauvre infirme ? Tu préfères ceux qui ont de la terre et des biens, sans doute ?

Il se cramponnait tant à sa jupe qu'elle crut qu'il allait la déchirer. Alors, à bout de nerfs, elle lui décocha une telle gifle qu'il hoqueta en roulant sur le côté. Aussitôt, elle en profita pour s'échapper.

Le soir, Verdier remarqua un énervement inhabituel chez elle. De toute la journée, aucune cliente n'avait trouvé grâce à ses yeux. Le cafetier en déduisit qu'elle s'ennuyait dans cette vie routinière, mais qu'elle n'osait pas le dire. Il attendit la fin du repas et l'heure traditionnelle de son petit verre d'alcool pour lui proposer d'aller s'asseoir dans le jardin.

Une nuit chaude commençait à envelopper le village et ses environs. Ce début de septembre était encore plein des couleurs d'un été qui avait apporté une moisson florissante. Les châtaigneraies elles-mêmes regorgeaient de coques vertes, bientôt assez mûres pour être cueillies. Quant aux vignes, tous les paysans s'accordaient pour dire que le cru de cette année serait exceptionnel.

Le calme du crépuscule n'était troublé que par quelques craquètements de cigales qui se répondaient entre les arbres et les fleurs.

— As-tu réfléchi à ma proposition ? demanda-t-il soudain.

Olympe, qui pensait encore aux lourds événements de sa journée, le regarda, étonnée.

— Tu sais bien, reprit-il, les études dont je t'ai parlé… Plus le temps passe, plus je crois que tu n'es pas faite pour la vie que tu mènes.

Elle n'avait même pas pu obtenir de conseils auprès de l'instituteur. Depuis qu'il s'était marié, elle l'avait juste revu pour la photo du journal. Avant que le maire ne la félicite en posant devant l'objectif du journaliste, comme sous l'effet d'un remords, Dutheil lui avait confié qu'il avait pour elle d'autres ambitions. L'été se terminait et elle n'avait pas eu de nouvelles. Que répondre à Georges ? Sa bonne volonté, son envie de la voir progresser la réconfortaient, mais elle ressentait comme un devoir le fait de ne pas l'abandonner à une solitude éprouvante.

— A moins que tu ne désires te marier ? s'enquit-il en cherchant sa blague à tabac.

Il déposa une petite pincée de tabac blond dans le creux de son poignet, puis le renifla.

— Et le fils Bourzat ? continua-t-il. Tu n'en parles plus…

— Je ne sais pas, dit-elle, déroutée.

— C'est à cause de Marie, n'est-ce pas ? Elle n'a jamais été commode ni facile, on dirait que le bonheur lui fait peur.

Il colla de nouveau son poignet contre son nez. Le silence obstiné d'Olympe le dérangeait.

Il se sentait maladroit, presque sans ressources face à elle. Lui qui n'avait jamais été père se retrouvait, du jour au lendemain, confronté à une réalité qu'il n'avait même pas soupçonnée. Jusqu'à présent, il n'avait perçu d'Olympe que sa beauté, sa vivacité d'esprit et le regard des hommes qui se posait sur elle. Sa fierté de l'avoir à ses côtés comme sa fille légitime l'avait aidé à supporter la disparition de son épouse. Mais, à présent, cela ne suffisait plus. Il se rendait compte qu'il devait l'aimer pour elle-même et non plus pour ce qu'elle représentait ou pour ce qu'elle lui apportait. Les mots lui manquaient pour s'exprimer. Il avait bien essayé d'en parler avec quelques-uns de ses amis, mais aucun d'eux ne lui avait fourni de réponse satisfaisante. Alors, avec sa simplicité d'homme proche de la terre, il en avait conclu que, de toute façon, il ne pourrait pas remplacer ce père qui lui avait toujours fait défaut et que, peut-être, c'est elle qui se lasserait.

Une fois sa prise terminée, il lui jeta un coup d'œil. Quelles pensées vagabondaient derrière son fin profil tendu vers le jardin obscurci ? Qui sait si le temps qu'ils n'avaient jamais partagé ensemble ne finirait pas par les séparer de nouveau ?

Il toussa puis se leva.

— Je vais dormir, déclara-t-il en étouffant un bâillement.

A petits pas instables, il progressa jusqu'à la porte.

— Père ! fit soudain Olympe, croyez-vous qu'elle cèdera ?

C'était la première fois qu'elle l'appelait ainsi.

— De qui parles-tu ? s'enquit-il en s'efforçant de maîtriser son émotion.

— De Marie.

Un sourire étira les lèvres du cafetier.

— La mère Bourzat, murmura-t-il, je m'en charge.

Puis il reprit plus haut pour qu'elle entende :

— Bonne nuit, ma petite ! Demain est un autre jour.

A cause du temps radieux et de la canicule, les vendanges ne tardèrent pas à débuter. La saison avait été si bonne que tous les vignerons se frottaient les mains. Dès la mi-septembre, une odeur de fruits, de sucre et de bois mouillé se répandit dans tout le village. Du matin au soir, seul le bruit sec des sécateurs, entrecoupé des instructions de ramassage, résonnait à travers le pays. Au café, à l'épicerie, tous et toutes ne parlaient que des récoltes et de l'exceptionnelle qualité des futurs crus.

De loin, plusieurs fois, Olympe aperçut Pierre et Joseph, le dos courbé sous des hottes pleines à craquer, qui marchaient vers la carriole et le nouveau cheval racheté par Marie. Le Domaine était redevenu l'un des sujets favoris de tous les bavardages. On enviait déjà une production que les connaisseurs allaient s'arracher.

Le soir, la plupart des vendangeurs se retrouvaient dans le café. Les femmes, éreintées par des journées presque ininterrompues à couper, à vérifier grappe après grappe, pariaient pour se détendre sur la future bru de Marie. Son histoire avec la Baronne oubliée, le « beau Pierre » pouvait à présent prétendre à une riche héritière qui serait choisie par sa mère.

Des noms circulaient à voix basse. Verdier, qui officiait à nouveau derrière son comptoir, entendait malgré lui toutes les conversations.

Comme prévu, les vendanges se terminèrent par un grand banquet, le 1er octobre, jour de la rentrée des classes.

Ce matin-là, Olympe se réveilla de bonne heure et descendit dans la salle où le cafetier, toujours matinal, l'attendait en rallumant le feu. Ils s'attablèrent l'un en face de l'autre pour partager le repas du matin : pour lui, une soupe consistante où flottait un bon morceau de jarret de porc et, pour elle, un bol de lait chaud accompagné d'une tranche de pain bis et de fromage. Ainsi qu'il le faisait souvent, Verdier évoqua le programme de la journée. La venue du livreur d'Objat qui ravitaillait les deux commerces en boissons et en marchandises le préoccupait. Avec Olympe, il dressait la liste des commandes, lorsqu'une main frappa contre la porte.

— Ouvrez, vite ! cria la voix d'une femme.

Olympe lâcha le crayon qu'elle tenait. Qui pouvait bien venir à cette heure ? Et pour quelle urgence ? Sans hâte, elle se déplaça pour tirer le verrou. Une jeune femme apparut devant elle, l'air angoissé.

— Mademoiselle Verdier ? Je suis madame Dutheil.

Leur rencontre n'ayant été que fortuite sur le parvis de la mairie, Olympe avait du mal à se souvenir. En outre, les vêtements mal ajustés et les cheveux décoiffés de la jeune femme étaient loin d'évoquer la superbe robe de mariée qu'elle portait ce jour-là.

— Excusez-moi, continua l'épouse de l'instituteur en captant son regard, je n'ai pas eu le temps de m'apprêter.

En quelques mots, elle expliqua les raisons de sa visite. Pris de fièvre et de terribles vomissements, son mari n'était pas en mesure d'assurer la rentrée des classes, qui devait avoir lieu le matin même. En attendant le médecin, c'est lui qui avait insisté pour qu'Olympe le remplace.

Abasourdie par cette demande, Olympe regardait sa visiteuse sans réagir. Accueillir, diriger une vingtaine d'enfants exubérants n'était pas une mince affaire. Pourquoi Dutheil avait-il pensé à elle ?

— Il n'a cité que votre nom, insista la jeune femme, je crois qu'il n'a confiance qu'en vous...

La fin de sa phrase eut l'impact espéré. Olympe avait-elle le droit de refuser ? N'était-ce pas là l'une des plus belles marques d'estime ?

Avant même qu'elle ne donne sa réponse, Verdier, qui avait tout entendu, s'approcha :

— Vous pouvez retourner au chevet de votre mari, madame, intervint-il, je connais ma fille, elle sera à la hauteur de sa tâche. Et surtout, transmettez à votre époux tous nos vœux de meilleure santé !

Quelques heures plus tard, sous un ciel brumeux d'automne, la cour d'école se remplit d'une ribambelle de gamins, plus surexcités les uns que les autres. Quand Olympe actionna la cloche pour sonner l'appel, une vingtaine de frimousses intriguées la fixèrent, éberluées. Elle les fit rentrer en file indienne, puis prit place derrière le bureau qui surplombait l'estrade.

Ce n'est qu'en fin de journée, quand le dernier élève ferma la porte de la classe, qu'elle s'appuya, épuisée, sur le tableau noir couvert de craie. En retombant, la tension qu'elle avait accumulée depuis le matin vidait sa tête et son corps. Et pourtant, elle le savait, le plus difficile était à venir. Les élèves conquis, à présent il fallait faire face à leurs parents. Si la maladie d'Auguste Dutheil durait, aucun faux pas ne lui serait pardonné. Consciente de ce qui l'attendait, elle essuya le tableau, puis enfila sa pèlerine avant de s'emparer des cahiers empilés sur le bureau. Il était temps de se rendre chez l'instituteur pour prendre des nouvelles et raconter comment s'était déroulé ce premier jour.

L'obscurité régnait déjà lorsqu'elle tira sur la sonnette du portail. Un assez long moment plus tard, l'épouse d'Auguste entrebâilla la porte. A sa tenue, à son visage, Olympe comprit que la situation était grave.

— Le docteur pense qu'il s'agit de la fièvre typhoïde, annonça tout de suite la jeune femme.

Elle baissa les yeux pour ne pas montrer ses larmes.

— Il ne peut pas se prononcer.

Une telle détresse étreignait sa voix qu'Olympe mit la main sur la sienne :

— Votre mari est robuste, ne perdez pas courage !

— Il y a si peu d'espoir, sanglota-t-elle.

Comme si elle craignait de s'offrir en spectacle, elle recula d'un pas à l'intérieur de la maison :

— Partez ! Je vous en prie, c'est contagieux, il ne faut pas rester ici.

— Mais vous risquez de l'attraper ! s'exclama Olympe.

— Cela n'a pas d'importance, acheva la jeune femme d'une voix sourde.

30

Assise près de la table, Olympe tremblait de tout son corps. Et pourtant, ce n'était ni à cause du froid, ni à cause du vent qui soufflait sans relâche depuis deux jours.

Seule ici, dans la maison de Louise où elle était venue chercher refuge, il n'y avait plus rien. Des vagabonds avaient dû passer, se servir. Le coffre béant avait été vidé, des bouteilles renversées gisaient sur le lit. Même le matelas éventré laissait échapper des bouts de laine grise, et le fusil avait disparu. Tout ce qu'elle avait cru retrouver avait été saccagé sans égard, sans pitié. Elle serra les pans de sa pèlerine autour d'elle. Une buée chaude sortait de ses lèvres. Après la clémence de l'été, cette mi-octobre annonçait un hiver précoce. Peu lui importait : à peine éclairée par une chandelle rescapée du naufrage, Olympe n'arrivait même pas à pleurer. A la place, une douleur sèche et glacée s'était installée en elle, semblable à celle qui l'avait saisie au moment de la sortie des classes, voilà tout juste deux heures.

Pendant quinze jours, du matin au soir elle s'était dépensée sans se ménager auprès des enfants. Tandis qu'Auguste Dutheil se débattait entre la vie et la mort, elle avait mis un point d'honneur à être à la hauteur de sa charge, malgré les menaces qui pesaient sur sa fonction. En effet, Souillac ne lui avait pas caché que, n'étant pas titulaire, elle risquait d'être rapidement écartée par un inspecteur des cours primaires. Verdier, lui, qui refusait de croire à son éviction, avait déjà embauché la fille aînée de Goudoux pour tenir l'épicerie.

Olympe ferma les paupières. La scène qu'elle venait d'affronter s'incrustait en elle comme une traînée de poison et n'en finissait pas de repasser devant ses yeux.

Alors qu'elle finissait de dicter un passage des *Mémoires d'un âne*, du dehors, un bruissement de voix de plus en plus aigu lui était parvenu. Dissipés, les élèves avaient tourné la tête à droite et à gauche en s'interrogeant du regard. Puis, une agitation fébrile exacerbée par les cris qui se renforçaient à l'extérieur les avait tous gagnés.

Intriguée par ce qui se passait, Olympe avait juste eu le temps de ramasser leurs cahiers avant de les libérer peu avant l'heure.

En un clin d'œil, il n'était resté dans la salle de classe que le courant d'air frais qui avait accompagné leur sortie précipitée. C'est alors que la main de la jeune fille avait agrippé le bord du bureau.

Dans la demi-teinte de l'après-midi qui s'achevait, un groupe de femmes vociférant avait fait irruption dans la classe. Au premier rang, le visage de l'une d'entre elles se détachait comme une figure irréelle.

Appuyée sur une canne, le visage amaigri, elle fixait Olympe d'un regard froid. Elise Barial, en tête de cette cohorte, se tenait comme un général blessé entraîne ses troupes.

« Que me voulez-vous ? » avait fait Olympe en désignant les femmes qui se massaient derrière elle.

D'un signe, Elise avait obtenu le silence. Seules résonnaient les clameurs des enfants qui s'ébattaient, insouciants, dans la cour. Olympe avait dévisagé les femmes l'une après l'autre. Toutes les mères du village étaient là. Il n'en manquait pas une à l'appel. Agglutinées derrière Elise qui les menait au doigt et à l'œil, elles ne semblaient pas prêtes à faire la moindre concession.

« Vous n'avez pas le droit d'enseigner », avait lâché Elise avec une voix qui trahissait ses efforts d'élocution. « Nous sommes venues vous le dire avant d'aller déposer cette pétition à la mairie. »

La femme d'un vigneron, qu'Olympe connaissait comme cliente de l'épicerie, lui avait tendu un papier plié puis, gênée, s'était fondue dans le groupe.

D'une main, Elise avait déplié la feuille avant de lire tout haut :

« Toutes ici réunies, nous demandons à notre maire, monsieur Souillac, d'interdire à mademoiselle, nouvellement Verdier, la fonction d'institutrice, pour laquelle elle n'a ni qualification ni expérience. Et ceci, dans l'intérêt de nos enfants. »

Une vingtaine de paraphes suivaient.

La lecture terminée, le brouhaha avait repris en s'amplifiant, tandis qu'Olympe, plus blanche qu'un linge, serrait les lèvres.

Satisfaite, Elise Barial avait donné le signal du repli. «Pourquoi? avait seulement demandé Olympe au moment où son ancienne patronne allait rejoindre celles qui partaient.

— Parce que vous avez brisé mon ménage, avait grondé Elise. Durant ces mois de convalescence où j'ai lutté corps et âme, j'ai vu mon mari se transformer. A cause de vous, il n'est plus ce qu'il était auparavant.»

Elle avait encore levé sa canne comme une ultime menace : «Jamais vous n'auriez dû mettre les pieds chez nous!»

Longtemps après, Olympe était restée sans force dans la salle de classe remplie de nuit. Puis, comme si elle n'avait plus d'autre lieu d'ancrage, elle avait marché jusqu'à la maison de Louise où elle se tenait toujours, doublement meurtrie par le pillage découvert. Le sort s'acharnait-il sur elle? Quelle faute avait-elle commise?

Elle quitta la maison sans même refermer la porte et marcha, la tête basse, face au vent et au grésil qui cinglaient l'air.

Un par un, les visages des enfants dont elle avait partagé la vie depuis plus de quinze jours défilèrent devant ses yeux. Du petit et craintif Thomas, qui osait à peine lever le doigt, au grand François qui s'évertuait à impressionner ses camarades, elle avait appris à les aimer, tels qu'ils étaient, impulsifs et espiègles, frondeurs ou obéissants. C'est bien eux qui allaient lui manquer le plus. Tandis qu'elle avançait, la capuche de sa pèlerine rabattue sur la tête, une silhouette emmitouflée dans un long manteau lui barra la route.

— Ne craignez rien ! fit aussitôt une voix de femme essoufflée. Je vous cherchais.

Avant même qu'Olympe ne réalise qu'il s'agissait de madame Dutheil, celle-ci l'entoura de ses bras et déposa un baiser sur chacune de ses joues.

La jeune fille remarqua son visage radieux et la joie qui transparaissait à travers ses yeux.

— Auguste est sauvé ! s'empressa-t-elle de dire, jamais nous ne pourrons assez vous remercier.

— Mais je n'ai rien fait, protesta Olympe.

— Grâce à vous, à votre aide, continua-t-elle, il a pu vaincre la maladie. C'est le médecin qui nous l'a dit...

Un sourire se dessina sur les lèvres d'Olympe. La guérison de l'instituteur était une très bonne nouvelle, mais comment effacer le souvenir de ces femmes et de leur haine ?

— Dites-lui que je suis contente de lui avoir rendu service, fit-elle, mais pardonnez-moi ! Je dois rentrer, il est tard.

L'épouse de l'instituteur la retint par sa pèlerine :

— Ne partez pas ! J'ai vu ce qui vient de se passer. Toutes ces femmes autour de vous et leur discours...

Elle se rapprocha, les yeux brillants :

— Je vous le jure, Auguste et moi, nous ferons tout ce qui est en notre pouvoir pour vous aider. Soyez forte ! Il le faut.

Elle releva le bas de son manteau pour qu'il ne soit pas taché de boue puis, après un chaleureux bonsoir, s'éloigna.

Lorsque Olympe rentra dans la maison de Georges, elle le trouva endormi devant le cantou où le feu s'emballait avec des jaillissements d'étincelles et des crépitements secs. Entre deux ronflements, Verdier avait le visage heureux de ceux qui n'ont rien à se reprocher. Trop exténué sans doute, il avait oublié le faitout qui gardait au chaud la soupe d'Olympe. En débordant, la graisse avait activé les flammes. A l'aide d'un tisonnier, Olympe écarta le récipient suspendu à la crémaillère, puis regarda le cafetier. La bouche ouverte et les mains croisées sur son ventre rebondi, il semblait plongé dans un profond sommeil. Sur la table, comme toujours quand elle arrivait tard, son assiette et son couvert l'attendaient. Une vague de reconnaissance mêlée de tendresse l'envahit, en même temps que les paroles de la jeune madame Dutheil revinrent à ses oreilles. Si elle n'existait pour personne d'autre, au moins elle existait pour celui qui dormait confiant sous ses yeux et pour cette jeune femme dont la sincérité la touchait encore.

Mais où trouver de nouveau la force de se battre ?

La séance du conseil municipal terminée, Souillac s'apprêtait à quitter son bureau quand il fut alerté par une agitation anormale qui provenait du dehors. Surpris, il colla son nez contre la fenêtre. Un groupe de femmes était massé sur le parvis de la mairie, Elise Barial à sa tête. Il fronça les sourcils. Ce genre de rassemblement n'augurait rien de bon. A sa connaissance, la dernière manifestation qui avait eu lieu dans le village remontait à 1905, au moment de la séparation de l'Eglise et de l'Etat. Depuis, le calme avait régné ici comme aux alentours.

Par mesure de prudence, il sortit son écharpe tricolore d'un tiroir et s'en ceignit. Ainsi paré, il représentait l'ordre et la loi, de quoi faire réfléchir les plus emportées. Rassuré sur son autorité, il se présenta en haut du parvis. De sa démarche hésitante, Elise Barial monta quelques marches avant de lui tendre la pétition signée.

— Monsieur le Maire, déclara-t-elle, au nom de nos enfants, nous vous demandons de faire appliquer la loi. Si d'ici deux jours, rien n'est fait, nous nous adresserons à l'inspection de Juillac.

André Souillac prit son temps pour lire le texte, puis il jeta un coup d'œil vers les femmes qui l'observaient. Une par une, il pouvait les nommer. De la simple lavandière aux épouses de propriétaires plus fortunés, toutes celles qui avaient des enfants étaient là. Quelle mouche les piquait donc pour qu'elles soient aussi vindicatives envers la pauvre Olympe dont il ne pensait que le plus grand bien ?

Il allait parler quand, soudain, le groupe se fendit en deux pour laisser un passage. Souillac vit déboucher devant lui Auguste Dutheil, suivi par son épouse. En dépit de ses traits tirés et de ses cheveux plus clairsemés, l'instituteur n'en avait pas moins recouvré une grande partie de ses forces. Il serra la main du maire, puis se plaça à ses côtés avant de s'emparer de la pétition.

— Tout cela n'a plus lieu d'être, clama-t-il en brandissant la feuille, demain, je serai à mon poste ! Rentrez chez vous, mesdames !

Son ton plus que ferme avait de quoi surprendre.

Elise Barial essaya encore de dire quelque chose, mais il la fit taire :

— Ça suffit ! Vous n'avez même pas d'enfant en âge d'être scolarisé.

Sa remarque sema la pagaille parmi les contestataires. Tandis que certaines prenaient son parti, d'autres haussèrent le ton pour le contredire.

Enfin, au bout d'un long moment d'échanges verbaux, quand le maire et l'instituteur se replièrent à l'intérieur de la mairie, le groupe se dispersa dans une extrême et bruyante confusion.

31

Depuis le matin, des flocons de neige tombaient sans relâche. Ce mois de novembre n'en était qu'à son début, et pourtant, on redoutait déjà les conséquences d'un hiver rigoureux.

Seul dans son bureau, Souillac retournait une enveloppe entre ses mains. Le problème de l'école réglé, puisque Auguste Dutheil avait repris sa place de maître, il ne pouvait différer le devoir moral qui lui incombait. Voilà trop longtemps qu'il gardait cette lettre. Une fois de plus, à la lueur de la lampe à pétrole qu'il avait été obligé d'allumer en ce milieu d'après-midi, il examina l'enveloppe et son étrange écriture. Puis il revêtit son manteau, ajusta sa casquette et sortit.

Il n'était que dix-sept heures et la nuit avait déjà commencé à s'installer. Se déplacer en carriole ou en voiture n'aurait pas facilité son trajet. Les chemins recouverts de neige offraient moins de prise aux roues. Il estima qu'il valait mieux enfoncer ses bottes de chasse dans la couche neigeuse. A mi-chemin, l'envie de faire un détour pour saluer Jamier le tenailla, mais, quand il passa devant l'atelier, aucun bruit, aucune lumière ne lui signala une quelconque activité. Le charron s'était sans doute rendu au marché de Saint-Solve et n'en était pas encore revenu. Il continua sa montée vers le haut du village.

Lorsqu'il poussa la grille du Domaine, il remarqua que, par endroits, les vignes avaient été protégées, tandis qu'à d'autres la neige en se cristallisant donnait aux ceps des formes presque fantastiques. Pour ne pas arriver essoufflé, il franchit les dernières marches une par une puis sonna. Comme les volets n'étaient pas fermés, il aperçut à l'intérieur de la salle une lumière voilée. « Avec un peu de chance, se dit-il, Marie sera seule. »

C'est elle, en effet, qui lui ouvrit. D'abord étonnée de le voir, elle parut hésiter à le faire entrer, mais il protesta :

— Par ce temps, nous serions quand même mieux à l'intérieur pour parler !

— Pardon ! fit-elle en s'effaçant, je n'ai guère l'habitude de recevoir des visites.

Avant de pénétrer dans la pièce où brûlait un bon feu, il tapa des pieds pour éliminer les paquets de neige qui collaient à ses bottes.

— J'aurais dû vous prévenir, dit-il en ôtant son manteau, mais je n'en ai pas eu le temps.

Tandis qu'il regardait autour de lui avec une curiosité à peine dissimulée, Marie l'invita à prendre place près de la longue table qui occupait le centre de la pièce.

— La dernière fois que je suis venu, dit-il, ça remonte à loin, non ?

— Seize ans, répondit-elle sans se troubler. A l'époque, vous n'étiez pas encore maire et je n'habitais qu'une modeste maisonnette sans confort ni dépendances.

Il marqua un silence comme s'il essayait de fouiller dans sa mémoire. En fait, tout était encore inscrit en lui jusqu'au moindre détail. Ce jour-là, après la fuite de Justin, il était venu la demander en mariage.

— Ça ne nous rajeunit pas ! plaisanta-t-il, de peur qu'elle ne devine ses pensées.

Comme si la chaleur devenait trop forte, il dégrafa son col de chemise, puis se lança dans le discours qu'il avait préparé. La nouvelle qui lui semblait la plus grave concernait la décision du ministère de faire passer le service militaire obligatoire à trois ans.

— Tôt ou tard, expliqua-t-il, Pierre devra s'y plier. En outre, avec les relations internationales qui se dégradent, une guerre n'est pas exclue.

— Où voulez-vous en venir ? coupa Marie.

Qu'avait-il eu besoin de marcher jusqu'ici pour lui dire ce qu'elle savait ?

Pierre et Joseph partis au marché de Saint-Solve, elle devait encore trier le linge pour la lessive et s'occuper du jardin. Quel plaisir prenait Souillac à la déranger pour un tel motif ?

— Pierre mobilisé, continua-t-il sans se formaliser de son visage rembruni, comment ferez-vous pour le Domaine ?

Elle le fixa sans un mot.

— Dans votre intérêt, reprit-il, vous devriez laisser Séverin Barial acheter vos vignes à un bon prix. A votre âge, vous ne pourrez plus assurer seule leur exploitation. Et Joseph ne peut vous être d'un grand secours...

Comme elle ne bronchait toujours pas, il s'enhardit, plein d'élan :

— Avec cet argent, vous pourriez vivre tranquille. Mon mandat de maire expire bientôt, je ne me représenterai pas. Une dernière fois, Marie, écoutez-moi ! Nous pourrions finir nos jours ensemble sur les petites terres que je possède. De tout cœur, je vous ouvre ma porte ainsi qu'à vos deux fils.

Au léger tressaillement de sa bouche, il décela un soupçon d'émotion, mais, pour le reste, la figure de Marie paraissait figée dans un carcan de glace.

— Je n'ai jamais rien engagé sur des suppositions, fit-elle, cette guerre n'aura peut-être pas lieu.

Son regard s'accrocha au bois de la table.

— Abandonner mes vignes, c'est renoncer à tout ce qui a constitué ma vie. Je mourrai sans doute au milieu d'elles.

Souillac avait eu beau imaginer son nouveau refus, il ne put s'empêcher de marquer le coup :

— Vous vous réfugiez dans le malheur, Marie, et vous interdisez même à votre fils aîné d'être heureux !

— Allez-vous vous taire ! s'écria-t-elle. Si vous êtes ici comme un oiseau de mauvais augure, vous pouvez retourner chez vous !

— Pas avant de vous avoir donné cela ! rétorqua Souillac en se levant et en jetant devant elle l'enveloppe qu'il avait emportée. « Lisez-la ! continua-t-il. Elle est de Justin, oui, vous m'entendez bien, de Justin Bourzat ! Il est venu me la confier pour que je vous la remette en mains propres.

Le regard de Marie alla de son visage à l'enveloppe sans paraître comprendre.

— Justin est revenu ? Justin est revenu ? répéta-t-elle, hébétée.

— Il est revenu et reparti pour toujours. Très loin. C'est lui qui m'a demandé de veiller sur vous.

— Pourquoi n'a-t-il pas voulu me revoir ? sanglota-t-elle avec une voix d'enfant.

— Il vaut mieux. Cela n'aurait fait qu'aggraver ce qu'il a déjà détruit.

Souillac reprit son manteau et sa casquette.

— Tout cela ne me regarde plus, acheva-t-il. J'ai fait ce qu'on m'a demandé. Adieu, Marie !

Il rejoignit la porte, pressé de quitter un lieu où l'atmosphère devenait irrespirable.

— Est-ce ma faute, s'écria-t-elle au moment où il sortait, si je n'ai aimé qu'un seul homme ?

— En tout cas, votre Justin n'a pas hésité à refaire sa vie ailleurs.

— Ce n'est peut-être pas de lui que je parle, lâcha alors Marie d'une voix étouffée.

Mais Souillac avait déjà refermé la porte et ses pas crissaient dans la neige fraîche qui tapissait l'allée.

Au même moment, une carriole s'arrêta un peu en amont de la place du village. Après avoir remercié son conducteur, Pierre en descendit. Par ce temps, marcher le long des routes était risqué. Il avait été content de revenir de Saint-Solve avec ce fermier. Un bon bougre, aussi solide que les chênes qui peuplaient la région. D'abord, il n'avait parlé que de volailles, de châtaignes et de champignons, puis, avec un air rusé, il avait essayé de savoir comment Marie envisageait l'avenir, parce que, justement, il avait deux filles en âge de se marier. Pierre, hilare, était resté évasif jusqu'à ce que son hôte l'invite pour de bon à venir chez lui. Profitant alors d'une éclaircie passagère, le garçon avait inventé un prétexte pour continuer à pied.

Riant encore de cette anecdote, il longea le café où Verdier, protégé par un grand tablier bleu, balayait la neige qui s'était accumulée devant sa porte.

— Tiens ! s'exclama le cafetier en l'apercevant. Voilà longtemps que je ne t'avais vu.

Pierre, qui rapportait quelques victuailles, avait hâte de rentrer chez lui. L'humidité froide renforcée par le vent aigre qui se levait n'incitait guère à traîner dans les rues. D'un coup d'œil, Verdier vit qu'il frissonnait.

— Entre donc, mon gars ! proposa-t-il, un petit vin chaud te fera du bien. C'est moi qui régale !

Pierre n'avait pas de raison de se méfier. Et puis, Olympe n'était peut-être pas très loin ? Cela faisait des jours qu'il ne l'avait pas croisée. A part les déboires qu'elle avait connus à l'école et qui avaient fait le tour du village, il n'avait aucune nouvelle d'elle.

Avant de s'accouder sur le comptoir, il regarda autour de lui.

— Cherches-tu quelqu'un ? s'enquit Verdier, l'air de rien.

— Non, répondit-il d'un ton abrupt.

Le cafetier remplit deux verres avant de trinquer avec lui.

— Je suis inquiet pour Olympe, fit-il soudain, elle ne va pas bien.

Les yeux de Pierre se posèrent sur lui :

— Est-ce à cause de l'école ?

— Oui, poursuivit Verdier, mais je crois surtout qu'elle a besoin d'un homme. Un vrai, qui puisse l'épauler, l'aimer, quoi !

La rougeur qui colora les joues du garçon le renseigna. Il était sur la bonne voie.

— Tu ne vois pas, toi qui la connais un peu, qui serait assez bien ? C'est une fille remarquable, tu sais. Elle mérite quelqu'un de qualité.

Pierre se perdit dans la contemplation de son verre.

— Elle te plaît, n'est-ce pas ? fit le cafetier au bout d'un moment.

Son ton amical n'avait rien d'agressif ; au contraire, il tendait une perche à celui qui n'osait pas se déclarer. Pierre ouvrait la bouche pour répondre quand la pensée de Marie l'en dissuada. A part la fuite, il ne voyait pas d'autre solution. Jamais elle n'accepterait qu'il épouse Olympe.

— Tu penses à ta mère, hein ? continua Verdier. Laisse-moi faire ! Olympe et toi, vous feriez un beau couple.

Sans prendre garde à la chaleur du liquide, Pierre avala d'un trait son vin.

A cet instant, deux clients qui riaient et parlaient fort firent irruption dans le café.

— On a une bonne blague à te raconter ! s'exclama l'un d'eux en prenant Georges à témoin. Mais d'abord, sers-nous une fine !

Le cafetier se retourna pour s'emparer de l'une des bouteilles qui étaient alignées derrière lui. Quand il la déposa sur le comptoir, Pierre avait disparu.

Avec la nuit, la neige cessa de tomber. Mais un vent d'ouest lui succéda, apportant des averses de pluie qui détrempèrent les chemins et transformèrent les routes en voies boueuses et glissantes.

Au petit matin, Olympe, qui ne sortait plus de la maison de Georges, fut la première à écarter les volets et à se rendre compte que, par ce mauvais temps, les routes allaient être impraticables. Elle craignit pour la livraison prévue à l'épicerie.

Depuis qu'Auguste Dutheil avait repris sa place d'instituteur, elle se terrait ici, comme prisonnière d'une honte qu'elle ne parvenait pas à dépasser. Georges avait beau l'exhorter à se montrer, un chagrin mêlé d'amertume la rivait entre ces quatre murs.

Amélie Goudoux, la fille du sabotier, qui continuait à tenir la boutique, venait la voir une fois par semaine et toutes deux cochaient ensemble la liste des denrées à commander avant de faire les comptes.

Seuls ces rendez-vous hebdomadaires apportaient à la jeune fille un semblant d'activité. Pour le reste, elle paraissait s'enfoncer dans une torpeur qui la retranchait du monde.

Avec des gestes mécaniques, elle réchauffa sa tasse de lait et prépara la soupe de Georges. Aujourd'hui encore, à part la visite d'Amélie, le temps allait s'étirer dans une longueur qu'elle redoutait. Ne valait-il pas mieux qu'elle parte à Brive, comme le préconisait le cafetier ? Au moins, là-bas, personne ne lui voulait de mal.

Il faisait encore nuit quand Verdier s'attabla en face d'elle. S'il ne se servait plus de ses béquilles, sa jambe gardait une raideur dont il était le premier à se moquer auprès de ceux qui le questionnaient : « C'est un souvenir de 70 ! riait-il. Les Prussiens, on ne s'en méfiera jamais assez ! » A chaque fois, il s'esclaffait, trop content de souligner qu'en ces jours incertains un nouveau conflit pouvait survenir.

Mais, ce matin, sa bonne humeur et son humour toujours prompts à fuser s'éteignirent. Un réel souci le minait devant l'air abattu d'Olympe. Pour tenter de la réconforter, il se demandait s'il fallait lui parler de Pierre, lorsqu'on frappa contre la porte.

— Entrez ! cria-t-il, heureux qu'une visite fasse diversion.

Comme le verrou n'était pas tiré, Auguste Dutheil ne tarda pas à se présenter devant eux, sa cape ruisselant d'eau.

En les saluant, il s'excusa pour ses grosses chaussures qui salissaient le sol.

— Pardon ! ajouta-t-il, confus, vers Olympe, mais je désirais vous voir avant la classe.

— Asseyez-vous ! invita Verdier, vous prendrez bien un peu de soupe ?

Sans rechigner, l'instituteur s'installa au bout de la table. La jeune fille le servit en lui demandant des nouvelles des enfants.

— Ils vont tous bien et me parlent souvent de vous, répondit-il. Mais je suis là pour vous entretenir d'un autre sujet. J'ai encore besoin de votre aide, Olympe.

Malgré elle, son visage se ferma. Sa gentillesse et ses efforts étaient louables, mais elle n'avait plus envie de participer de près ou de loin à la vie de l'école.

— Je ne peux plus vous être d'un grand secours, lâcha-t-elle.

Dutheil la regarda droit dans les yeux. Depuis sa maladie, il avait changé. Comme si le fait de côtoyer la mort l'avait aidé à tourner la page sur un désir qu'il savait perdu d'avance. Son regard empreint de loyauté ne comportait aucune lueur équivoque.

— Si, reprit-il, vous allez pouvoir me donner un coup de main.

Olympe se mit à jouer avec des miettes de pain éparpillées devant elle. La bonne volonté de l'instituteur semblait évidente, mais elle ne désirait ni sa pitié ni sa gratitude.

— J'ai peur de devoir refuser, lança-t-elle à nouveau d'une voix déterminée.

— Même si je viens de la part du maire ?

Les doigts de la jeune fille s'arrêtèrent de bouger.

— Ma santé est encore fragile, poursuivit-il, j'ai dû offrir ma démission au poste de secrétaire de mairie que j'occupais depuis deux ans. A la place, j'ai avancé votre nom. Le maire a tout de suite été favorable. Il ne manque que votre accord.

— Secrétaire de mairie ! s'exclama Verdier après un sifflement admiratif. C'est quelque chose !

Une nouvelle ombre passa sur le visage d'Olympe.

— Je ne peux pas accepter, je n'en ai pas les capacités.

— Vous en êtes parfaitement capable, insista Dutheil, vous le savez bien !

— Et quelle cabale vais-je déclencher ?

L'instituteur comprit que seule la peur d'être à nouveau la proie de jalousies mesquines et destructrices l'empêchait de dire oui. Il cherchait un argument plus fort pour la convaincre, lorsque Verdier intervint :

— Dommage ! fit-il, l'air déçu. Louise aurait été fière de toi !

Le cafetier avait bien mesuré la portée de sa phrase. Comme si la simple évocation de celle qui l'avait toujours poussée à sortir de sa condition suffisait.

Soudain, le regard de la jeune fille s'anima.

— C'est bon ! soupira-t-elle après un silence, j'irai rencontrer monsieur le Maire. Il m'expliquera ce qu'il attend de moi.

32

En milieu de matinée, malgré la pluie et le vent qui persistaient, Olympe s'enroula dans sa pèlerine et se dirigea vers la mairie. C'était le jour où Souillac recevait les doléances de ses administrés. Quand elle arriva, de chaque côté de l'étroit couloir qui menait au bureau du maire, les bancs étaient remplis d'hommes et de femmes assis. D'autres, debout, attendaient également leur tour. A sa vue, des murmures s'élevèrent. Effrayée par tout ce monde, Olympe se sentait déjà prête à repartir. Comment rester face à ces gens dont elle redoutait les inévitables sarcasmes ? C'est alors qu'une femme qu'elle avait aperçue dans le groupe des mères révoltées quitta le banc où elle se tenait pour s'avancer vers elle.

— Prenez ma place ! déclara-t-elle. Vous méritez les égards qu'on ne vous a pas reconnus.

Olympe, qui était sur la défensive, se demanda si elle se moquait. Mais d'autres femmes joignirent leurs voix à la sienne :

— Grâce à vous, mon fils a fait des progrès en calcul.

Une autre renchérit :

— Ma fille s'intéresse à la lecture !

Bientôt, toutes furent d'accord pour plaider sa cause auprès du maire. Comme s'il avait tout entendu, Souillac ouvrit la porte de son bureau et apparut sur le seuil.

— Eh bien ! mes chers concitoyens, proclama-t-il, réjouissez-vous ! Je tiens moi-même à vous l'annoncer, désormais, mademoiselle Verdier sera notre secrétaire de mairie !

Deux jours plus tard, la nomination d'Olympe parut dans le journal local. Du coup, Verdier reçut les félicitations de tous les clients qui fréquentaient son petit établissement. Après ce nouveau succès, certains s'interrogeaient déjà sur l'avenir sentimental de la jeune fille. Qui serait l'heureux élu ? Harcelé de questions, le cafetier devait jongler avec les réponses pour ne froisser personne. En se forçant à rire, il donnait de fausses pistes, inventait un soupirant étranger à la commune ou classait Olympe parmi celles qui se consacrent à leur tâche sans s'octroyer le moindre plaisir. Mais, une fois ses plaisanteries terminées, il s'épuisait à échafauder mille plans pour faire fléchir Marie.

Quand Joseph apprit la nomination d'Olympe, une journée froide et ensoleillée avait pris le relais du vent et de la pluie. Mû par le besoin de partager la nouvelle, il décida d'aller saluer le charron qu'il n'avait pas vu depuis presque un mois. Ce dernier, débordé par ses commandes, l'accueillit en grommelant. Cependant, il ne lui fallut pas plus de cinq minutes pour sortir la bouteille qu'il cachait derrière son tonneau.

— Ça me fait trop plaisir de te revoir, prétexta-t-il, on va arroser cela !

Joseph se plia à ses exigences et but quelques gorgées d'alcool qui lui râpèrent la gorge. Il n'était pas question pour lui de refuser une invitation qui amorçait toujours le récit d'anecdotes inédites. Pourtant, cette fois, c'est lui qui mit au courant Jamier du nouveau travail d'Olympe.

L'artisan n'avait pas le cœur à faire des commentaires. Le passage de Justin lui trottait encore dans la tête et sa volonté de n'en rien révéler en accord avec Souillac l'obnubilait.

— Qu'en penses-tu ? finit par demander Joseph.

— Pas grand-chose ! répondit-il en se resservant un verre.

Le garçon grimaça. Avait-il fait tout ce chemin pour rien ? Il se déplaça avec lenteur jusqu'à la fenêtre puis, de son coude, frotta l'un des carreaux noircis de poussière.

— Dans le fond, dit-il en regardant par la vitre ainsi dégagée, je verrais bien la Couze avec Pierre.

— Pourquoi pas ? fit Jamier d'un air détaché. Ce serait un beau couple, non ?

— Tu as raison, reprit Joseph un ton plus bas, les crapauds ne peuvent être les compagnons des libellules, parce qu'un jour ou l'autre ils les mangent.

L'artisan partit d'un grand éclat de rire, puis, après s'être délesté de sa bouteille, il s'empara de ses outils et se remit à cogner.

— Un crapaud, une libellule ! répéta-t-il entre deux

coups de marteau, et son rire fusa de plus belle jusqu'à ce que, soudain, il s'étrangle dans sa gorge.

« Putain ! » jura-t-il en comprenant tout à coup l'allusion de Joseph. Aussitôt, il lâcha son marteau pour l'appeler, mais il était déjà trop tard, le garçon s'était éclipsé.

Contrairement à ses habitudes, Joseph suivit la route la plus fréquentée du village et se posta devant le café. A cette heure proche de midi, de nombreux clients étaient là. Quelques-uns le saluèrent du bout des lèvres avant de reprendre leur conversation. Alors, avec ce désir de bravade qui le tarabustait, il voulut les défier :

— Allons ! cria-t-il, dites tout haut ce que vous pensez de moi !

Un silence étonné ferma toutes les bouches. Verdier lui-même ne bougeait plus derrière son comptoir.

— Ah ! poursuivit-il, maintenant que je suis en face de vous, pas un n'a le courage de le répéter ! Eh bien ! vous allez voir !

En deux secondes, il défit l'une de ses grosses chaussures noires et, sans pudeur, exhiba son pied déformé. Aussitôt, des têtes se détournèrent, tandis que d'autres regardaient de tous leurs yeux, hypnotisés par le spectacle.

— Alors ? Qu'en dites-vous ? les nargua-t-il. Etes-vous satisfaits ?

Il ne put en rajouter. Le cafetier en colère bondit vers la porte ouverte et la claqua à toute volée.

— Va au diable ! s'écria-t-il. Tu ne mérites que ce que tu as !

En revenant vers la salle, il essuya les gouttes de sueur qui perlaient à la racine de ses cheveux.

— Heureusement que nous sommes entre hommes ! fit-il. Il y aurait déjà des femmes qui se seraient trouvées mal.

Personne ne put abonder dans son sens. Encore sous le choc, tous les clients étaient sans voix.

Satisfait de son exploit, Joseph reprit son chemin en savourant sa victoire. Pourquoi s'était-il tu depuis de si longues années ? Tous ces fanfarons qu'un verre d'alcool regonflait comme un ballon de foire ne l'avaient-ils pas assez montré du doigt ? S'il avait pu, il aurait traversé le village, son pied exhibé de la même manière, la main tendue sous le nez de chaque habitant en répétant : « A vot' bon cœur, m'sieurs dames ! » N'aurait-ce pas été la plus belle expression de son mépris ?

Maintenant qu'Olympe était à jamais perdue pour lui, il ne ressentait aucun frein à sa rancune ni à son désir de vengeance. Alors qu'il montait vers le Domaine, le visage renfrogné, une voix l'interpella :

— Ça n'a pas l'air d'aller fort !

En relevant la tête, il se trouva nez à nez avec Damien, le bedeau de la paroisse. Tous deux n'avaient pas l'habitude de s'adresser la parole. De temps à autre, lorsqu'ils se rencontraient, ils se contentaient de se saluer ou d'échanger un ou deux propos.

— Je reviens du cimetière, expliqua le bedeau. Il y a toujours des tombes plus ou moins abandonnées à entretenir...

Il parut réfléchir quelques instants.

— Si tu n'as rien d'autre à faire, peut-être pourrais-tu m'aider, un de ces jours ?

— Et la tombe de Louise ? s'inquiéta tout à coup Joseph, voilà longtemps que je ne m'y suis rendu.

— La pauvre ! soupira l'autre. Dire que si monsieur Barial n'avait pas été aussi dur, cette femme au cœur d'or serait encore parmi nous !

Le garçon le dévisagea, interloqué.

— Que vient faire Barial là-dedans ?

— Tu n'es pas au courant ?

Comme Joseph faisait signe que non, Damien redouta d'en avoir trop dit et voulut s'échapper.

Mais le garçon le rattrapa par une manche de sa veste.

— Que savez-vous ? insista-t-il.

Seul en face de lui sur ce chemin désert, le bedeau ne se sentait pas en sécurité. L'expression vindicative du jeune homme le gênait. Pour avoir la paix, il lui raconta la scène entre Barial et Louise, dont il avait été témoin chez le curé. Devant l'insistance de Joseph, il répéta mot pour mot leurs propos, puis termina par la fuite de la vieille femme dont on avait retrouvé le corps noyé, peu après. Joseph ne réussit qu'à balbutier quelques mots de remerciement avant de le laisser partir.

De retour au Domaine, il fut soulagé de découvrir la salle vide avec un feu allumé. L'effroi qui le glaçait jusqu'aux os le faisait claquer des dents. Il s'accroupit près du cantou et tendit ses mains vers les flammes. Tout se mêlait dans sa tête. Les souvenirs, les épreuves, les joies, les moments qu'il avait connus auprès de Louise s'embrasaient dans une ronde folle, dominée par l'image d'Olympe.

Comme il n'arrivait pas à se réchauffer, il jeta un coup d'œil vers le lit de Marie pour voir s'il n'y avait pas une couverture dont il aurait pu s'entourer. Son regard ne fut attiré que par un bout d'enveloppe blanche qui dépassait de la courtepointe. Intrigué, il s'assura d'abord que la porte était bien fermée avant de s'en emparer. Par chance, l'écriture était aisée à déchiffrer. De son index, il pointa chaque syllabe en articulant les mots. Les efforts qu'il faisait en secret depuis des mois pour apprendre à lire et se valoriser aux yeux d'Olympe lui servaient enfin.

Il ne put tout saisir, mais l'essentiel de la lettre fit battre son sang contre ses tempes. Justin, son propre père et celui de Pierre, écrivait à Marie ses regrets d'avoir dû les quitter. Il parlait d'une installation définitive dans une contrée lointaine et de son manque de courage pour venir les embrasser, la veille de son départ. Mais ce qui atteignit le plus Joseph fut le nom de Séverin Barial qu'il citait comme responsable de leur union gâchée. « Pardon, achevait-il. Tu n'as plus qu'un devoir, celui de m'oublier. »

Le garçon referma l'enveloppe. Cette fois, sa colère et son ressentiment avaient disparu. A la place, un étonnant calme l'envahissait. Il pensait à Louise ; sans doute avant de se jeter dans l'eau, avait-elle dû connaître cet état où la loi du monde ne souffle même plus. Il se sentait semblable à elle dans un ailleurs qui les réunissait.

Il marcha jusqu'à la cheminée, décrocha le fusil poussiéreux de Justin et le caressa. En tenant l'arme contre lui, il tenait aussi ce père qu'il avait cherché toute sa vie et qu'il venait de perdre à jamais comme il avait perdu Olympe. Un seul nom, un seul coupable flottait devant ses yeux. Pour Louise, pour tous ceux qu'il portait en lui comme des plaies vives, il devait agir.

Avec méthode, il vérifia si les cartouches étaient en place et si le chien fonctionnait. Puis, comme un chasseur part sur les traces d'un gibier, il passa la bandoulière à son épaule et sortit.

A peine un quart d'heure plus tard, Marie, qui était allée inspecter les vignes, rentra. Sa première vision fut l'enveloppe abandonnée sur la table, puis elle découvrit, horrifiée, la tache plus claire laissée par le fusil au-dessus de la cheminée. Pas un instant, la pensée de Joseph ne l'effleura. Elle n'imaginait que le désespoir de Pierre à la lecture de cette lettre. Peut-être parcourait-il déjà les bois qui bordaient la Tourmente ? Elle en était sûre, il allait commettre l'irréparable et tout serait de sa faute. Hagarde, sans même prendre la peine de se couvrir, elle se mit à courir vers la route, trébuchant contre les aspérités du sol gelé, perdant même l'un de ses sabots.

— Arrêtez-vous, je vous en prie ! cria-t-elle vers la première voiture à cheval qui se présentait.

Le livreur qui se dirigeait vers l'épicerie la fit monter.

— Où allez-vous ? demanda-t-il.

Un tel affolement l'agitait qu'elle ne put même pas lui répondre. Alors, il força l'allure de son cheval pour rejoindre le café. Là, il en était sûr, quelqu'un lui viendrait en aide. Lorsqu'ils parvinrent à destination, une vapeur chaude sortait des naseaux de l'animal et une mince couche de sueur recouvrait ses flancs.

— Quelle course ! s'exclama le conducteur.

Mais Marie n'écoutait plus. Elle poussait déjà la porte du café en apostrophant Verdier qui était seul à cette heure :

— Je cherche Pierre, s'écria-t-elle, il a emmené un fusil !

De ses cheveux à moitié décoiffés pendaient des mèches grises qui durcissaient ses traits déjà marqués. Une vague de pitié saisit le cafetier, tandis qu'elle dardait sur lui un regard angoissé.

— Il faut prévenir les gendarmes, continua-t-elle, j'ai peur qu'il ne se fasse du mal.

Elle tordit ses mains l'une contre l'autre puis tritura son tablier :

— Aidez-moi !

Verdier, qui récupérait son sang-froid, s'approcha d'elle.

— D'abord, déclara-t-il, s'il arrive malheur à Pierre, permettez-moi de vous dire que ce sera de votre faute ! C'est peut-être le ciel qui vous punit ainsi...

— Taisez-vous ! implora-t-elle, effondrée. S'il en réchappe, que Dieu m'en soit témoin, il épousera Olympe.

Elle se signa pour mieux valoriser son serment, tandis que Verdier hélait ses voisins à la rescousse.

Trop bouleversé pour les attendre, Marie poursuivit sa course solitaire vers les champs pentus qui s'étendaient de l'autre côté du village. Peut-être Pierre était-il là ? Quand elle s'arrêta, hors d'haleine, elle découvrit, épouvantée, Joseph qui tenait en respect Barial au bout du fusil. A bout de forces, elle tituba jusqu'à la barrière ouverte du champ, avant de s'appuyer sur l'un des piquets de bois.

— Joseph ! essaya-t-elle d'appeler, que fais-tu ?

Pas un muscle de son visage ne frémit. Le garçon fixait Barial sans la moindre hésitation.

— Il doit payer pour ce qu'il a fait, dit-il, va-t'en, Ma !

Immobile et comme résigné, Barial ne cillait même pas.

Soudain, Marie crut voir le doigt de Joseph blanchir sur la détente.

— Arrête ! hurla-t-elle, c'est moi la vraie coupable !

Elle esquissa quelques pas vers son fils, puis s'affaissa sur la terre craquelée par le gel.

— J'ai tout inventé, sanglota-t-elle, je vous ai menti pour vous garder. J'ai aimé Séverin plus que tout au monde. Justin ne m'a servi que de prête-nom...

Comme si ses forces le quittaient d'un seul coup, Joseph baissa les bras avant de laisser glisser le fusil de ses mains.

— Après la naissance de Pierre, continua-t-elle, quand tu es venu au monde, j'ai cru que le ciel me punissait de ces amours clandestines. J'ai refusé de m'enfuir avec Séverin, comme il me le proposait.

Elle redressa le front, regarda autour d'elle avec des yeux de bête traquée :

— C'est moi qui l'ai chassé, c'est moi qui ai tout transformé en haine pour qu'il nous oublie et nous rejette.

Des larmes roulèrent sur ses joues.

— Voilà pourquoi j'ai voulu vivre isolée du village quand Justin est parti, sûr que je ne l'aimerais jamais.

Dans le lointain, des bruits de voix se firent entendre. Alertés par Verdier, un groupe de gens se rapprochait. Marie se releva. A travers ses larmes, elle avait déjà reconnu les silhouettes de Pierre et d'Olympe qui se tenaient par la main au premier rang. Quelques corbeaux passèrent encore en croassant au-dessus des champs. Barial écarta les bras dans un geste d'impuissance.

Puis, comme si la vie reprenait ses droits, il s'éloigna sans rien ajouter.

DANS LA MÊME COLLECTION

Jean Anglade
Un parrain de cendre
Le Jardin de Mercure
Y a pas d'bon Dieu
La Soupe à la fourchette
Un lit d'aubépine
La Bête et le Bon Dieu (essai)
La Maîtresse au piquet
Le Saintier
Le Grillon vert
La Fille aux orages
Sylvie Anne
Mélie de Sept-Vents
Le Secret des chênes
Jean-Jacques Antier
Autant en apporte la mer
La Croisade des Innocents
Le Rendez-vous de Marie-Galante
Marie-Paul Armand
La Poussière des corons
La Courée
tome I *La Courée*
tome II *Louise*
tome III *Benoît*
La Maîtresse d'école
La Cense aux alouettes
Nouvelles du Nord
L'Enfance perdue
Edouard Axelrad
Au fil du fleuve
Erwan Bergot
Les Marches vers la gloire
Sud lointain
tome I *Le Courrier de Saigon*
tome II *La Rivière des parfums*
tome III *Le Maître de Bao-Tan*
Rendez-vous à Vera-Cruz
Mourir au Laos
Annie Bruel
La Colline des contrebandiers
Le Mas des oliviers
Les Géants de pierre
Marie-Marseille
Michel Caffier
Le Hameau des mirabelliers
La Péniche Saint-Nicolas
Jean-Pierre Chabrol
La Banquise
Didier Cornaille
Les Labours d'hiver
Les Terres abandonnées
La Croix de Fourche
Etrangers à la terre
L'Héritage de Ludovic Grollier
L'Alambic
Georges Coulonges
Les Terres gelées
La Fête des écoles
La Madelon de l'an 40
L'Enfant sous les étoiles
Les Flammes de la Liberté
Ma communale avait raison
Les blés deviennent paille
L'Eté du grand bonheur
Yves Courrière
Les Aubarède
Anne Courtillé
Les Dames de Clermont
Florine
Dieu le veult
Les Messieurs de Clermont
L'Arbre des dames
Annie Degroote
La Kermesse du diable
Le Cœur en Flandre
L'Oubliée de Salperwick
Les Filles du Houtland

Alain Dubos
Les Seigneurs de la haute lande
La Palombe noire
La Sève et la Cendre
Alain Gandy
Adieu capitaine
Quand la Légion écrivait sa légende
Un sombre été à Chaluzac
L'Enigme de Ravejouls
Les Frères Delgayroux
Les Corneilles de Toulonjac
Michel Hérubel
La Maison Gelder
La Falaise bleue
Denis Humbert
La Malvialle
Un si joli village
La Rouvraie
La Dent du loup
L'Arbre à poules
Les Demi-Frères
Michel Jeury
Au cabaret des oiseaux
Louis-Jacques Liandier
Les Gens de Bois-sur-Lyre
Jean-Paul Malaval
Le Domaine de Rocheveyre
Jean Markale
Notre-Dame de la Nuit
Dominique Marny
A l'ombre des amandiers
Du côté de Pondichéry
La Rose des Vents
Henry Noullet
Sur la piste de Samrang
La Falourde
La Destalounade
Bonencontre
Michel Peyramaure
Les Tambours sauvages
Pacifique Sud
Louisiana
Frédéric Pons
Les Troupeaux du diable
Claude Riffaud
Mékong Palace
La Crique de l'or
Rêve de Siam
Jean Rosset
Vir'vent
Les Derniers Porteurs de terre
Jean Siccardi
Le Bois des Malines
Jean-Claude Sordelli
La Dernière Saison
Jean-Michel Thibaux
La Bastide blanche
Le Secret de Magali
La Fille de la garrigue
Le Roman de Cléopâtre
La Colère du mistral
L'Homme qui habillait les mariées
Violaine Vanoyeke
Les Schuller
Le Serment des 4 rivières
Brigitte Varel
Un village pourtant si tranquille
Les Yeux de Manon
Emma
L'Enfant traqué
Colette Vlérick
La Fille du goémonier
Le Brodeur de Pont-l'Abbé
La Marée du soir

Cet ouvrage a été composé
*par l'**Imprimerie Bussière***
et imprimé sur presse Cameron
dans les ateliers de
Bussière Camedan Imprimeries
à Saint-Amand-Montrond (Cher)
en avril 2000

N° d'édition : 6824. — N° d'impression : 729-001384/1.
Dépôt légal : mai 2000.
Imprimé en France